吉屋信子

小説の枠を超えて

山田昭子

吉屋信子——小説の枠を超えて

目次

凡例

1. 本書における吉屋信子作品の引用の出典は各章ごとに示した。
2. 引用文の仮名遣いは原文のままとしたが、漢字は新字体に改めた。
3. 引用文におけるルビは基本的に省いた。ただし特別な読みの場合には付け加えた。
4. 引用した雑誌の「〇月」表記は発行月を示す。
5. 本書における書誌的事項は次の通りである。
〈　〉：強調、特定の語句。
（　）：引用文および参考文献の出典、注釈。
「　」：論文名。また、テキストおよび参考文献からの引用。
『　』：作品名、書名、新聞・雑誌などの逐次刊行物名。
6. 引用中の（　）で、筆者（山田）が補ったものについては、その都度それを示した。

※なお、吉屋の作品中には「障害者」などの単語は用いられていないが、本書では九州社会福祉研究会編『21世紀の現代社会福祉用語辞典』（学文社、二〇一二・二）における辞書的な意味に鑑み、なおかつ作中に登場する疾患名などをふまえてこの語を用いる。テキストに用いられる表現について今日から見れば不適切と思われる表現があるが、作品の時代背景、および著者が故人であることなどを考慮し、そのままとした。

はじめに

吉屋信子は明治二九年に生まれ、大正、昭和と三時代を生き抜いた。現在では「少女小説家」としてその名が知られている。私が初めて吉屋信子に出会ったのは大学四年生の時である。その時手にとった国書刊行会刊行の『花物語』三冊組は中原淳一の美しい装丁であった。元々少女漫画に興味があったため、その源流に連なる『花物語』の世界観、そして竹久夢二、蕗谷虹児、中原淳一といった挿絵画家による〈少女〉たちの世界に没入するまでに時間はかからなかった。

卒業論文で『花物語』を扱うと、吉屋の他の少女小説についても知りたくなり、修士課程では『花物語』以降の少女小説を中心に読み進めていった。だが、一方で「少女小説家」としての作品だけではなく、作家・吉屋信子の描く作品の数々に惹かれていたことも事実で、だからこそ時を経てもなお次々復刊される吉屋作品の多くが、なぜ少女小説ばかりなのかということに疑問を抱いてもいた。しかし、吉屋信子の作品は全集未収録のものが多く、書誌研究についても未開拓の部分が多い。そのため、私の吉屋信子研究のはじまりは、作家・吉屋信子の全容を明らかにすることにあったといえよう。

吉屋が婦人雑誌や新聞小説に書いたいわゆる「大衆小説」の数々は、予定調和に陥るきらいもあるが、結末へ向かう筋道の過程では〈女〉であるがゆえに味わう理不尽さ、そして〈女〉が〈女〉を支え信じ合おうとするさまを描いている。吉武輝子が吉屋から伝えられたという「女が女にやさしくあり合わなくては」（『女人吉屋信子』文藝春秋、一九八二・一二、三二三頁）という言葉はまさに吉屋作品の大きな軸の一つである。だが、その根底にあるのは吉屋が一二歳の時に聞いた「あなた方は良妻賢母になる前に、一人のよい人間とならなければ困る、教育とはまずよき人間になるために学ぶことです」（吉屋信子「私の見た人」『朝日新聞』一九六三・二・一二・朝刊）という新渡戸稲造の講演の言葉であろう。書き継がれた作品は吉屋の作家としての成長とともに巧みになり、世に出されていったが、残念ながらその多くは忘れ去られてしまっている。「少女小説家」でありながら「少女小説家」としてのみ一生を終えたわけではない吉屋信子は、多くの読者に支持されたが、その仕事にはいくつかの転機があった。その転機があったからこそ、現在に至るまで作品が復刊され、研究の土壌も耕されつつあるのだろう。では、その転機はどこにあったのか。本書ではその転機を契機に吉屋作品を読み返し、吉屋信子の新たな面を照射することを目的としている。

本書は吉屋信子の仕事を時代とともに追い、作品論を中心に構成されている。吉屋の作家活動は童話と少女小説の執筆がほぼ同時並行で開始されたが、次第に〈童話〉の枠に収まり切らない部分を少女小説である『花物語』へと流入させていくことで、少女小説家としての活動を本格化させていった。

第一章「吉屋信子、その〈少女性〉――童話から少女小説へ」は、これまで経歴の一部としてしか語られず、自立した研究の対象とされることが少なかった吉屋の童話作品について、その全容を把握し、掲載時期を同じくする『花物語』との連関を見るものである。同時進行であった童話と『花物語』はどこで分岐し、やがて『花物語』の世界が選び取られていったのか、「黄金の貝」「二つの貝」「櫻の島」の三作品から読み解いていった。

出世作である『花物語』は最初の七編が七人の少女たち一人一人の語りによって構成されている。以降、好評を博し連載は長きにわたるが、一貫していたのは読者である少女たちを作品へと没入させる工夫であった。〈読者〉である少女たちの変化の兆しを敏感に察知する吉屋は、作品世界にも二人の競い合う少女を登場させることでその変化を描いてみせる。

第二章「『花物語』における少女たちの裏切り――「睡蓮」論」は全五二話とされる『花物語』の中でも、少女の裏切りを描いた「睡蓮」について述べるものである。「睡蓮」掲載時、時代は読者である少女たちにとっての一転機を迎えており、それが作品内において寛子の仁代に対する「裏切り」という構図に重なったといえる。また本作は芸術の道を志す少女が登場する物語でもあり、結末において示される仁代の芸術性がいかなるものであったのかについて考察した。

第三章「〈競い合う少女〉たち――『少女倶楽部』における運動小説について」は第二章から派生したものである。「睡蓮」の掲載当時、掲載誌である『少女倶楽部』には「運動小説」という新たなジャンルの誕生があった。そこには競い合う少女たちが描かれている。この「運動」と、「睡蓮」に描かれた「芸術」は、一見位相の異なる二つの世界であるかもしれない。だが、先行研究において芸術と体育は文化という枠組みの中で一体であるべきと捉えられていた、という指摘があることは看過できない。すなわち「睡蓮」が登場する背景には、すでに『少女倶楽部』誌上において競い合う少女たちの下地が用意されていたのではないか。

『花物語』冒頭の七話は一人の少女が順に語る物語を他の六人が聞き、それを読者である少女たちが聞く（読む）という多重構造になっており、読者を積極的に物語世界に誘い込もうとする吉屋のスタイルがすでに見てとれる。次に吉屋が試みたのは作中で「読者」と「私」を対面させることであった。「読者」が書き送ったはがきや、聞いた話という形式で書かれたいくつかの物語は、『花物語』の〈読者〉である少女たちが作中の「読者」に自己を結びつけ、〈作者〉である「私」と対面を果たすことを可能にする。

やがて「私」は『花物語』を書くことを拒否するが、それは吉屋自身が創作の岐路に立たされていた頃でもあった。『花物語』との決別は〈作家吉屋信子〉が〈読者〉と直接対峙し、その成長を見届けていくことで果たされる。絶えず吉屋が挑戦し続けたのは、作品の〈枠〉を超えて〈読者〉と対話をすることであった。

第四章「『花物語』の終焉――「薊の花」論」は単行本未収録となっていた「薊の花」を取り上げ、『花物語』の終焉を探るものである。「睡蓮」で一転機を迎えた吉屋はほどなくして『花物語』の連載を終えるが、その終焉はどのようにしてもたらされたのか。

『花物語』を脱した吉屋は長編少女小説を次々に執筆していく。

第五章「母からの離脱――『からたちの花』論」は、一九三三（昭和八）年に書かれた『からたちの花』について考察する。『花物語』の連載を一旦終了した吉屋が迎えた転機に着目すると同時に、どう変化していったのかを見るものである。昭和初年の渡欧体験とそこで得た一冊の本との関わり合いを通して、『からたちの花』というタイトルに込められた意味を考察した。

一時期、少女小説に別れを告げて「大人向けの小説」へと専念するつもりだった吉屋は、その二つを両立することを決意する。いわば、少女小説と大人向けの小説という二つの〈枠〉を行き来することになった戦前の代表作の一つが『良人の貞操』だ。

第六章「遍歴する女と三人の男たち――『良人の貞操』論」は、一組の夫婦と、妻の親友という三人の関係性から物語が展開していく『良人の貞操』を、本作のプレテクストを踏まえて創作された加代という〈遍歴する女〉を中心に論じていく。加代の人生に関わった三人の男たちは加代をどこへ誘うのか。同時に、加代という一人の人物を描くことが吉屋にとって新たな挑戦でもあったことを読み解いていく。

戦時中、吉屋は従軍作家として戦争に関わり、数々のルポを書き送った。一方でいくつかの小説も執筆しているが、そのうちの一つが『新しき日』である。

第七章「まなざされるボルネオ――『新しき日』における『風下の国』の意味」は、一九四二（昭和一七）年に発表された長編小説『新しき日』に登場する『風下の国』を契機とするものである。吉屋が『主婦之友』の専属特派員となったのは一九三七（昭和一二）年のことで、蘭印、仏印に赴いたのち、帰国後の一九四二（昭和一七）年に『新しき日』を執筆する。吉屋はそこに、アグネス・ニュートン・キースによる『風下の国』というボルネオを舞台にした一冊の本を登場させた。ボルネオという土地に関わった、林芙美子、築地藤子といった女性作家たちにも触れ、『風下の国』を通して『新しき日』を読むことで、その意味を考察していく。

吉屋は戦後にも多くの長編作品を執筆した。数々の戦後代表作の中でも『安宅家の人々』は意欲作といってよい。

第八章「変転する〈母〉の物語――『安宅家の人々』論」で扱った『安宅家の人々』は、一九五一（昭和二六）年に書かれた作品で、果敢にも夫婦の性にまつわる困難を扱った作品である。安宅宗一という「精神薄弱者」の良人と、その妻国子を描いた吉屋は、その一〇年後の一九六一（昭和三六）年、『女の年輪』で、「精神薄弱者」の妻とその夫の物語を描いている。吉屋作品において〈母〉は重要なキーワードの一つであると同時に、本作は戦前の代表作『女の友情』や『良人の貞操』に描かれた〈女の友情〉というテーマを引き継ぐものである。『安宅家の人々』における友情の物語は国子と雅子の間に生じているが、〈母〉をめぐる女同士のねじれた関係性は、どこへ帰着するのか。三人の関係性から読み解いていく。

一九六二（昭和三七）年、『女の年輪』の連載を終えた吉屋は、創作小説の〈枠〉を超え、次第に事実に取材した伝記作品、歴史小説へと傾倒していく。

第九章「歴史小説への紐帯――『香取夫人の生涯』論」で扱った『香取夫人の生涯』は評伝作品ではなく、手記を下地にしながら一人の妃殿下の物語を創作した、いわば準創作作品である。本作は、創作と評伝作品、歴史小説とを繋ぐものであり、『香取夫人の生涯』を書くことで、吉屋はのちの『女人平家』『徳川の夫人たち』の着想を得ていく。その意味では、『香取夫人の生涯』は決して見逃すことのできない作品であり、本章では創作のもととなった梨本伊都子の手記について考察し、資料的価値をも見出した。

「吉屋信子研究の現在とその展望」は、先行研究の振り返りによって今後の研究の可能性について探っていく。


吉屋信子は作品世界と現実世界を隔てる〈枠〉を、そして作品ジャンルの〈枠〉を行き来する作家である。読者の理解に寄り添いつつも、読者の想像を「超えて」きた作品の数々は、時を経てなお新しさをもたらす。〈枠〉は時にある種の規範や基準を示すものとなるが、そうであるならば吉屋信子とは常に〈枠〉を超越しようと試み続けた作家であったともいえよう。吉屋にとっての成長は、時間の経過とともに迎えた作家としての通過地点を「越える」のではなく、常に自身を取り囲む〈枠〉を上回り、そこから「超える」ことであったのだ。

付録である作品年表はまだ補完の余地はあるが、そうした吉屋の仕事を概括するべく作成したものである。

吉屋信子は目まぐるしく変化していく作家である。複数のジャンルを手掛けてきた吉屋が、〈枠〉を超える中で経てきたいくつもの転換点に着目し、吉屋信子という作家の全体像を浮かび上がらせることが本書の目的である。

I

童話・少女小説

第一章

吉屋信子、その〈少女性〉

――童話から少女小説へ

1. 作家としての出発

吉屋信子は自身の作家としての出発を、次のように回想している。


編集部から戴いたテーマは『花物語の周辺』というのだった。花物語は私の書いた少女小説で女学生を対象にしていた。

それを書く少し前の時期に私は童話を書いていた。その当時の博文館発行の幼年世界にも一つ二つ書いた。それからいちばんながい間を書いたのは（良友）という児童雑誌だった。

「追憶の断片」（『児童文芸』一九六四〔昭和三九〕年三月、三四頁）

ここで、吉屋が『花物語』の少し前の時期に発表していたとする童話作品は、一九一五〔大正四〕年～二二〔大正一一〕年に書かれた（表1参照）。[1] これらの作品は、これまで吉屋の経歴の一部として語られることはあっても、自立した研究の対象とされることは少なかった。[2] 本章ではまず、吉屋童話の主な発表誌『幼年世界』『良友』を取り上げ、巌谷小波と浜田広介という個性的な編集者のもと、それぞれ特色の異なる二誌において、吉屋がどのような作品を発表していたのかを見ていく。次に同時進行の『花物語』との連関について論じたあと、吉屋童話の中でも特異と思われる三作品「黄金の貝」「二つの貝」「櫻の島」を取り出し、当時の童話界において吉屋が描こうとした童話が、どのようなものであったのかについて述べていきたい。

表1

	『良友』	『幼年世界』	その他主要事項
一九〇〇（明治三三）		**第一次『幼年世界』創刊**	
一九一一（明治四四）		**第二次『幼年世界』創刊（八月）**	
一九一五（大正四）		「幼い音楽師」（一二月）	
一九一六（大正五）	**『良友』創刊（一月）**	「小さい探険」（七－八月）	**『花物語』連載開始** 「鈴蘭」（七月）
一九一七（大正六）	「赤い夢」（六－八月）、「銀の壺」（九－一一月）	「羽子板物語」（一月）、「赤い実」（四、五、七月）、「不思議な名」（一二月）	「鬱金桜」（四月）、「忘れな草」（五月）、童話集『赤い夢』（洛陽堂、一二月）
一九一八（大正七）	「湖の唄」（一－三月）、「魔法の花」（四－六月）、「黄金の貝」（七－九月）、「鳩のお礼」（一〇－一二月）	「金絲雀と児猫」（三－六月）、「赤い鳥」（七、九月）	

一九一九（大正八）	「鐘の音」（一－五月）、「野薔薇の約束」（六月）、「光りのお使」（七月）、「湖の蘆」（八月）、「籠の小鳥」（九－一〇月）、「茸の家」（一一月）、「黄水仙の花」（一二月）	「残された羊」（二月）、「捨てられた銀の匙」（四月）、「蒔いた鈴」（七月）、「木つつきの話」（八－一〇月）	
一九二〇（大正九）	「銀の鍵」（一－三月）、「二つの貝」（七月）、「小石と旅人」（八月）、「靴の家」（九月）、童謡「秋の謎」（一〇月）、「四つの木の葉」（一二月）	「小さい女王さま」（一二月）	『屋根裏の二處女』（洛陽堂、一月）、『地の果まで』（大阪朝日新聞、一－六月）、『野薔薇の約束』（洛陽堂、三月）
一九二一（大正一〇）	「すみれの花と球」（三月）、「小さい瓢箪と茶丸」（四－五月）、「一つのチョコレート」（八－一二月）	「櫻の島」（三月）、「森の鶸」（四月）	『海の極みまで』（大阪・東京朝日新聞、七－一二月）
一九二二（大正一一）	「一つのチョコレート」（一、四－八月）		『黄金の貝』（民文社、四月）、『花物語』「龍膽の花」（九－一一月）
一九四五（昭和二〇）			『てんとう姫の手柄』（湘南書房、一二月）

一九四八（昭和二三）			『茸の家』（北光書房、八月）、『あかずきんさん』（寿書房、八月）、『おみかんのおはなし』（寿書房、一一月）
一九四九（昭和二四）			『チョコレートの旅』（湘南書房、一月）

2.『幼年世界』と『良友』

吉屋は自身の童話体験を「まだ小学校に上らない前、始めて読んだご本は、巌谷小波の（浮かれ胡弓）でした[3]」と語っている。『幼年世界』は巌谷小波が主宰した雑誌であり、多くの童話作家たちが小波のお伽噺を読んで育った。『良友』を編集した浜田広介もまた、小波を読んで育った作家の一人である。では、吉屋が童話を多く発表した二誌『幼年世界』『良友』とはどのような雑誌だったのであろうか。

『幼年世界』『良友』はともに小学校三、四年生向けの振興読物雑誌として刊行された。『幼年世界』は『少年世界』（一八九五（明治二八）年創刊）の幼年向けのコーナーを独立させた形で一九〇〇（明治三三）年に博文館から創刊された。しかし明確な方針が定まらず、主宰者であった小波の洋行もあり一年で廃刊。一九一一（明治四四）年一月、小中学生を対象とした『少年世界』と幼児向けの『幼年画報』（一九〇六（明治三九）年創刊）の中間的読物として復刊された。第二次『幼年世界』の実際的な編集は武田鶯塘《おうとう》（桜桃）が担当したが、主筆は第一次、第二次ともに小波であった。

一方、コドモ社の『良友』は一九一六（大正五）年一月、既刊の幼年向け雑誌『コドモ』の後続誌として発刊された。大正期を代表する児童雑誌『赤い鳥』の発刊は、それに遅れること一九一八（大正七）年七月のことである。[4]

『良友』は創刊当初、コドモ社社長の木元平太郎の下で中村勇太郎が編集を担当していたが、のちに浜田へと交代している。浜田の童話は、一九一七（大正六）年『大阪朝日新聞』の懸賞応募に一等当選した「黄金の稲束」に始まるが、この時の選者の中に名を連ねていたのが小波であった。浜田は後年、「童話十話」と題したエッセイを執筆、自身の作品が小波に評価された時の喜びなどを綴っている。[5]

浜田に影響を与えたもう一人の存在としては、アンデルセンが挙げられよう。浜田は次のように語っている。

わたくしは小学生の二年ごろから巌谷小波先生の「おとぎ話」をたくさん読んで、「さざなみ童話」のストーリーのおもしろさ、その文章のなだらかさをまなぶところがありました。わたくし自身のこの顔を「童話の顔」としてみましょう。顔に二つの目があって、その目の一つは、「さざなみ童話」によって開かれ、あとの一つは、アンデルセンの童話によって開かれているのであるといってよいかもしれません。

「アンデルセン童話と私」（『アンデルセン全集5・月報』講談社、一九六四〔昭和三九〕年一月）

浜田はアンデルセンの「人魚姫」が、童話的読物を「文学の高さ」にまで上げたことを評価しているが、それはアンデルセンが「これまでのおとぎばなしに類するものとはちがうゆたかな空想や、きばつな着想、リアルな、ものの取りあげかたと、美しい自然の描写、ふかい詩心、こまかな情緒、さらにくわえて、正義の念と人間同士がわすれてはならない相あわれみ」といった、「文学のたぶんな要素を個性的に表現している」からだとしている。[6] 浜田が捉えたアンデルセンの特徴は自身の作品にも見られる。浜田の童話作家としての素地は小波にあったといってよいが、そののちに触れたアンデルセンこそが、「ひろすけ童話」[7]を大きく形作ったものであることは間違いない。

では『幼年世界』『良友』は、それぞれどのような個性を持っていたのであろうか。また、特色の異なる二誌において、吉屋がどのような作品を発表していたのかを見ていきたい。

3. 二誌における吉屋童話

吉屋が『幼年世界』に掲載した作品は、いずれも小学生くらいの少年少女を主人公にしたものが多い。たとえば「小さい探検」〔一九一六（大正五）年七〜八月〕には、玉雄と花子の兄妹が登場し、「さう、では兄さん探検ができること」「できるとも、僕は日本男子だぞ」「わたしだつて日本女の子よ」といったやり取りが描かれる。吉屋に限らず『幼年世界』掲載作品の基本パターンとして、男は男らしく、女は女らしくが求められる傾向が強い。さらに両親の言いつけを守らぬ悪い子には罰が与えられるという、〈勧善懲悪〉型の物語世界も展開される。

『幼年世界』には必ずといってよいほど小波の作品が毎号掲載されたが、その角書きはいずれも「お伽噺」であった。それは一九二一〔大正一〇〕年になって「童話」にとって代わるまで続いた。その他の執筆者としては武田鶯塘、黒田湖山、新井弘城らがいるが、武田、黒田はいずれも硯友社一派であり、武田は尾崎紅葉門下、黒田は小波門下の門人であった。特に黒田は小波宅の書生にもなっており、小波が博文館の『少年世界』を主宰していた関係から、同誌に作品を執筆するようになったといういきさつがある。巻頭ページにはカラー挿絵とグラビアをふんだんに盛り込み、小波のお伽噺、武田の歴史絵話、偉人談や理科的読物などを取り揃えている。新井弘城は一九一五〔大正四〕年に博文館に入社、のちに『少年少女譚海』の編集、『少女世界』編集長もつとめた人物である。「幼年冒険　海底征服」（一九一九〔大正八〕年一月〜翌年一月）は竹取物語を長編にした作品で、こうしたお伽噺などを執筆した。

一方『良友』は子どもの教育のためではなく、子どもたちの良き友であれという願いのもと作られた雑誌で、子どもの目線に立つ細やかな心遣いが感じられる作品を多く載せている。吉屋もまた、雑誌の特色に合わせ、小さな動植物や小石、瓢箪といったものを主人公とした話を書き、勧善懲悪の型にはまらない、のびのびとした自由な童話作品を描いている。それは一つに浜田の存在が影響していたとも考えられ、吉屋唯一の長編童話と思われる「一つのチョコレート」（一九二一〔大正一〇〕年八月〜翌年一、四〜八月）は、同じく『良友』に掲載された浜田の「花びらの旅」（一九一九〔大正八〕年五月）にヒントを得た作品であるといえよう。

本作は、川に流れてきた一重桜の花びらが、魚の子たちによって発見され、自分がここまで来たいきさつを語って聞かせてやるところから始まる。花びらはある広い野原の中に咲いていたが、まどろんでいたところ、枝を離れ三羽の雀たちによって蝶と間違えられてしまう。雀たちにくわえられて野原に出たが、やがて川へと流されたところを魚の子たちに発見される。花びらは自分のこれまでを振り返り、旅ができたことに「まんぞく」しながら魚の子たちに別れを告げ、目を閉じる、という物語である。

花びらが自分の身の上に「まんぞく」したのは、散ったあと土に返ってしまう他の花びらとは異なり、自分は「たのしい旅」ができたこと、「三羽のりこうな子雀さんや、かはいい、やさしいみなさんたちと、ごいつしよになること」ができたことによる。花びらの旅は子雀や魚の子たちといった、〈小さきものたち〉の善意によって支えられている。

坪田譲二は本作が「花びらの運命に寄せて、人生を象徴させたもの」であり、浜田の作品の中で「これが年代的に一番古く、そしてまた一番面白く美しく、一番成功しているもの」であると指摘している。[8] 作中、花びらは子雀に運ばれながら夢から覚めて「さうだ、自分は花びらであつたのだ」と気がつき、「水にうつつたじぶんの影をはつきり見」て「桃色のきれいな姿」であることを思い出し、最後は渦が自分を「こんなからだ」にしてしまったのだと自己認識を繰り返すが、それはこの物語が花びら自身の〈感覚〉を通して描かれていることを示す。自分の笑い顔に浮かぶ「さびしいもの」を自覚し、「かすかな息」をして物語を終えた花びらが目を閉じる様によって、浜田は「死」という言葉を用いることなく花びらの〈死〉を描いた。

吉屋は浜田の「花びらの旅」の二年後、同じく遍歴をモチーフとした「一つのチョコレート」[9]を執筆する。少女のエプロンのポケットから海辺に落ちたチョコレートは、波によって銀の星に間違えられ、鯨によって空に返されそうになるが、ある島の王様の手によって星と勘違いされたまま宝物として祭られてしまう。それを欲しがった隣国と戦争になるが、戦争の愚かさに気がついた両国は宝物である星を空に返そうと雲雀の足に結びつける。チョコレートはそこで初めて自分が星ではなくチョコレートであると打ち明け、少女のもとへ帰りたいと訴える。驚いた雲雀は鴎に頼んで、チョコレートを少女がいた別荘へと連れていくが、すでに少女は東京へ帰ってしまったことをコスモスから聞く。落胆するチョコレートに木や草たちも同情し、竹が笹船で東京まで運ぶことを申し出る。チョコレートは秋風と睡蓮の葩《はなびら》の一片によって東京までたどり着くが舟が壊れ、そこを白鳥に助けられる。白鳥によって無事少女のもとへ運ばれたチョコレートの旅は終わり、自分の旅の話を少女にしてやるところで物語は閉じられる。

短編童話という形式で花びらの運命を鮮やかに描き出した浜田の「花びらの旅」に対し、吉屋は長編童話という特徴を生かし遍歴の様を丁寧に描いた。チョコレートは最後に少女のもとへ帰るが、そこまでの道のりは雲雀や鴎、白鳥といった鳥、コスモスといった草花などの〈小さきものたち〉の善意によって運ばれている。

また、チョコレートの旅は海の波に発見されて始まるが、誰かに発見されることで始まるこうした物語は、同じく吉屋の童話作品「湖の蘆」（一九一九〔大正八〕年八月）、「小石と旅人」（一九二〇〔大正九〕年八月）、「すみれの花と球」（一九二一〔大正一〇〕年三月）、「小さい瓢簞と茶丸」（一九二一〔大正一〇〕年四〜五月）などに見られる。これらはいずれも『良友』に発表された作品である。猟師に追われた美しい白鳥をかくまった一むらの蘆を描く「湖の蘆」は、最後「私共は幸ひなもの達でしたね。かうして此処に生えてゐるのは、やつぱり立派ない、ことでした」と結ばれる。これらの作品の主人公はいずれも小さな草花や小石などであり、多くが自分から積極的に動くことのできない存在である。そこから教訓的要素を読み取るならば、〈自己の存在意義の発見〉であるかもしれないが、吉屋が童話で描きたかったのは、こうした〈小さきものたち〉を見出し見守り、助けてやる周りのものたちの善意、優しさであった。そこには、〈小さきものたち〉による善意によって形作られた、浜田の童話の数々が影響していたといえるのではないだろうか。

4. 吉屋童話と『花物語』

吉屋童話は代表作『花物語』と並行して書き続けられた。では、同時進行であった童話群と『花物語』にはどのような連関があったのだろうか。「黄水仙の花」も、ほかの吉屋童話と同じく、一人の少女が校舎の裏庭に淋しく生えていた水仙の花を〈見出し見守る〉物語である。少女は不器用で要領が悪く、遊びの仲間に入れてもらえず「ほんとのひとりぼつち」になってしまう。花壇の枯草の中に「たつたひとつだけ」生えていた草に同情を寄せた少女は、草を「お友達」として世話をしてやり、花を咲かせることに成功する。終業式で校長先生が裏庭の水仙の花を褒め称え、少女は「お友達」が水仙であったことを知り、「お友達」が褒められたことで誇らしい気持ちを抱く。

「みなさん。どんなに寒くてもなまけてはいけません。この校学《ママ》の裏庭の水仙の花は、この頃の寒い時でもちやんと美しい花を咲かせております。みなさんもあの水仙の勇しい立派な花をお手本としてよく勉強して下さい。」とおつしやいました。

私は、そのおはなしを聞いて胸がどき〱いたしました。まあ！私のあの大好きなお友達は水仙といふ名でした。そして私だち《ママ》子供等のお手本になる立派な勇ましい花でしたもの！

私は、それからひなたぼつこが出来ないでもお手玉やおはじきが下手でも、少しも悲しくはありませんでした。

「黄水仙の花」（『良友』一九一九〔大正八〕年一二月、一二九頁）

少女は、黄水仙に自己を投影していることに気づいていない。黄水仙はあくまで「お友達」だからである。この、一つの花から慰めを受ける少女というモチーフは後年の『花物語』の「龍膽の花」にも見られる。「黄水仙の花」と「龍膽の花」は同モチーフを持つ作品であると考えられるが、『花物語』に描き直されたそれは、友人に傷つけられた自己を回復する力を得た少女の内面を丁寧に綴り、人物に深みを持たせている。それは少女小説という場であったからこそ発揮できた吉屋の実力であるといってよい。

「龍膽の花」には少女にひどい仕打ちを受けた少女が登場するが、物語の語り手である井上さんが竜胆の花から受けたのは単なる慰めに留まらない、一つの啓示である。

――私は其の花の運命に今の自分の心の痛手をなぞらへて、限り無き慰安を受けたのです――

（中略）

愛して反かれし者、尽して報ひられざりし者捧げて顧みられざりし者、そして慕ふて嘲けられし者、それらの悲しき人々よ、土に生ふ可憐の花の黙示を見よ！人の足にふまれ、けられても、彼は静に咲いてゐる――かう思つた時、私の瞳に泪が湧き出でました、それはけつして先までの怒り悲しみの爲の泪ではなく、そこに一すぢの心の救ひを得た感謝の泪でした、あゝ報ひなき愛に満足しつゝ優しく微笑む忍従と知足の美しさを私は知つたのです、

「龍膽の花」（『少女画報』一九二二〔大正一一〕年一一月、五〇～五一頁）

井上さんは花に自己を投影するに留まらず、それを俯瞰し、裏切られたことによって損なわれた自己を回復するまでに至る。やがて吉屋は童話から離れ、同時進行の『花物語』に集中していくが、それらは一貫して同性への優しいまなざしに満ちている。

『花物語』は、吉屋の用いたある手法によって独自の世界を深め、読者である少女たちの心を捉えた。では、吉屋の用いた手法とはどのようなものだったか。童話と同時進行で書かれていた少女小説とを決定的に隔てた境界とはどのようなものであったのだろうか。

『少女画報』に掲載された『花物語』の「鈴蘭」、『幼年世界』に掲載された「小さい探険」は、いずれも一九一六〔大正五〕年に発表され、前者は七月に、後者は七月と八月に掲載された作品である。誰もいないはずの部屋から聞こえてくるピアノの音の正体を突き止めるべく、足を踏み入れた部屋で登場人物たちが見たものは、果たして何だったのか。

あゝ、その時、講堂の中で、静にピヤノの蓋のあく音がしました、そして、やがて、コロン…コロン…と、水晶の玉を珊瑚の欄干から、振り落とすやうないみぢくも床しい楽曲の譜は窓からもれ出でました、それを聞いた時、母の顔色は颯と変りました。その楽曲は海杳な伊太利の楽壇に

名高い曲だつたのです。

「鈴蘭」（『少女画報』一九一六〔大正五〕年七月、六四頁）

花子さんは、

「お母さまに叱られるから、もうここで帰りませう。」

と言ひましたので、玉雄さんもそこへ立ち止りまして向の丘の上を見ますと、小さい青い洋館が立つてをります、そして、そよ吹く風の間に〳〵、コロン……コロン……。とピヤノの音が響きます。澄きつた空に響いて！

「小さい探険」（『幼年世界』一九一六〔大正五〕年八月、一三三頁）

「小さい探険」でピアノを鳴らしていたもの、それは「たくさんの鼠」であった。一方「鈴蘭」では、「月光に夢のように浮き出た一人の外国少女の俤」が音の正体として登場する。結末も、「小さい探険」では玉雄と花子の無鉄砲な行動を母が諌めながらもその勇気を称えて終わるが、「鈴蘭」は外国の少女が残した鈴蘭の花に、ふさ子の母が「心からの接吻をして涙ぐ」んで終わる。母の形見となってしまったピアノに会いにきた外国の少女を思いやり、ふさ子の母は涙を流すのである。

このように、『花物語』に登場する〈少女〉たちは、突然の別れや肉親との死別といった出来事の悲惨さに加え、その境遇に置かれているのが同性であるという事実に同情する。〈少女〉は他者との共感能力が高く、他者の陥った不幸な境遇に対し、自分のことのように受け止め涙を流す。

「小さい探険」でピアノの音の正体を見届けたのは少年玉雄と妹の花子であった。一方、「鈴蘭」でそれを見届けたのはふさ子とその母である。「小さい探険」に登場する母は、兄妹を諫め、褒め称える教育者として登場するが、「鈴蘭」の母は、少女と同性の親という立場が強調され、ふさ子の母もまた、〈少女〉という共同体の中に取り込まれているといえるだろう。『花物語』の「鈴蘭」では、当事者と聞き手双方に涙が生じ、そこに涙の二重性が生まれる。その涙は、同性同士という理由のもと生まれたものである。涙は同性へのまなざし、連帯感を強めるものとして機能する。童話と少女小説を隔てるもの、それは同性に対する涙の余地なのである。

5. 少女小説へ——吉屋童話における異色三作品

吉屋の描いた童話の中には異色と呼べる作品が存在する。「黄金の貝」[10]「二つの貝」[11]「櫻の島」[12]である。

少女小説『花物語』は、〈少女〉という同性のみで構成された世界であるが、既述した三作品もまた、〈女〉という同性のみの世界が描かれている。「黄金の貝」は娘と母の物語、「二つの貝」は二人の少女の物語、「櫻の島」は少女たちの物語だ。唯一「黄金の貝」には姫の父親が登場するが、母親に比べ存在感の希薄さは否めない。

「黄金の貝」で、黄金姫は海に望まれた子として流されることになるのだが、王は黄金姫の入った貝の鍵を母親であるお妃に、と言って託す。

「もしも、黄金姫の入つた貝を海から取り戻した時があつたら、その時黄金の貝を開けることの出来るのは、世界のうちでたつた一人あるばかりだ。それは姫のお母様である妃である。」とおつしやいました。

「黄金の貝」（『良友』一九一八〔大正七〕年八月、三七頁）

七年後、黄金姫はお妃の手によって貝を開けられ、目覚める。「眠れる森の美女」として広く知られるグリムの「茨姫」の姫は王子の力で目覚めさせられたが、黄金姫は母親によって目覚めさせられた。ここには同性同士の強い絆が見てとれる。それを示すように、のちに吉屋は「同性を愛する幸い」と題した短文の中で、同性に抱く友愛の感情がもたらす影響について次のように述べている。

そうした時、少女の学校時代に非常に親密な友愛が起きて、大きい勢力となつて成長する。たがひに思ひ合つて、慕ひ恋する婉曲な、やさしい桃色のため息のやうな、その愛の思ひよ。それは、まあ何といふ純な可愛い人生のエピソードだらう。この少女時代に始めて生れた強い友愛は、どんなにその人の一生を貫いて、大きな影響を与へるものであらうか

「同性を愛する幸い」（『散文詩集　憧れ知る頃』交蘭社、一九二三〔大正一二〕年四月、一八頁）

一方、『花物語』の「鬱金桜」には、年上の少女、セーラ姉様に母親に抱くような思いで憧れともつかぬ感情を持つ少女が登場する。

その美しい人は私の手を、つと取つて名を問ふのだつた。はにかみながらも、すなほに答へれば、(まあ、可愛い方。)と私を胸に引きよせる。別れた母の甘いお乳の香を忍ばせる様に何か匂ひやかな柔らかな優しい胸に、自分の小さいお合童の頭を埋めて、かうして、いつまでも夢心地で恍惚としてゐたいと、私は思ふのだつた。

「鬱金桜」(『少女画報』一九一七〔大正六〕年四月、八五頁)

黄金姫が母親に抱く感情は、「私」がセーラ姉様に抱いたものときわめて近いものであった。黄金姫が発した「お母様」というつぶやきは、あたかもそこに〈お姉様〉という響きをもって聞こえてくるのである。

「二つの貝」と「櫻の島」も、同じく少女のみが登場し、そこには秘密めいた友愛の世界が展開されているが、これら女たちの世界を描いた三作品を効果的に印象づけるものとして、色調による表現が挙げられよう。「黄金の貝」で黄金姫が着ていた服と寝かせられていた蒲団は淡紅色であった。「二つの貝」に登場する二人の少女は紅と白の貝をそれぞれ手に取ったことで区別され、今はなき「櫻の島」がかつてうす紅い桜色で覆われていたように、女たちは赤と白の世界の中で揺れ動くのである。「黄金の貝」でお妃が娘を待ち焦がれ、訪ね歩き、その眠りを覚まさせてやる様は、単なる親子愛を描いたものではない。そこには女性同士の間で行なわれる新たな目覚めの誘発、「同性を愛する幸い」への誘いがあったのだ。新しい目覚めの誘発、その儀式が母と娘の関係の中で行われたという事実は、赤と白だけでは作り出せない淡紅色というなまめかしい色でこそ表現できる、禁断の領域である。

「二つの貝」では和服と洋服の二人の少女がそれぞれ紅と白の貝を手にする。和服の少女は白い貝を手にする洋服の少女に「あら、そんな白い貝はつまりませんわ。この紅い貝の方がどんなに綺麗でせう。私のをあげませう」と紅い貝のほうを勧めるが、洋服の少女はそれを断る。和服の少女はすでに家の手籠の中に紅い貝をたくさん持っており、二人で拾った貝殻も丘の上に忘れて帰ってしまう。和服の少女は白い貝よりも紅い貝のほうがいいと、その魅力を知っていたからこそ、洋服の少女に紅い貝を勧めた。すなわち紅い貝に託されているのは、「同性を愛する幸い」である。和服の少女はその幸福を知っていたからこそ、色づいた紅い貝のほうに惹かれるのだ。

「櫻の島」に住む者たちは「みな小さい子供」で「美しい女の児」ばかりである。島の児たちは「なにもかも、さくら、さくら、さくらの花にうもれて」毎日を楽しく過ごしているが、物語は次のように閉じられる。

　この美しい島に、私たちも住みたいとおもひます。
　その島は、どこにあるのでせう、お船へ乗つて、さがしに行きませうか。

いいえ、いいえ、もうその美しい島は、ありません、今は、海の底に沈んでしまひました。その時、島に咲いてゐた桜の葩は、みな海の中に沈みました、そしてきれいな貝にかはりました。私たちは後で、その貝を渚で拾つた時、お母さまはおつしやいました。「それは、桜貝よ。」と――。

「櫻の島」(『幼年世界』一九二一(大正一〇)年三月、二七頁)

「桜貝」は『花物語』「濱撫子」において、親の都合で遠く離れていった左紀子のために、真澄が送ってやる思い出の品である。左紀子は桜貝を琴爪にし、真澄を思って琴を奏でるが、ここでの桜貝は離れた少女二人を強く結びつける絆として描かれている。

桜の島で取り交わされるであろう少女たちの友愛に満ちた生活は、うす紅い桜色にふさわしい。島という隔離された空間、そして今はもう存在しないという限定された空間は、『花物語』の世界観へとつながっているのではないか。

6. 童話・『花物語』・少女小説

吉屋の「一つのチョコレート」は、短編童話という形式で花びらの運命を鮮やかに描き出した浜田の「花びらの旅」に対し、長編童話という特徴を生かし遍歴の様を丁寧に描いた。前述したようにそこには〈小さきものたち〉の善意という共通点が見出せる。

同モチーフを共有する二作品「黄水仙の花」「龍膽の花」は、童話ではなしえなかった少女の成長を少女小説が引き継ぐ発展形として描かれたが、童話と少女小説との間には大きな隔たりがあった。共通場面を持つ童話「小さい探険」と『花物語』の「鈴蘭」は、一方に涙の余地が生まれたことによって分岐した。すなわち少女小説では、語られる逸話を巡って物語内の語り手および聞き手側双方に涙が共有され、涙する〈女〉たちは、同性の存在に対して優しいまなざしを向けるのである。

以上、吉屋の童話群と少女小説『花物語』の差異を比較してきたが、童話と少女小説の世界とが密接に繋がる特異な作品の中にこそ、吉屋が童話の世界からやがて『花物語』の世界に専心し、以降の少女小説へと傾斜していったきっかけがある。

童話「黄金の貝」「二つの貝」「櫻の島」は、同性だけの閉鎖された空間である『花物語』の世界をそのまま持ち込んだかのような物語として描かれる。つまり吉屋は二誌の童話の世界に、女が女のために書いた女の物語を持ち込んでいたのである。もっといってしまえば、吉屋が『花物語』で展開した少女同士の濃密な友愛に漂い始めたエロスが、童話の世界へと流入し始めていた、ということでもあろう。これら三作品は、吉屋作品に見る〈少女性〉の生成を探るうえでも重要な位置を占めているといえる。童話という世界、『良友』『幼年世界』という発表媒体に収まりきれなかった部分は、やがて同時進行の『花物語』へと方向の転換を余儀なくされた。そう考えると不意に登場するこれら三作品は、童話の世界と『花物語』世界とを結ぶ橋渡しとして位置づけられる。つまり『花物語』は、いうなれば吉屋が築こうとした新たな「櫻の島」であったのだ。

注

1 『良友』『幼年世界』以外に『少年少女譚海』『小学少女』『金の鳥』『若草』にも作品を掲載している。なお、吉屋童話は現在『日本児童文学大系　第六巻　与謝野晶子・尾島菊子・野上弥生子・吉屋信子集』(ほるぷ出版、一九七八・一一)で読むことができ、田辺聖子による作品解説が収録されている。

2 吉屋の童話作品が論じられることは少ない中で、毛利優花は「吉屋信子の児童文学――「回復」の物語としての「銀の壺」」(『金城学院大学大学院文学研究科論集(17)』二〇一一・三)において「「花物語」はひたすらに「喪失」の悲しみを語る物語であったが、「銀の壺」は「喪失」でも「獲得」でもなく、コスモス姫の世界を「回復」する物語である」と指摘している。

3 「投書時代」(渡邊茂雄編『文壇大家花形の自敍傳　附現代文藝家名鑑』大日本雄弁会講談社、一九三六・一〇)。

4 関英雄は「大正期の児童文学」の中で次のように述べている。「『童話』の発刊で、コドモ社は、幼児、幼年、少年少女と、三段階の雑誌をもつことになり、大出版社たる博文館の『幼年画報』『幼年世界』『少年世界』の読物誌系列に対庶的な、童話系列を整えた」(鳥越信 等編・中尾彰 等絵『新選日本児童文学Ⅰ(大正編)』小峰書房、一九五九・三、三二六頁)。

5 『毎日新聞』一九六四(昭和三九)年三月一〇日から一〇回にわたり連載。

6 浜田広介「〔解説〕アンデルセンについて」(山本藤枝著、芝美千世絵『アンデルセン(子どもの伝記物語・22)』ポプラ社、一九五九・九)、一六八頁。

7 浜田には『ひろすけ童話読本(全五巻)』(文教書院、一九二四・一一～一九二九・八)、『ひろすけ幼年童話文学全集(全一二巻)』(集英社、一九六一・一〇～一九六二・九)、『浜田廣介全集(全一二巻)』(集英社、一九七五・一〇～一九七六・九）などの刊行がある。また、一九四九（昭和二四）年、山形県高畠町屋代小学校に初めて児童文学書六九冊を贈って以来、毎年寄贈を続け、五三年から「ひろすけ文庫」と命名された。一九六四年五月には高畠町の鳩峰高原に浜田初めての碑となる「ひろすけ童話碑」が建てられ、「ひろすけ童話」の名は広まっていった（浜田留美『父浜田広介の生涯』筑摩書房、一九八三・一〇）。

8 浜田広介『浜田広介童話集』（新潮社、一九五三・一〇）内の坪田譲治「解説」による。

9 一九四九（昭和二四）年一月、湘南書房より刊行された際に「チョコレートの旅」と改題。吉屋にはほかに代表的な童話集として『赤い夢』（洛陽堂、一九一七・一二）、『野薔薇の約束』（洛陽堂、一九二〇・三）、『てんとう姫の手柄（新日本少年少女選書）』（湘南書房、一九四五・一二）、『茸の家（童話選集）』（北光書房、一九四八・八）の四冊があるが、吉屋は「追憶の断片」の中で「その四冊の童話集は私の文学へのひたむきな若い心の夢を育んだ揺籃として私の著作の出発点の記念碑となり私にとってはなつかしいものとしてあるだけで満足である」と述べている。

10 『良友』一九一八（大正七）年七～九月。

11 『良友』一九二〇（大正九）年七月。

12 『幼年世界』一九二一（大正一〇）年三月。

第二章

『花物語』における少女たちの裏切り

——「睡蓮」論

1.『花物語』における「裏切り」

吉屋信子の出世作であり代表作でもある『花物語』は、花の名前を題名に持つ短編連作小説で、冒頭の七話は七人の少女たちが一人ずつ物語を語っていく形式で展開していく。七話を終えたあと、一旦の小休止を見たが、読者である少女たちの人気を博し連載化された。当初は一九一六（大正五）年から二四（大正一三）年にかけて『少女画報』で連載されていたが、二五（大正一四）年の「睡蓮」から掲載誌を『少女倶楽部』へと移し、昭和に入ってからは、『少女の友』『少女ブック』誌上にて既発表作品のリライトを行なっている。

駒尺喜美は、「吉屋信子の視点は、〈女から女へ〉の視点、女が女をいとおしむ眼である」としている。[1]『花物語』は、基本的にアンハッピーエンドの物語ではあるものの、それは、一方的な別れや死別といった別離を主とするものであり、少女主体でなおかつ女が女に優しい小説であることに変わりはない。だからこそ、少女が少女に手酷い仕打ちを与える、あるいは悪意の有無に関わりなく結果的に少女を傷つけて終わる数編の作品は、注目に値するといってよいのではないだろうか。

明確に「裏切り」という単語が用いられずとも、〈少女が少女を傷つける作品〉という大きな枠組みの中で『花物語』を見通していくならば、「アカシヤ」「櫻草」「龍膽の花」「黄薔薇」「桐の花」が挙げられ、これらの作品は『花物語』の後半に集中していることがわかる。中でも「黄薔薇」では、教師葛城が女生徒礼子に対し「美しい同性の友に熱情を捧げて、裏切られた人」であるサッフォの話をするが、「ふたありの純な心臓をその上に懸けて！」と誓い合ったにもかかわらず、結果的には礼子との誓いを葛城自身が破ることになる。このサッフォのエピソードは、いわばのちにおとずれる〈裏切り〉の展開を予兆するものであり、それまでの『花物語』で描かれた相手を〈傷つける〉行為にとどまらない、明確な〈裏切り〉の要素を強調している。そう考えてみると、『花物語』における〈裏切り〉の萌芽は、「黄薔薇」において提示されていたといえよう。

『花物語』全五二話の中で、少女の行いを「裏切り」という単語で具体的に表現しているのは「ヒヤシンス」と「睡蓮」の二作品であるが、[2] 前者は主人公の少女が裏切る側の人間として、後者は主人公の少女が裏切られる側の人間として描かれている。特に「睡蓮」は、少女同士が一つのものを競い合い、結果裏切られるという点で、『花物語』の中でも珍しい作品といえるだろう。競い合う少女が登場する背景には何があり、「睡蓮」における少女の裏切りはなぜ起こったのであろうか。本章ではそれらの点をふまえながら、『花物語』における「睡蓮」がどのように位置づけられるかを考察していきたい。

2. 仁代と寛子――「夢想的少女」と「非夢想的少女」

「睡蓮」は、一九二五（大正一四）年七～八月、竹久夢二の挿絵とともに『少女倶楽部』に掲載された。[3]「睡蓮」冒頭には掲載に際し、「少女雑誌に一切の筆を絶」っていたものの、編集部たっての希望からやむを得ず再び筆を執ることになった経緯が記されている。

此の春パンフレット黒薔薇創刊に際し多忙と自身の勉強のため少女雑誌に一切の筆を絶ちましたが本誌編輯部から、たいへんに寄稿をお望みになつてもう此の上お断り申し上げるに疲れてしまひました。やむを得ずと申しては失礼ですけれども、暫又かくことに致しました。花物語は少女画報に続けて居りましたもので、昨年秋、故ありて中絶させて居りましたが、こんど単行本の花物語第五巻を編むために、かき足してまゐりますので、その作を本誌の御懇望によつて月々御披露申し上げることにいたしました。（作者しるす）

「睡蓮」（『少女倶楽部』一九二五（大正一四）年七月、六頁）

本作には「出来るなら絵筆をもつて世に立ちたい切なる願ひを秘むる」二人の少女、仁代と寛子が登場する。仁代は「九州博多の産にして明治維新前までは博多長者の一人なりしお祖父様、世が移つてお父さんの代頃から、倉が売られ、山がうられ、果ては庭を売られてそれから家屋敷、屋根の瓦一枚今は我物ならぬ人手に渡つて遂に赤貧洗ふが如くに近寄りか丶つた」家の娘であり、「世にときめく閨秀画家柿沼玉園女史の内弟子」として、家の雑事から師の使いに至るまで、まめまめしく働く勤勉な少女である。また、仁代が展覧会に入選[4]した際には、「今迄少し馬鹿にしてゐた様な門下の人達も俄に、手の裏を返した様に仁代に言葉をかけたり」する周囲の反応からも、玉園女史門下での仁代の位置というものがうかがえるだろう。家庭内の雑事に従事し、「着物なんかに贅沢をいふどころの騒ぎ」ではない仁代は、〈夢想的な少女〉として登場し、描く絵にもまた、その特徴が表れている。「画面いつぱいに、池の一部分をうつし取つて、睡蓮の花を浮べ、空に浮く白い雲のかげほのかに、花咲く水面に夢の様にうつ丶た構図」の仁代の絵は、後述する、初期の『花物語』的世界の影響によると考えられる。

対する寛子は「予備海軍中将で今はさる生命保険会社の監査役」を務める人物を父に持ち、「学校も学習院とやら、平民どもの行けない様な学校」へ通う娘であり、「一週間二度のお稽古日に決しておんなじなりをしては来ない」少女である。また、東屋、踏石といった具体的事物を構図に取り入れたその絵やその他の言動から、この少女が現実的な視点の持ち主であることがうかがえるが、この点はのちに詳述する。

二人は、『花物語』に登場する大多数の少女たちがそうであるように、美少女として描かれているが、本文中では二人の少女の美しさを認めながらも、「しかししさいにこれを検すれば」と前置いたうえで、寛子の美を強調している。二人の美の優劣を語るうえで筆頭に挙げられているのが寛子の家柄である、という事実は、少女の美が家柄によって補強されるものであることを示している。さらに本文中では、それ以降、仁代の美しさについては触れておらず、次の引用（傍線は引用者による）はいずれも寛子の美しさを表現したものであることにも注目すべきであろう。

美しい顔が、初夏の日の下、影もなく、照らされて、やゝに汗ばむ心地、上気した頬、かろき疲れを覚えてか、うるんだ眸ざし、げにも寛子は美しい處女の姿です、仁代はしみじみ姿をみつめて半ば夢心地、水面に咲く花を描かんとする我なりやはた地に咲く此のうるはしき若き生命ある花を描く我なりやと少し頭が混乱いたしました。

「睡蓮」（同七月、一二頁）

『まあ、美しい！』と仁代は思はず讃嘆の瞳をみはつた。

「睡蓮」（同七月、一四頁）

『かんにんして頂戴、私――私――あの――あの指がいけないんですから――』
『え――指が――』
寛子は青天のへゝきれいき、美しい瞳をぱつとみひらきました。

「睡蓮」（同七月、一四頁）

私、取りつく島がなくて、しよんぼりしてゐると、あなた（引用者注：寛子）は見てゐる間に、睡蓮の花の中に影をかくしておしまひになるの、まあその時のきれいだつたこと、此の世のものならぬ美しさ、黒髪も瞳も、胸も、たゞゆらくと水渡る花の微風に、打なびいて、足許にむらがつて咲く睡蓮の花が、一きは、くつきりと、睡蓮の精！睡蓮の精！

「睡蓮」（同八月、二四八頁）

これらの引用は仁代から見た寛子の姿を表している。仁代にとって寛子の持つ美は現世での美しさではなく「此の世のものならぬ美しさ」なのであり、「睡蓮の精」として神格化されている。「夢」「幻」の中で捉えられた寛子の美は、仁代の中で、もはや芸術の域にまで高められているといえよう。

また、二人の立場をもっともよく表しているのが、次の三つの引用である。「かたじけなく」「女王」「侍女」という言葉からは、美というものが強さに直結していることがわかり、美しい者である強者にひれ伏すことで喜びを感じる少女としての仁代が見てとれる。

ひろ子《ママ》は一つ年上だけに、どこやら姉様らしい物のいひ様、然うした言葉もたよりの無い淋しい仁代にとつては、しかく有難くかたじけなく心嬉しき極みであつた。それ故仁代は早速賛成し同意を表した。

「睡蓮」（同七月、一〇頁）

『此の色おきらひ?』と寛子はいぶかしさう――
『い丶え。』あわてふためいた仁代は思はず声を慄はせました。
『だつて、お気に入らなさうなんですもの。』
はやくも、お嬢様を発揮して寛子はお冠りを曲げかけます。
其の様子に仁代はます〳〵あわてふためきました、

「睡蓮」(同七月、一四頁)

お丶、いつその事、「睡蓮咲く頃」一つが当選したのだつたら、仁代の心は何の躊躇もなく喜びに浸れたでせう、何故ならばその幸福の前に酔ひ疲れた女王の如く寛子の傍に、侍女の如くに、その喜びを分つ自らを、更に幸福と仁代は信じたのです。

「睡蓮」(同八月、一二五〇頁)

さらに、絵の題名に関しても、「お互に、題を贈り合つて、い丶記念でせう。」という寛子の台詞がありながら、仁代の絵の題「水の面」は寛子がつけ、寛子の絵の題名「睡蓮咲く頃」は二人で、つまり寛子の介入によって決められている。また、のちに述べるが、仁代の見た予知夢ともいうべきものを一笑に付したところからも、寛子の仁代に対する上位的なものの見方がうかがえるといえるだろう。

加えて、二人の少女の決定的な差異は、身分や家庭の境遇に加え、装いの差にこそある。寛子は「其の数凡そ四十八通り」の白粉を使うような、〈化粧をする少女〉として登場するが、〈化粧をする少女〉は、『花物語』全五二話の中でも極端に少なく、確認した限りにおいて、わずか三作品にしか見られない。

「寒牡丹」では豪家の令嬢千鶴子と、無益の鉱山をつかまされて没落してしまった元子爵の令嬢初音が歌留多大会で対決をする。高慢な千鶴子が「豊頬に紅さして眉を描き白きをほどこし眼ざむるばかりの色とりぐ〱の衣打ち重ね、あまつさえ黄金の鎖をまとふて誇らしき人」と表現されるのに対し、控えめで心優しい性格の初音は「薄き化粧の跡だになき寂しき面に、侘しき襟もと、古びし紫の袂も萎えしそのひと」と表現され、化粧の有無が、両者の性格の描写のコントラストをより際立たせている。

千鶴子嬢と――そして初音様、何んたる対照ぞ、紅と白、墨と雪、灯の前に相対す二つの姿よ、豊頬に紅さして眉を描き白きをほどこし眼ざむるばかりの色とりぐ〱の衣打ち重ね、あまつさえ黄金の鎖をまとふて誇らしき人の前には薄き化粧の跡だになき寂しき面に、侘しき襟もと、古びし紫の袂も萎えしそのひと。

「寒牡丹」（『少女画報』一九二〇〔大正九〕年二月、三二頁）

歌留多大会で読み役をつとめたのは、「富豪や権門の児に媚を呈して叩頭するのを社交術と心得へた」婦人であった。

のつそりと出て座はつたのは其の夜の読み役を一手に引き受けたさる婦人——新橋の女髪結お何さんの新年の傑作とでも言ふのか番外型の大きな丸髷を頭に戴き顔には真白きものを塗り肥えたる肩にすべらす衣紋、羽織の紐が金鎖でなければ、我慢が出来ぬとばかりに光らして灯の下に大きくなつて、そりかへりました。

「寒牡丹」（『少女画報』一九二〇〔大正九〕年二月、三二一～三二四頁）

ここで婦人が施している化粧は決して好意的に描かれてはいない。同じく「燃ゆる花」でも、女学校に逃げてきた女性を追って連れ戻しに来る婦人の化粧が傲慢で横柄さを象徴するものとして描かれている。

その姿の円く短かい、金魚の直立したようにも感じられる。けれども、けっして金魚のように青い藻の陰に水泡を吸うという紅い可愛い影ではない。

何といふのか、ぴか〳〵線香花火の様に光る宝石づくめの櫛を三枚くるつとめぐらして、後生大事に囲んだ大きな束髪、勿論それは自分の髪の毛ではない、作りあげた黒髪の形を後からのせて、冠せたものに相違ない。

円くて血色がよい、といつても薔薇色の頬といふことは許されない、細かな皺の上に濃く白いものを塗つて、その上にトマトーの液の浸み出た様にとでも思はれる、油ぢみた顔である。眼も鼻も口も、すべてが無意味で、愚かな欲望と小さな虚栄のために、使はれる道具の様にも思はれる。

「燃ゆる花」(『婦人界』一九一九〔大正八〕年三月、七五~七六頁)

「浜撫子」では、化粧について唯一好意的な描写がなされているが、あくまで薄化粧である。

やうやくして桜貝の琴爪が出来て来た。
佐紀子は嬉しかつた、その桜貝の爪で、その宵琴を弾いて試みやうに《ママ》思い立つた。
薄く化粧をして袂も更へて、初秋の気冷い縁先へ琴を運んで絃に触れた。[5]

「浜撫子」(『少女画報』一九二〇〔大正九〕年一一月、一一四頁)

このことからも、寛子という少女が、仁代に比べ、年齢のうえでやや年長であるということに加え、大人の女の持つ狡猾さや、計算高さをにおわせる人物であることがうかがえる。その一つの根拠として、寛子の用いる白粉が四八通りであることに注目してみたい。四八という数字は、この作品の題名が「睡蓮」であることから、仏教用語である「四十八軽戒」の想起という可能性を考えることができよう。四十八軽戒とは、大乗戒の中で罪の軽い四十八条項からなる戒のことを指すが、その中には師友を尊敬しない、人の苦しみを放置する、利益を求めて授戒の師になる、などがある。[6] 寛子の使用する白粉の数に込められた意図は、寛子の容姿に対するこだわりを表し、のちの裏切りを予期させる、罪深き女としての一面をほのめかすことにあるといえる。仁代と寛子との間にある美しさの僅差は、家柄に加え化粧の有無に由来するものであり、「寒牡丹」で見られた二人の少女のコントラスト同様、化粧をする少女は必ずしも良いイメージとしては捉えられておらず、作られた美を前面に出す少女としての位置づけがなされている。

また、仁代と寛子を比較するうえで重要となるのは、「夢」という単語の使用頻度である。『花物語』における「夢」「幻」といった単語の登場については、すでに高橋重美によって指摘されており、[7]「彼女たちの涙に霞む瞳に映った少女たち」が、「惜しみなく与えられた修辞の中で必ず一か所は「夢」や「幻」に喩えられて」いるとされている。高橋の指摘は首肯すべきものであるが、本作において重要なのは、「睡蓮」という物語が、「夢」という単語の最多登場作品でありながら、夢の世界に同意しない特異な少女が登場するという点であろう。

「睡蓮」には、およそ一八ヶ所にわたって「夢」という単語が認められる。例を挙げるならば、仁代が寛子をまなざす描写、「しみじみ姿をみつめて半ば夢心地」がその代表的なものであり、仁代が寛子に語る暗示的な夢の場面はもちろんのこと、物語全体が「げにも夢のごと――夢のごと」といった幻想的な描写で一貫している。「夢」に関する描写は、圧倒的に仁代の内情、言動に集中しており、暗示的な夢を見るのが仁代のみであることからも、そこには〈夢想的少女〉としての人物像が浮かび上がってくる。また、「睡蓮」という名は、花が夕方閉じることから、中国で「眠るハス」として名づけられたことからきており、それを音読みにしたのが「すいれん」であるという。[8]その由来からも、絵のテーマに〈眠り〉を連想させる睡蓮の花を持ち出した仁代からは、彼女の夢想的な一面がうかがえる。一方、寛子という少女は仁代と対照的に描かれている。


仁代はかく語りつゝ、如何にも淋しさうだつた、その夢を思ひ出したのか――

聞いてゐた寛子は、華やかな笑ひ声を立てゝ此の人のやゝ持ち前らしい浮々とした調子で、

『まあ、大変私がロマンテイツクな姿で夢の中にあらはれたわけねえ、睡蓮の精になるどころか、私の書いたあの睡蓮の絵が入選か落選か今、天下分目の関ヶ原で、会場の中で震へてゐる最中でせうよ。』

寛子にとつてその夢は仔細もなき笑ひ話しにすぎなかつたのです。

「睡蓮」（同八月、二四九〜二五〇頁）

この場面は先に少し触れた、暗示的な夢の話を告げた仁代に対する寛子の対応である。夢見る少女を一笑に付す少女の構図は、ほかの『花物語』作品には登場しない。夢を「仔細もなき笑い話」に過ぎないとする寛子は、〈夢想的少女〉の側には属さない少女、つまり〈非夢想的少女〉であるといえるだろう。いわば、この物語は〈夢想的少女〉である仁代が〈非夢想的少女〉である寛子に裏切られる物語であり、それは二人を〈競い合う少女〉という立場に置く。では、『花物語』連載再開の一作目である「睡蓮」に、そしてこの時期の『花物語』にこうした〈競い合う少女〉が登場してきたのはなぜだろうか。その理由を探るために、「睡蓮」が掲載された雑誌『少女倶楽部』に目を向けてみたい。

『少女倶楽部』は一九二三〔大正一二〕年、大日本雄弁会講談社より刊行された少女雑誌で、「睡蓮」が発表されたのは一九二五〔大正一四〕年七〜八月のことである。「睡蓮」発表当時、誌上で少女たちのひそかな人気を集めていた一つの小説ジャンルの登場があった。それが「運動小説」と呼ばれた一群である。運動小説の特徴は、スポーツに励む少女を主人公にした物語で、少女同士の友情や葛藤、父親からの期待や、代表選手としての自分に課せられた責任などの要素を盛り込みつつ、勝ち負けが明確に描かれている点にある。運動小説に関して、詳しくは第三章で述べるが、これら運動小説の登場は、『花物語』連載再開一作目である「睡蓮」にも〈競争原理〉をもたらし、影響を与えていたという可能性が考えられる。では、競争の結果なぜ一方が裏切られることになったのか、本作品の重要な部分である〈裏切り〉の理由について、詳しく考察していきたい。

3. 少女の裏切り

仁代と寛子は結果的に芸術の道において競い合うこととなり、勝者敗者の関係になったことで、一方の裏切りが生じ、もう一方が打ちのめされ挫折の道を歩んでいく、という結末を辿る。寛子はともにスケッチをした睡蓮の池のほとりで、「私のあなたに捧げる友情に誓つて——」と仁代の手の秘密を守ることを約束するが、仁代の入選に至って、寛子はその秘密を周囲にほのめかしてしまう。「どうせ、当選する様な人は、特別な人よ」「だつて、どつか不具だつたりする方の意気込みはそりや私達の遊び半分の様なものとはちがふでせうものね」といった発言は、明らかに受賞の喜びの最中、話題の渦中にいた仁代を指しており、その寛子の言葉を聞き「思はずしいんとした一座」の沈黙は、寛子の発言が暗に仁代を指していると悟ったことを示す。「睡蓮」における〈裏切り〉は、寛子が、仁代の手についての誓いを破ったこと、同時に仁代本人もその誓いが破られたと自覚した点にある。では、寛子はなぜ仁代を裏切ったのだろうか。逆にいえば、仁代はなぜ裏切られなければならなかったのであろうか。

「睡蓮」で特徴的なのは、仁代の手の指に（絵を描くことにさしつかないとしながらも）障害がある点である。「左の掌、薬指と小指が、離れずにぴつたりとついたまゝで」ある仁代の指の障害は、生来のものであり、「あなたの罪ではなくつて、たゞ偶然なのですもの」と寛子がいうような「偶然」では決してない。それは「運命だと私あきらめていますの」と仁代自身も口にする「運命」ともいうべきものだからなのである。

横川寿美子は、『花物語』に描かれる少女たちの無力に関し、「少女たちはたいてい相手の悲しみに対し何をもなさないし、仮になしたとしても、それは、父親の助力によっていっとき相手の苦しみを救うとか（「5．山茶花」）、心をこめて慰め励ます（「7．名も無き花」）といった程度のことで、根本的な解決につながるものにはならない」としている。[9] 横川は、こうした少女たちの態度から、「相手の人生に深く踏み込むことは許されないのだという、あらかじめ設定された関係性の遮断」を読み取り、彼女たちを「安全な傍観者」として捉えている。しかしこれは反転して見れば、傍観者とならざるを得ない、少女という非力な立場や、己の無力さ、みずからの力ではどうしようもない現実が、つまりは少女たちにとっての「運命」なのだろう。

ここで、当時の少女雑誌に見られる興味深い変化について触れておきたい。次の引用は『令女界』の読者欄「茶話会」によるものである。

▽吉屋先生の（返らぬ日）にいつもながらの先生独特のうるはしい詩の様なれど力強きを失はない物に、私はひし〳〵と胸せまる思ひが致します。余りに現実化されすぎるこの頃の少女の世界にかゝるお作はほんたうに私たちは喜びたい位です。美しき弥生さまの切なる純情よ信子先生ならではと感謝に涙ぐまれて了ひますものを。（須川みどり）

『令女界』（一九二六〔大正一五〕年七月、一七一頁）

吉屋信子「返らぬ日」は『令女界』一九二六（大正一五）年四～一〇月に連載された。のちの単行本には収録されていないが、同年三月には『花物語』の最終話とされる「薊の花」が『少女倶楽部』に掲載されており、これはその直後の作品ということになる。「先生独特のうるはしい詩の様なれど力強きを失はない物」という読者の印象は、つまり、少女たちにとっての『花物語』世界の印象であると考えてよいだろう。

では、「余りに現実化されすぎるこの頃の少女の世界」とは、具体的に何を指しているのだろうか。次に引用するのは、『少女画報』の短歌の投稿欄の選者の言葉である。

短歌もまた詩と同じく優れたものがありませんでした。そして無暗に淋しくもないのに、淋しがつたり、悲しくないのに悲しがるのはまことに芸術としてよくない傾きでありますから、どうか深く注意して下さい。

『少女画報』(一九二四〔大正一三〕年一月、一五四頁)

同年三月、次いで五月の読者欄には次のような投書が見られる。

△皆様。新年号の短歌の欄の一番初めを御覧になりましたでせう。「無暗に寂しくないのに淋しがり、悲しくないのに悲しがる。」全く是は、今迄私が常に苦々しく思つてゐた事でありました。人生の花をと云はれる乙女時代に於て、大きい希望と理想と空想と憧憬があらうとも、決して、悲しがつたり淋しがつたり又。そう矢鱈に悶えがあらう筈がありません皆様!お互いに、誇張や虚偽は止めて、真面目に芸術の道をたどらうではありませんか。(讃岐　なげき)

『少女画報』(一九二四〔大正一三〕年三月、一九九頁)

△誇張や虚偽をやめてほしいとは私も痛切に感じて居りました。美しい修飾語の行列より地味で

もい、真実の一語がどれだけのぞましいか知れません。皆様、ほんとうに誇張や虚偽はやめませうね。（島根　れい子）

『少女画報』（一九二四〔大正一三〕年五月、二二五頁）

同様に同時期の『少女倶楽部』には次の投書が寄せられている。

□（前略）始めから終り迄今更あらたまつて表紙がよかつたの口絵が気に入つたの記事がよかつたのと同じことばかりでは面白味もないし読まなくつても大して苦痛でもありませんもの。少倶と読者の仲よし倶楽部であると共に読者間の仲よし倶楽部といたしたいものです。或は地方の名物、遺跡、又は皆様の御研究なさつたことや感じたこと面白かつたことなどの御通信でも結構ぢやありませんか。

『少女倶楽部』（一九二五〔大正一四〕年九月、二八二頁）

以上のように、一九二四（大正一三）年以降、少女雑誌の読者である少女たちの中から、情緒や感傷のみに訴えないものを好む風潮が現れ始めていることはまず間違いない。つまりこの頃すでに読者側に、従来の『花物語』世界を脱却していこうとする風潮が芽生えつつあることがうかがえる。

従来の『花物語』世界とは、すなわち「睡蓮」の中で拮抗する二項対立のうちの仁代の立場であり、夢想的な、かつ白昼夢に漂うような身体感覚で物事を捉えようとする、またはそうしたものを好む少女たちの世界を指している。

仁代が寛子に裏切られるという構図はすなわち、〈夢想的少女〉仁代が〈非夢想的少女〉寛子に否定されていく構図に等しいといえる。それは感傷に訴えた従来の『花物語』世界を迎合する少女たちを、現実的なものを好む少女たちが批判し始める動きを指すが、こうした読者欄に見られる当時の風潮が、寛子の仁代に対する裏切り行為に投影されたと考えるならば、『花物語』世界の少女たちが、小説の枠外で起こる抗いがたい風潮の波に押され、現実的なものへと目覚めていこうとする兆しを表しているといえる。その意味でここでの裏切りとは、仁代と寛子という、単なる一個人同士の間に起こったできごとに止まらない、少女の存在そのものに関わる運命的な裏切りであったといえよう[10]。

4. 見届ける者としての玉園女史

少女による少女への裏切りを描いた「睡蓮」の物語は、〈語り手〉と〈見届ける者〉によって読者に伝えられる。

富士を描けば雲が湧き、琵琶湖を描いたら自づと船が浮んだなどとはちと仰山ですが、まあ物に例へれば、此の位お上手なんださうで、

「睡蓮」（同七月、七頁）

フエルトとか申す厚ぼつたい草履（これは内緒の話しだがおせいの足りない方が大変重宝がるさうで、よく売れますつてね）

「睡蓮」（同七月、七頁）

ですから鏡台の前に坐つて御自分の顔を彩色する時間と、絵絹に向つて彩る時間といづれ多きかと、何も頭をひねつて考へなくても好うござんす、何故ならば、こんな問題は女学校の試験には決して出ませんからね

「睡蓮」（同七月、八頁）

ここでの〈語り手〉は、いずれも〈聞き手〉に話しかける口調で仁代と寛子の性質や生活の様子を補足している。

「睡蓮」（同七月、八頁）

『それは好いけど、植物園の睡蓮の花はどうしたのつて？』
まあ、さう急かずに聞いて頂戴、

〈語り手〉の存在は〈聞き手〉による合いの手も代弁する。〈聞き手〉は読者の存在を示すものであり、読者を作品世界に引き入れるために吉屋のとった一つの手法である。

だが、仁代のその後については語り手によらず、みずからの画会のために長崎を訪れた玉園女史の訪問によって我々読者に知らされる。では最後に玉園女史を登場させ、仁代のその後を見届けさせたのはなぜだろうか。

『花物語』には、「睡蓮」と同じく、その後の登場人物を〈見届ける者〉を登場させている作品がある。それは前述の「黄薔薇」という作品だ。「黄薔薇」では、冒頭に登場する葛城みさをの友人である小山さんの叔母にあたる関夫人の話が登場する。

結婚によって関夫人は教員を辞め、その後任として選ばれたのが葛城さんであるという設定になっているのだが、この関夫人という女性は、物語の冒頭、小山さんと葛城さんの噂話に上るのみで、本編にはまったく介入しない人物である。それが物語の最後、葛城さんが礼子との将来の誓いを果たせず、失意のままに教職を辞し、行方をくらましてしまった跡を追って尋ねていくのが関夫人なのである[11]。さして物語に関係のない関夫人が、なぜ最後になって登場してくるのであろうか。

葛城さんの最後を〈見届ける者〉が、〈語り手〉ではなく関夫人でなくてはならなかった理由、それは関夫人が彼女と同じく教師であったことにある。同業者である関夫人の眼から見た葛城さんは、どのように映ったのか。次の引用は、あと一歩のところで葛城さんにたどり着けず、会えず仕舞いとなった関夫人の様子である。

かくて、才秀で、思想人に優りて其の前途を望多しと祝福された若き葛城さんが、其の学究も捨て、肉親も去つて、遠く異境に流離のさすらひ人となりつゝ影をかくす、其の思ひは、かの一聯の謎の詩句と共に人々は解する事はできなかつた。――たゞ、それを解し得る人は一人の美しく悲しき彼のひとの胸のみであるものを！

「黄薔薇」（『少女画報』一九二三（大正一二）年九月、一三八頁）

「前途を望多しと祝福された若き葛城さんが、其の学究も捨て、肉親も去つて、遠く異境に流離のさすらひ人となりつゝ影をかくす」ことになってしまったいきさつを知ることは、関夫人にとって不可能であったかもしれないが、元教師の眼から見て、優秀であった葛城さんの教師としての資質は、関夫人の認めるところであった。だからこそ、女生徒に対する恋情に溺れ、教師という才能を生かす道を断念した葛城さんの弱さと、教師としての才能を惜しむ気持とを理解する者、〈見届ける者〉として、関夫人の登場がなくてはならなかったのである。

一方、「睡蓮」の最後、仁代のその後は、師である柿沼玉園女史の訪問によって読者に知らされることになる。「あの、先生、お許し下さいませ・・・・絵筆はすてゝも――やはり生活のために、――働かねば、なりませんゆゑ・・・・」という仁代の言葉には、芸術の道を断念し、生活苦にあえぐ一少女の姿が表れている。仁代のその後を〈見届ける者〉として登場する玉園女史こそ、単なる語り手では捉えきることのできない、芸術家としての仁代の真の才能を見届ける者としての役割を担っているといえる。芸術家の道は断念したものの、「やつぱり絵筆にあれほどの才ありし子の業ゆゑにと――今更ながらに」仁代を惜しんだ玉園女史のまなざしは、師のもとを去った彼女が生業として作成している博多人形に込められた、仁代の芸術家としての才能を捉えきっていたのである。

5. 博多人形に見る仁代の才能

仁代が寛子に惹かれていたのは外見の美しさが第一にあった。『花物語』では、数々の少女たちが少女の持つ〈美しさ〉に惹かれているが、こうした〈少女の美〉を芸術の域にまで高め、昇華し、表現していった少女は『花物語』の中でも仁代のほかに見当たらない。仁代は寛子による裏切りゆえに絵画の道においては挫折したが、その裏切りがあったからこそ新しい芸術を生み出したといえる。なぜなら、仁代が「生活のために」作っていた博多人形は、大正期に至り大きな転換を見せているからだ。

博多人形の源流については異説が複数存在し、判然としない。一六〇〇年頃作製されたといわれる博多人形は、「明治時代の中期に至って大きく質的・機能的転機を遂げ、それまでの単なる「遊び」としての土俗的人形から観賞用・装飾的対象物へと変化して」いった[12]。「産業史的見地からすれば明治期は博多人形産業界にとって一大画期の時代として位置づけられることにな」り、大正期でさらなる躍進を遂げる。大正時代に入ると、より写実性を高めようとする動きが見られ、九州大学医学部の解剖学研究室での人体解剖の講義の応用などを始め、「武者物製作の場合などでは武具等の考証にも念を入れ、また動物を作るときは動物園に出向いて写生に励む、というように人形制作に携わる者の格段の努力によって、今日の博多人形への着実な進展がみられるようになった」とされている。当時、写実的な傾向になりつつあった立体的芸術品としての博多人形を、仁代が作り出していくことになった設定は大変興味深い。

仁代が作っていた博多人形は、寛子をかたどったものであると推測できるが、それは玉園女史が「何んだか、見覚えある知つた人の面影に似通つてゐるやうでしたが、さて、それが誰であるか思ひ出すほどの暇も無」いと言わしめてしまうほどのものであった。この一文からは、それが玉園女史の中での寛子の位置づけを表しているものであること、そして当初は仁代と並んで優れた才能を発揮していたとされる寛子が、芸術家への道を離脱し、玉園女史のもとを去っていった可能性を想起させる。

また、見方を変えれば、仁代が寛子を思い描いて作り出した博多人形の美しさ、芸術品としての美というものがあまりに高められすぎ、玉園女史の目にすらモデルとなった寛子の俤を見出せないほどになっていた、という可能性も考えられる。仁代は寛子の美しさを現実のものとしてだけでなく、「夢」「幻」といった観念的な世界で捉えていた。それはひとえに仁代の芸術性の高さでもあり、それこそが玉園女史が惜しんだ仁代の才能だったのではないか。

仁代の作り出す人形は、「已れを裏切りし美しき彼の人に似て」いた。仁代にとって寛子に似た人形を作ることは、裏切られた自己を回復することでもある。それは〈夢想的少女〉が〈非夢想的少女〉を構築し、自分のものとして取り込み、乗り越えようとする様を表しているともいえよう。〈夢想的少女〉と〈非夢想的少女〉の対立は、当時の少女小説界にとって抗いがたい時代の変化であったが、『花物語』以降の吉屋は現実的な物語にのみ傾倒していったわけではない。〈非夢想的少女〉のみを肯定せず、〈夢想的少女〉に自己を回復させ、乗り越えさせることこそ、吉屋が目指そうとした『花物語』後の世界であったと考えられる。日本画という二次元の表現方法から、博多人形という三次元の表現方法へと変化した仁代の芸術性は、少女による〈少女の再生産〉という一つの開かれた結末を示しているのである。

付記：「燃ゆる花」はこれまで初出時期が不明であったが、本書収録の巻末作品年表作成過程において『婦人界』一九一九（大正八）年一〜四月の掲載を突き止めた。このことから先行研究において柳原白蓮事件との関連が指摘されていた事実は再考すべきであろう。なお、本章脱稿後、神戸啓多氏のご論考「差異が拓く〈聖域〉——吉屋信子『花物語』「燃ゆる花」と「心の花」をめぐって」（『関西近代文学（3）』二〇二四・三）を拝読したが、ご論文内では同様の指摘がなされている。

注

1　駒尺喜美『吉屋信子——隠れフェミニスト（シリーズ民間日本学者39）』（リブロポート、一九九四・一二）、二六頁。

2　「ヒヤシンス」「睡蓮」では次の描写において「裏切り」という単語が登場する（傍線部は引用者による）。

母一人の手には負ひ難ひ生活を少しなりとも助けねばならない私が職を失へばその日から母や妹に苦しみを負はさねばなりません。お、糧のためには愛する人をも裏ぎる恐ろしい屈辱――（四五頁）

私は見事に立派に他の人達と同じ様にお姉様をつい今し方裏切つて来たのではありませんか、（四五頁）

裏切者の一同は『まあ――』とばかり、さすがに白けて居りました。（四六頁）

裏ぎりし者の負はねばならぬ暗い影は強く〳〵その日より私にまつはつたのでございます。（四六頁）

「ヒヤシンス」（『少女画報』一九二三〔大正一二〕年一〇月）

思へば、此の夏、植物園の池のほとりに写生に余念なかつた折、寛子が贈物の夏手袋のゆゑにはしなくも打明けねばならなかつた仁代の小指の人並ならぬそのこと、――お、、いま、寛子が満座のなかで、かくも激しい語気を用ゐて、その一つのことによつて、こぞの日の友情を微塵に打ちくだいてまで仁代を見事に裏切らうとは、――あまりの儚なき、頼み難き人のこゝろ、かくも人間は時として孤独の姿を強ひられねばならぬのか、如何なる堅き誓ひも、如何なる強き愛情も、あゝそは時として、行く雲の影よりもはかなく、散る花のさだめよりも淋しく、かくて破り、ふり棄てられた後、唯、最後に残るものは、侘しいく「孤独」――、世を捨てし聖の心も、あはれかくと悟り得てか・・・・。

「睡蓮」（『少女倶楽部』一九二五〔大正一四〕年八月）、二五一～二五二頁

3 吉武輝子は、吉屋が一九二一（大正一〇）年頃、塙十糸子との共同生活の破綻から女の友情に絶望した出来事と、この「睡蓮」との関連づけを次のように述べている。

> 画才あふれる少女が、その才能を妬んだ親友に裏切られ、失意のあまり、裏切りのもととなった画才を捨て、人生の片すみで孤高を保って生きる姿を描いた『花物語』〈睡蓮〉は、ちょうどこの時期に書かれたものであった。
>
> 吉武輝子『女人吉屋信子』（文藝春秋、一九八二・一二）、三九頁

だが横川寿美子は、吉屋が女の友情に絶望したとされる出来事が一九二一年頃であるのに対し、「睡蓮」が掲載されたのは一九二五年であることから、実体験と作品掲載の隔たりについて指摘している（「吉屋信子「花物語」の変容過程をさぐる——少女たちの共同体をめぐって」『美作女子大学美作女子短期大学部紀要（34）』二〇〇一・三）。

4 仁代と寛子が出品したという展覧会は、「帝展や二科会ほどの勢力はない」とあるように、作品内時間は、一九一四（大正三）年の二科会創設以降であり、一九一九（大正八）年開催の「帝展」までさかのぼるものではないことがわかる。また、「フエルトとか申す厚ぼつたい草履」の記述からも、この物語の時代設定が大正時代であることがうかがえる。宮本馨太郎『かぶりもの・きもの・はきもの（民俗民芸叢書24）』（岩崎美術社、一九六八・三）によると、女子が着用していたという「重ね草履」や「表打草履」などの材質が、藺草や竹皮などからコルク・フエルトにとって代わったのは大正時代に入ってからのことである。この草履は同じく『花物語』所収の「桐の花」（一九二四・三～五）にも登場する。

なお、ここで少し美術展の歴史について触れておく。日本における博物館・美術館の歴史については伊藤寿朗監修、棚橋源太郎著『博物館基本文献集』第一六巻（大空社、一九九一・七）に詳しいが、本邦初の美術展覧会は、一八七五（明治八）年、國澤新九郎によって、新橋竹川町に開かれた絵画展覧会であろうといわれている。國澤は、一八七二（明治五）年に絵画研究の名目で英国に渡り、七四（明治七）年の帰朝後に平川町に彰技堂という画塾を開いた人物で、七五（明治八）年の展覧会は、一門その他の画家の作

品を展示したものであったという。また、上野公園の竹の台といえば、上野公園の中心となるオープンスペースのことであるが、周知の通り、これまで数々の博覧会が開催された地として有名である。一八七七（明治一〇）年には上野公園で第一回内国博覧会が行なわれるが、その際中心的存在であった建物が、美術館の名称を使った最初の建物であるという事実は大変興味深い。翌年からは、上野公園の日本美術協会の美術展覧会も開催され、以降、絵画共進会、東京府工芸共進会、白馬会などが展覧会を行なった。文部省美術展、通称文展の一九〇七（明治四〇）年創設以降は、日本美術院展覧会、二科会展覧会、国画創作協会展覧会などが開催されている。

仁代と寛子の出品した展覧会について特定はできないものの、当時の展覧会については、大正期を中心に行なわれた日本国内の展覧会（博覧会）の中から主要であると思われるものを選び出した、東京文化財研究所編『大正期美術展覧会出品目録』（中央公論美術出版、二〇〇二・六）が詳しい。時期と場所の一致に鑑みて、考えられるのは「再興日本美術院」「国画創作協会」「円鳥会」のいずれかであろうと推測できる。

5 「浜撫子」の掲載は『少女画報』一九二〇（大正九）年八月、九月、一一月の存在を確認しているが、全四話に分けて掲載されたことを考えると同年八～一一月の掲載であると考えられるため、本書巻末の吉屋信子作品年表では八～一一月の掲載とした。

6 古田紹欽ほか監修、日本アートセンター編『仏教大事典』（小学館、一九八八・七）、三八五頁。

7 高橋重美「夢の主体化――吉屋信子『花物語』初期作の〈抒情〉を再考する」（『日本文学（56）』第二号、二〇〇七・二）。

8 山口佳紀編『暮らしのことば新語源辞典』（講談社、二〇〇八・一一）。

9 前掲「吉屋信子「花物語」の変容過程をさぐる」。

10 仁代の指は「左の掌、薬指と小指が、離れずにぴつたりとついたまゝで」となっている。だが、寛子によって指の秘密が明かされた場面では、「寛子が贈物の夏手袋のゆゑにはしなくも打明けねばならなかつた仁代の小指の人並ならぬそのこと」となっている（傍線は引用者による）。『花物語』所収の「紅薔薇白薔薇」

では、伊太利のヴァイオリニスト、ミス・サイラーのもとで七つの春よりヴァイオリンを習い続ける二人の少女、麗子と雪子が、ミス・サイラーの帰国前夜、送別の宴を開いた卓上で友情の誓いを交わす。その際交わされるのが「ゆびきり」であり、「睡蓮」と同様に芸術に携わる二人の少女というモチーフ、誓いを交わすという場面の共通性がある両作品で、唯一異なるのがこのゆびきりのシーンであるといえる。寛子は仁代に秘密を打ち明けられた時、「熱情をこめて」「仁代の不具の手を犇と握つて我が唇のほとりに近づけ」ているが、秘密は守られず周囲に打ち明けられてしまう。その際、「仁代の小指の人並ならぬそのこと」と小指が強調されていることの背後には、指切りを交わさなかった小指が裏切りの象徴に転じたことを示す。

11 冒頭では小山さんの叔母という設定であったはずの関夫人が、物語の最後、葛城さんの叔母であるという設定に取れる描き方がされているのは、吉屋の誤謬であると考えられる。

12 高向嘉昭「博多人形製造業に関する産業史的考察(1)――古博多土人形から新興博多人形へ」(『九州産業大学商經論叢(39)』第一号、一九九八・七)、一七〜一九頁。

第二章

〈競い合う少女〉たち

――『少女倶楽部』における運動小説について

1. 運動小説の起こり

前章で取り上げた『花物語』「睡蓮」が発表された当時、『少女倶楽部』誌上で、少女たちのひそかな人気を集めていた一つの小説ジャンルの登場があった。それが「運動小説」と呼ばれた一群である。[1]「睡蓮」は『花物語』の中でも特異な少女たちが登場する。前章では〈競い合う少女〉たちが描き出される背景に、この運動小説の存在があったことを可能性の一つとして提示した。吉屋作品からは少し離れるが、本章では『少女倶楽部』における運動小説を取り上げ、「睡蓮」が生まれる素地となったであろう、当時の小説界の一潮流の在りようを見ていきたい。[2]

少女雑誌『少女倶楽部』は、兄妹雑誌である『少年倶楽部』に遅れること九年後の、一九二三（大正一二）年に創刊された。「睡蓮」が掲載されたのは創刊から二年後のことである。『少女倶楽部』には、目次の作品タイトルの前に「少女小説」や「探偵小説」などのジャンルを示す角書きが付されていることがあるが、そこに「運動小説」の名が登場したのは、一九二四（大正一三）年二月の福田正夫「小さい女王」（目次では「小さき女王」）であった。身体が小さく、周囲から「小さい人形さん」と呼ばれることに不満を抱く美佐子は、S校とのテニス対抗試合で活躍し、上級生たちが果たし得なかった勝利を手中に収める。周囲の注目を集めた美佐子は、同時に「小さい女王」の称号をも手にする、といった筋である。本章で扱う運動小説は、『少女倶楽部』創刊から名称変更後の『少女クラブ』を経て終刊に至る四〇年間に見られる、スポーツに携わる少女、またはスポーツに関連するものを描いた創作作品、およそ三五作品を該当作品としている。[3] 内訳は、テニス物一三作品、野球物九作品、運動会物六作品、陸上競技物四作品、水泳物、バスケット物、競馬物が各一作品ずつとなっている。これら運動小説とは別扱いとするが、後述するノンフィクション作品一三作品、映画などの実写となった二作品も存在する。

2. テニスを描いた運動小説

『少女倶楽部』における運動小説の始まりがテニス物であったように、もっとも多く描かれているのはテニスを描いた運動小説である。前述の一九二四（大正一三）年二月、福田正夫「小さい女王」に始まり、大正一四、一五、昭和二年に多く見られ、以降は一九三四（昭和九）年七月、浅原六郎「微笑む友情」が最後となっている。

一九二四（大正一三）年一二月、小泉葵南「静枝さんの初陣」には、日本女子庭球協会主催の日本女子庭球選手権争奪戦出場選手に抜擢された少女、静枝が登場するが、実在する全日本選手権は、一九二二（大正一一）年の日本庭球協会とともに発足され、当初は男子のみ（シングル・ダブルス）であった。ちなみに日本にテニスが入ってきた時期については諸説あるが、世界最古の競技大会「ウインブルドン」[4]が開始して二年目の一八八四（明治一七）年にゴムボールを代用したのが始まりであるともいわれ、[5]一九一三（大正二）年には硬式へと移り変わっていく。また全日本選手権に女子が参入できたのは一九二四（大正一三）年で（ただし一九三八（昭和一三）年まで期日もコートも男子とは別）[6]、小説の発表は女子テニス普及の時期と一致していることがわかる。小説内におけるテニスが硬式軟式のいずれであったかは判然としないが、唯一確認できたのは、加藤まさを「最後の一点」（一九三一（昭和六）年一一月）における、「可愛い少女選手の戦ふ軟球のシングルスの面白味といふものは格別だつたので、見物人からも非常な期待が懸けられてゐました」という一文のみである。一九七三（昭和四八）年に国際軟式庭球連盟が発足し、一九九四（平成六）年のアジア大会でようやく正式種目になることからも、日本における軟式テニスの普及率と支持率の高さがうかがえる。

テニス物に限らず、運動小説全般に見られる特徴として、母校の名誉がつきまとう対抗試合での少女たちの奮闘がある。過去の対抗試合において、涙を飲んできた卒業生たちから「今年こそはきつと恥を雪いで下さい。我校の名誉のために！」と期待をかけられ（今福雍之介「地を噛む熱球」一九二五（大正一四）年四月）、少女は「石に齧りついても勝たねばならない」（白井桃村「強き祈り」一九二七（昭和二）年一一月）と心を奮い立たせる。勝利を収めた少女たちは、「万歳！町立××女学校万歳！」「長谷川さん、よく働いて下すつた」と、学校長や教師たちから感謝の言葉を、生徒たちからは賞賛の言葉を与えられるという流れがパターンとなっている。また、それがダブルスの試合だった場合、後述する野球や陸上競技、そのほかのスポーツには見られない、ペアを巡る少女同士の友情、嫉妬、葛藤といった競技特有の要素が顕著に見られる。

白井桃村「覇権を得るまで」（一九二七〔昭和二〕年五月）では、「百万長者で、貴族院議員の一つぶ種、四年イ組の組長として、全校の生徒から、女王のように敬愛せられる、気高く、美しい、そして博い心の持主」である吉田みどりとのペアを望んでいた百合子が、貧しい百姓娘水鳥早苗にその座を奪われたことで嫉妬する。全国女学校庭球大会の初日の夜、高熱で苦しむ百合子を、早苗は一睡もせず看病してやる。寝不足の早苗は、翌日の試合で腕が揮わない。「たとひ敗けたつて、自分のやつたことは正しい。勝利は一時、友情は永遠だ」と力を振り絞り試合に臨んだ早苗は、百合子の声援を受け、結果的に「勝利と友情と、両ながら贏《か》ち得」、「慈雨の如きあたたかな涙が、こゝろよく頬を伝つて流れるのを感じ」る。森竹夫「聖き祈り」（一九二五〔大正一四〕年八月）も、少女同士の嫉妬による試合の妨害、それを乗り越えた勝利が描かれる。

いずれも、少女雑誌に書かれたものであるという前提がある以上、そこに少女の友情が描かれるのは自明のこととして、ことにテニス物には、少女間の姉妹のような関係、エス的結びつきや、反目し合う少女たちが描かれている。そして、互いの友情を深め合って終わるという結末には、少女たちを友情という〈調和〉へと導く作者の意図が考えられる。

3. 野球物小説における少女たち

『少女倶楽部』における野球を扱った小説の嚆矢は、北槇一「勝利にかがやく」（一九二五〈大正一四〉年五月）であり、以降、一九三七〈昭和一二〉年一〇月の富田常雄「愛の栄光」に至るまで随所に点在している。野球物はテニス物に次いで多く描かれるが、他の競技物には見られない特徴がある。それは「運動小説」ではあるが、「野球小説〈物語〉」ではないということだ。『少女倶楽部』における野球物に、「野球小説」と付されない理由、それは一つに小説に登場する選手が、少女たちの兄、または弟であり、少女はそれを〈見守る者〉として登場し、野球という競技自体には重きが置かれて描かれていないことによる。邦枝完二「選手の妹」（一九二六〈大正一五〉年五月）、岡田三郎「選手の妹」（一九三三〈昭和八〉年一〇月）、サトウ・ハチロー「勝て勝て兄さん」（一九三五〈昭和一〇〉年四月）といった題名からもそのことがうかがえよう。つまり、『少女倶楽部』における野球物は、少女がプレイヤーとしてではない、観戦する側、選手をサポートする側の人間として描かれているという点で大きく特徴づけられ、〈行うスポーツ〉〈見るスポーツ〉としての男女差が見られる。一九二三〈大正一二〉年には、大阪毎日新聞主催の女子軟式野球大会が開催されているが、この頃の運動小説においては依然として野球は少年の行うスポーツであり、少女における野球の普及率は低かったと考えられる。
『少女倶楽部』で執筆していた作家は、兄妹雑誌である『少年倶楽部』と兼業していることがあるが、小泉葵南もその一人である。小泉は大阪毎日新聞社に買収される以前の『東京日々新聞』記者から、『読売新聞』記者を経て、大正八年四月までのおよそ八年間、雑誌『野球界』の主幹を務めたほか、様々なスポーツ、中でも野球に傾倒し、その普及に尽力した人物で、『少女倶楽部』にはテニス物を、『少年倶楽部』には野球物をそれぞれ掲載している。競技は違えども、少女向け読物には「スポーツが精神力を向上させる」物語を、少年向け読物には「精神力がスポーツの技術を向上させる」物語を執筆しており、ここでも男女の書き分けがなされているといえる。[7]
『少女倶楽部』における野球物に見られる少女たちは、支える者としての立場を意識し、兄の中学が負けたことを「私が行かなかつたからだわ。私が応援したらきつと兄さんの方が勝つたんだわ。ねえ、さうでせう?」（北槇一「勝利にかがやく」一九二五〈大正一四〉年五月）と言い、「姉さんや、木村の姉さんが、皆の勝利を祈つて上げたから勝てたのだよ——」と弟たちに言い含める。また、貧しい家庭環境の中で両親に先立たれ、「弟の母さんになつて、兄さんの奥様のやうに世話をして、そして、小さな『勇敢な主婦』になり澄まさなければならない」立場（富田常雄「明星に捧ぐ」一九三〇〈昭和五〉年四月）を要求される少女たちは、良妻賢母予備軍そのものである。選手たちを支えた妹（姉）の苦労は、吉村久夫「茨を越えて」（一九三七〈昭和一二〉年七月）のサブタイトル、「若きリーグ戦の花形投手、赤根谷選手とその妹の苦闘純愛物語」に象徴されるような、根性や苦闘の物語を美談で綴る「スポーツ美談」へと繋がっていくのである。

4. 運動小説からノンフィクション小説へ

意外にも多い運動会物は、その内容に、マラソン（廣田花崖「愛の少女選手」一九二五（大正一四）年九月）、ランニング（水野葉舟「運動会の日」一九二五（大正一四）年一〇月）、クラスリレー（白井桃村「輝く路」一九二七（昭和二）年二月）といった徒競走物から、綱引（田郷虎雄「勝者への道」一九三七（昭和一二）年一〇月）といった競技まで含まれる。「日本で最初に開催された運動会は一八七四（明治七）年、東京・築地の海軍兵学寮（のちの海軍兵学校）で催された「競闘遊戯会」だとされており[8]、「運動会とは、タテマエとして遊ぶことを隠したがり、富国強兵と殖産興業で遊ぶことを否定された時代に、本当は遊ぶことが大好きな日本人が、からだの底から湧き出す本性によって創り出した、すばらしいスポーツ・イベントだった」のだという[9]。

昭和に入ると、戦前までの間、誌上には陸上競技物が多く見られるようになるが、ひとえにそれは、実際の女子陸上選手の活躍によるものが大きいと考えられる。オリンピックに初めて女子の陸上競技が加わったのが一九二八（昭和三）年、アムステルダム大会であったが（競技は一〇〇メートル、八〇〇メートル、四〇〇メートル・リレー、走高跳、円盤投の五種）、実はそれ以前の一九二二（大正一一）年、「女性の五輪」と銘打った、陸上中心の女性だけの国際競技大会がパリで開催されている[10]。それまで

「五輪の真の勇者は男性。女性の役目は優勝者をたたえること」と言われ続けていた中で、女性五輪開催に奮闘すべく打って出たのが、フランスのアリス・ミリアであった[11]。

しかし、日本における女子陸上選手、中でも歴史に名を残した人物を挙げるならば、人見絹枝を忘れてはならないだろう。『少女倶楽部』はこれまでにも各女学校の誉高き運動選手をグラビア写真によって追い続けてきたが、その間、人見の姿は幾度か『少女倶楽部』誌上に登場し（口絵「或る日の選手」一九二七（昭和二）年九月、「少女グラフ（女学生時代の人見絹枝）」翌年九月など）、自身も「世界的記録を目ざして」（一九二八（昭和三）年四月）、「和蘭女王陛下に拝謁の思ひ出」（同年一二月）、「思ひ出の優勝盃」（一九三〇（昭和五）年四月）、「万国女子オリムピックを目指して」（同年五月）といった記事を執筆している。

人見絹枝は一九〇七（明治四〇）年、岡山県に生まれ、現在の日本女子体育大学である二階堂体操塾に入学後、すでに三段跳において世界記録を樹立。のちに同塾の専門学校昇格決定後、大阪毎日新聞社に入社、第二回万国女子オリンピック大会出場後に個人優勝を果たし、走幅跳で世界新記録を出すなど、昭和に入ってからも多くの輝かしい成績を残し、世界新記録をも樹立している[12]。一九三一（昭和六）年八月に、二四歳という若さでこの世を去った彼女の栄光の軌跡は、その年の一〇月に「スポーツ界の恩人・人見絹枝嬢」（森田俊彦）といった追悼記事や、一九三二（昭和七）年二月「人見絹枝物語」と題した陸上競技研究会製作・文部省後援による「スポーツ教育映画」の写真などのダイジェストによって紹介されている[13]。

実際、一九三九（昭和一四）年以前の誌上は、多くのスポーツ関連記事と、いくつかの運動小説が掲載され、その背景にはオリンピックの影響があることはいうまでもない。日本における初のオリンピック開催は、一九六四〔昭和三九〕年の第一八回オリンピックである。一九四〇〔昭和一五〕年の第一二回オリンピックは当初、東京が開催予定地であったが、日中戦争によって大会を返上したという背景がある。[14] 一九三八〔昭和一三〕年五月の「女子スポーツ相談会」では、文部省体育官である栗本義彦、東京女子高等師範学校助教授である戸倉ハル、後述のスポーツ美談などを執筆した清閑寺健らと、女学校生徒ら数名が座談会を行っているが、そこでは「銃後の護は女子が進んでやらねばならないのですから常に御国に盡くせるやう、体を鍛へ、丈夫にせねばなりません」〔栗本〕、「今までの運動のやり方は、男のやる事だったら、女だつてやれないことはないだらうといふのでよくやつたものですが、今はさうでなく、立派な婦人、よい主婦や母を作るための運動といふ風な考へが強くなつて来たやうです」〔栗本〕といった発言が見られ、〈国民を生み育てるための女性〉としての体力増強、という意味での運動が、ここでは意識されているといえる。

また、それより少し前の一九三〇〔昭和五〕年からは、アムステルダム大会で活躍した松木喬の生い立ちを綴った野村愛正「輝く選手」〔一九二九〔昭和四〕年四月〕を始めとし、一九三〇年度仏蘭西庭球選手権試合の第四ラウンドで、フランスの強豪ボロトラと力闘した太田芳郎の物語、「運動美談」と銘打たれた「太田選手の義侠」〔一九三〇〔昭和五〕年八月〕や、同年一〇月「十哩競泳の花形――報知新聞後援の競泳大会初島・熱海間を泳ぎ通した唯一の女子選手栗村徳子嬢」といったノンフィクション作品が、運動小説に混入し始める。これらのノンフィクション作品は、一九三四〔昭和九〕年になると、竹田敏彦「〔スポーツ感激小説〕友よ勝利へ」〔一九三四〔昭和九〕年一一月〕、清閑寺健「〔スポーツ美談」涙の本塁打」（一九三七〈昭和一二〉年六月）、清閑寺健「〔スポーツ感話〕天国の友に」（一九三七〈昭和一二〉年八月）など、「スポーツ××」という位置づけがなされるようになる。「スポーツ」という言葉は、一九三三〈昭和八〉年八月の「体育グラフ」において、「スポーツといふ言葉がよく使はれるやうになりました」と書かれており、その流行がうかがえる。だが、ここで用いられる「スポーツ」という言葉は、それ以前の一九二六〈大正一五〉年に登場していた「スポーツページ」というコーナーの、「運動の宮様方の御近況」や、「バスケットボールの仕方と秘訣」「初めてテニスを習ふ方へ」といった、のちの『少女クラブ』におけるスポーツ関連記事に通じるハウツーマニュアルの要素を含んだ意味合いを持つものであると同時に、戦前戦中の、国民体力増強という意味での運動へと通じるものであると考えられる。

5. 運動小説の消滅とその後

一九三九〈昭和一四〉年から終戦に至る四五〈昭和二〇〉年まで、運動小説は掲載されず、戦後も運動小説や、それに付随する作品はあまり見られない。『少女倶楽部』における運動小説の終焉を見出すならば、一九三八〈昭和一三〉年二月の「南方の花」（小山勝清）がそれに該当するだろう。

この時期、『少女倶楽部』には、運動小説に代わるものとして、一九三九〈昭和一四〉年一一月「かうして体を鍛えませう」（斉藤一男）といった記事や、四〇（昭和一五）年五月「『体を鍛へよ』大懸賞」と題した懸賞応募（一等商品は支那事変貯蓄債券、二等がリュックサック、三等がフットボールとなっており、七等が跳び縄となっている）、一九四一（昭和一六）年四月「見学グラフ『体を鍛へる学校めぐり』」（川村みのる）、同年一一月「お国の体をきたへる　子供の集団体錬お話会」、また一九四二（昭和一七）年には一年間にわたり、東京女子体操音楽学校長・藤村高等女学校校長藤村トヨによる特集記事、「胸を強くする運動」（一月）や「お腹と腰を強くする運動」（二月）、「「ラジオ体操第一」の正しい仕方」（五月）などといった、戦争に関連する体の鍛錬にまつわる特集記事が誌面を占めることとなる。

戦後に入ると、一九四六（昭和二一）年、『少女倶楽部』は『少女クラブ』へと変わり、小説よりも漫画に傾倒した雑誌になっていく。手塚治虫の「リボンの騎士」を掲載していた、以降の『少女クラブ』には、運動小説と考えられる読み物は皆無といってよく、それに近いものとしては小鶴誠を描いた一九五一（昭和二六）年正月特大号の「〔傑作読切小説〕日本のホームラン王」（清閑寺健）、翌年五月の「〔感激実話〕ほまれの日本女子選手」（大門大亮）、以降は一九五三（昭和二八）年七月、少女が巨人軍の選手をインタビューする記事「川上選手をたずねて」や、グラビヤ「レスリングの王さま 力道山道場訪問」といったスポーツ関連の記事に止まり、「リンクにさいた三色すみれ」（一九五七（昭和三二）年一月）が最後のノンフィクション作品として確認できるだけである。

少女たちのスポーツに関する興味は、一九五八（昭和三三）年の一年間にわたって連載される質問相談「教えてちょうだい」のコーナーに見られるような、「スケートがうまくなるには」（一月）、「卓球がじょうずになるには？」（二月）、「かけっこに勝つには？」（五月）といった、スポーツ上達のコツから、「せいが高くなるには…」(三月)「ふとりすぎてはずかしいわ」(一〇月)といった美容の悩みへと関心が移っていき、終刊の年となる一九六二(昭和三七)年一〇月に至り、「特集あなたもバレーがおどれます」といったハウツーマニュアルの要素を多分に含んだ記事を最後に幕を閉じるのである。

6. 体育・芸術・文化

冒頭において、吉屋の「睡蓮」には、互いに芸術家を志し、競い合う二人の少女が登場することを述べたが、本作とその掲載当時、同じ誌面を飾っていた運動小説の、勝利を求めて競い合う少女たちは、一見位相の異なる二つの世界にあるといえるかもしれない。しかし、玉木正之は、体育と芸術、文化との関わりを次のように述べている。

現在のオリンピックでは、芸術・芸能は競い合うものではない、との考えから競技種目からはずされている。が、「芸術週間」として残され、オリンピックの開催都市は、その期間中、身体競技を開催する(身体文化を見せる)だけでなく、芸術文化(精神文化)を披露する芸術祭を開催することが義務づけられている。[15]

さらに玉木は、明治時代のスポーツの流入に伴い、日本人がスポーツを身体競技としてのみ理解したこと、今日の我々の中には今もなお〈スポーツ＝体育≠文化〉という考えが根づいていることを指摘しているが、このことから、玉木が体育と芸術を「文化」という枠組みの中で一体であるべきものだと捉えていることがわかる。

『花物語』において初めて〈競い合う少女〉が登場することとなる「睡蓮」が登場する背景には、すでに『少女倶楽部』誌上において、運動小説が台頭し、スポーツという分野で〈競い合う少女〉たちの下地が用意されていたということが、一つの可能性として考えられるのではないだろうか。

注

1 『少女倶楽部』に限らず、『少女の友』を始めとする同時代の他雑誌においても、運動小説の存在は確認できる。

2 少女（女性）雑誌におけるスポーツに着目した研究としては、高橋一郎「女性の身体イメージの近代化――大正期のブルマー普及」（高橋一郎・萩原美代子・谷口雅子・掛水通子・角田聡美『ブルマーの社会史――女子体育へのまなざし（青弓社ライブラリー36）』青弓社、二〇〇五・四）、笹尾佳代「変奏される〈身体〉――女子スポーツへのまなざし」（疋田雅昭・日高佳紀・日比嘉高編著『スポーツする文学――1920－30年代の文化詩学』青弓社、二〇〇九・六）、小石原美保「1920－30年代の少女向け雑誌における「スポーツ少女」の表象とジェンダー規範」（『スポーツとジェンダー研究（12）』二〇一四・三）、田中卓也「戦後の少女雑誌における「スポーツする少女」の描かれ方と読者の意識形成に関する研究――少女の恋愛と運動（練習）との葛藤を中心に」（『共栄大学研究論集（17）』二〇一九・三）などが挙げられる。

3 『少女クラブ』はやがて『週刊少女フレンド』へ引き継がれるが、本章は『少女クラブ』までを対象としている。
4 寒川恒夫監修『写真・絵画集成2　日本スポーツ史② 近代スポーツの現在』（日本図書センター、一九九六・四）。
5 池田郁雄編『激動の昭和スポーツ史⑧ テニス——黎明期から2度のブームを経て隆盛の時代へ』（ベースボール・マガジン社、一九八九・五）。
6 前掲『写真・絵画集成2　日本スポーツ史② 近代スポーツの現在』。
7 山田昭子「『少年倶楽部』『少女倶楽部』における運動小説をめぐる人々——小泉葵南の仕事」（『関東学院大学高等教育研究・開発センター年報（8）』二〇二三・一）、六九頁。
8 玉木正之『スポーツとは何か』（講談社、一九九九・八）、三七頁。
9 前掲『スポーツとは何か』、三六頁。
10 結城和香子『オリンピック物語——古代ギリシャから現代まで』（中央公論新社、二〇〇四・六）。
11 前掲『オリンピック物語』。
12 人見絹枝著、織田幹雄・戸田純編『人見絹枝——炎のスプリンター』（人間の記録32）』（日本図書センター、一九九七・六）。
13 なお、死後の映像化作品としては一九九二年に『毎日新聞』創刊一二〇周年記念企画のテレビドラマ『紅い稲妻　人見絹枝』において松下由樹がその生涯を演じたほか、二〇一九年には大河ドラマ『いだてん〜東京オリムピック噺〜』においてダンサーの菅原小春が人見絹枝を演じて話題となった。
14 波多野勝『東京オリンピックへの遥かな道——招致活動の軌跡　1930－1964』（草思社、二〇〇四・七）。
15 前掲『スポーツとは何か』、一八六頁。

第四章

『花物語』の終焉

――「薊の花」論

1.『花物語』単行本未収録作品

『花物語』は一九一六年〔大正五〕年からおよそ一〇年の長きにわたり連載された。だが、連載末期の『少女倶楽部』一九二六〔大正一五〕年一～二月の「からたちの花」、三月の「薊の花」は『花物語』の系譜上にあると思われるものの、単行本未収録である。この二作は、初出誌も入手困難であるという理由からか、これまであまり顧みられることはなかった。しかし、「からたちの花」には先行研究があり、渡部周子が「少女の「連帯」と「成長」を明確に示した「からたちの花」は、『花物語』全体の構想から見れば異質さが際立つため、単行本に収録されることはなかった」と位置づけている通り[1]、それまでとは異なった少女像が描かれている。

この頃の吉屋は、今後、少女小説にどう折り合いをつけていくかを考える過渡期にあった。発表時期から見れば、「からたちの花」よりもあとに書かれた「薊の花」のほうが『花物語』の終焉により近いといっていい。その『花物語』の終焉を探ることは、それ以降も少女小説家として書き続けた吉屋の新たな方向性を探ることにもつながっていくだろう。

2. 手紙を巡る物語

「薊の花」には三通の手紙が登場する。『花物語』の中で、同じく手紙によって物語が展開する作品は三話ある。「コスモス」(『少女画報』一九一七〈大正六〉年一〇月)、「釣鐘草」(『少女画報』一九二一〈大正一〇〉年一~二月)、「ヒヤシンス」(『少女画報』一九二三〈大正一二〉年一〇月)である。「コスモス」は、母を病で亡くしたふさ子が、残された弟と妹を育てるため学校を辞めて去る決断をするまでのいきさつが手紙によって明かされていく。一方、ふさ子が妙子に宛てた六通の手紙のみで構成される「コスモス」とは異なり、「釣鐘草」と「ヒヤシンス」は「私」のもとに手紙が送られてきたという設定で物語が展開していく。「釣鐘草」の手紙の送り主は不幸な家庭に育ち、離れて暮らしている弟に内職で木馬を買ってやろうと計画するが、弟が疫痢におかされ死んでしまう。稼いだ金を巡ってあらぬ疑いをかけられているうちに弟の死に目に会えなかった後悔が、手紙を通して書かれている。また「ヒヤシンス」は、職場で身勝手な男性社員たちに対し抗議するため女性社員一同で決起しようとしたものの、結果的に全員が保身のために一人の女性社員を裏切ることになってしまったことへの後悔が、手紙によって伝えられる。

「釣鐘草」と「ヒヤシンス」の手紙には、いずれも書き手による自分の体験と後悔の念が書かれているだけでなく、これらの花にまつわるみずからの体験談を『花物語』に加えてほしいという願いが記されている。このことから作中の「私」は『花物語』の〈作者〉であると推測され、〈作家吉屋信子〉を想起させる人物として造形されていることがわかる。このうち「釣鐘草」は手紙の届いた経緯や、それを手に取った「私」の存在が記されるものの、手紙を読んだ「私」の所感は描かれず、差出人の境遇を情景になぞらえた次の描写で閉じられている。

末は泪に消えゆきし丈なす處の、秋の灯影に仄白う流れて、さら〳〵と夕風になびいてひるがへる、あはれ悲しき處を吹くその秋の夜風に、同じ此の時彼の村里の山寺のほとりに咲きし紫の花を打ち鳴らして、真白き墓標を吹き、傍に侍るがごとき木馬の背の鬣さびしく吹き乱さうものを、あはれ秋風心あらば紫の花吹き鳴らせ、吹き鳴らせ、我が世悲しと鳴れよ、鐘草、鳴れよ鐘草……。

「釣鐘草」（『少女画報』一九二一（大正一〇）年二月、五九頁）

だが、二年後に書かれた「ヒヤシンス」では最後に「甲子さん、そして麻子さん、お二人ともいらしつて下さいまし。私の小さい書斎の扉は貴女方のためにいつでも開かれて居ります。お二人の泪の末に私の泪をも加へて御一緒に泣かせて下さいませ」と二人に同情し、仲間に加わろうとする「私」の存在が強調されている。

一方、「薊の花」は「私」という人物の一人語りで展開されていく。「私」はこの春から数えて三年ほど前、薊の花が刷られた古風な手紙を受け取る。手紙には、薊の花にまつわる「御物語」を書かないことに対する恨みが書かれていた。「私」はいくら恨まれても書けないので困ってしまい、そのまま手紙のことも忘れてしまうが、今度は執筆を促す催促のはがきが届く。「私」もそれが気にかかってはいるが、やはりまだ書くことがなく、そのまま時を過ごす。

ある暮春の頃、友人と百貨店へ出かけた「私」は、着物の袂に薊の花を染めた美しい人を目撃し跡を追うが見失ってしまう。友人に事情を聞かれた「私」はそのいきさつを話す。友人も気になって、その後街中でそれらしき少女の姿を追いかけるが、着物の柄の見間違いであったことがわかる。ある時「私」のもとに、結婚して日本を離れた友人から手紙が届く。そこには嫁いでまもなくチフスにかかり大変な思いをしたこと、自分を看病してくれた「看護婦」から薊の花を愛する少女にまつわる悲しいエピソードを聞いたことが書かれていた。寂しく死んでいった薊の花の少女のことを知った「私」は、催促されたにもかかわらず薊の花の物語が書けなかったことを後悔する。

本作には三通の便りが登場する。一通目は「私」が今から三年前に受け取った手紙である。そこには「何故いまだ此の花を御物語に加へ給はぬぞ、御恨みにこそ存じ候へ」とだけ書かれていた。封筒や手紙に記された花から、「此の花」が薊の花であること、「御物語」という言葉からそれが『花物語』であることがわかる。ここでの「私」もまた、「ヒヤシンス」同様に〈作家吉屋信子〉を想起させる人物である。二通目ははがきで、前回の封筒と同じ花の影が刷られ、「そのはなのものがたりよむは、いつのひぞ」とだけ書かれていた。三通目は友人が「私」に送った手紙である。それは自分を看病してくれた「看護婦」から聞いた話をまとめたものであった。つまり、薊の花を好んでいた少女の死のエピソードは、「看護婦」の語りと、それを聞いて書かれた友人の手紙によって「私」に届けられ、読者が知る、という多重構造になっている。最終場面は、なかなか物語が書けなかった「私」の後悔の念で閉じられていく。

もう多くを申上げる要もございますまい、私が此の友の手紙を読み終つてどんな表情をしたか、それから二三日どんな風にして暮したか……たゞ敏感な少女の方達の御推察にお任せ致しませう――

あはれ、才無き身の悲しさよ、一度ならず二度までもうながされつつ、なほも描き出され得ざりし此の花のロマンス……今貧しい筆にとつて、僅に此の花に寄する嘆きと悔ひとうら悲しさを正直に述べて、佳きひとの御霊に献げるのが、せめてもの心やりとなつてしまつたのです。

薊の花！薊の花！お前の姿を野露に見る時、私は責められるやうに生涯感じて首うなだれるでせうものを！そしてお前の棘が私の心をちくりとさす様に一つの思ひ出への痛みを呼び起すのだらうに……。

「薊の花」（『少女倶楽部』一九二六（大正一五）年三月、二〇〇頁）

「薊の花」は「「書けなかった」いきさつを書く」ということ自体が物語になり得るという構図になっている。ではなぜ「私」は物語を書くことを拒否したのか。その理由は少女が送ってきた手紙にあると考えられる。

3. 書くことへの拒絶

「私」のもとに送られてきた一通目の手紙は次の通りだ。

封筒は黒地に銀糟で左隅の方にあざみの花がひともと描き出されてありますの、裏を返しても差出人の名はございません、封を切ると古風に巻紙、ひろげると薄手の紙に木版画であざみの花！これは葩に仄に紅がさゝれて刷毛先がにじんで散つて居ます、二三寸置きに、その花が木版特有の色の濃淡趣深くこぼれる様に紙の面を掠めて、さらさらと解けば嫋女の帯の如しと言ひ度いけれど実はそんなに長くはない玉章どころか文字といふのが、かぼそい筆跡のしかも薄墨のたよりなげに……

「薊の花」（『少女倶楽部』一九二六（大正一五）年三月、一九二頁）

「古風に巻紙」に書かれた文章は、「ずゐぶん古風な言葉使ひ」で書かれ、「今頃こんな風な手紙の書き様を多分少女の方達はなさらないと思ふし、戴く手紙のどれもが、たいてい現代風なもの」であるとされ、送られてきた手紙がいかに時代錯誤であるかが強調されている。「古風」な手紙は差出人も不明で「かぼそい筆跡のしかも薄墨のたよりなげに」書かれ、消印も薄れて見えなくなっており、差出人の所属や住所の一部、名前のいずれかが明らかである「釣鐘草」「コスモス」とは異なっている。

二通目は手紙ではなくはがきで送られており、送り主が「私」に物語を書くよう、急いでいる様子がうかがえる。

またも——一葉の絵はがき、今度は銀泥に黒ですつきりと大きく浮かした同じ花の影、その脇にペンで綺麗に二行だけ。

「薊の花」(『少女倶楽部』一九二六〔大正一五〕年三月、一九三頁)

この物語において「私」に薊の花の手紙を送った少女と、「私」が百貨店で見かけた薊の花の着物を着た少女、「私」の友人が「看護婦」に聞いた薊の花を好む少女とが、果たして同一人物であったのかは明確にされていない。だが、薊の花という共通のモチーフ、「私」、「私」の友人、「看護婦」の三人の語り手によって三つの像がつなぎ合わされ、〈薊の花の少女〉が作りだされているのである。

手紙の送り主といった重要な情報は明かされぬ一方、物語の中では数値や具体的な描写によって明らかにされている部分がある。次の引用は、手紙の送り主の正体を突き止めようと、町で見かけたそれらしき少女を尾行する友人の描写であるが、ここでは地名や場所などが詳細に記されている。

つい先日ね、品川から一緒に電車に乗り込んだどこかの女学校の生徒の綺麗なひとが、（中略）私は東京駅までの用で乗つたのだけれど、そのひとが新橋で降りるから、私も又新橋で降りたのよ、（中略）その人は玉木屋の前を曲つてゆくから私もせつせと追ひかける中ほとで《ママ》電車路をつつ切つて向ふの舗道へ渡るから私もついてゆく、するとシネマ銀座へ入るのよ私ねもうそこの映画は金曜の変り目に見ちやつたのよ、

「薊の花」（『少女倶楽部』一九二六（大正一五）年三月、一九六頁）

実在する場所の明記は、これまで具体的な場所や地名を描いてこなかった『花物語』にあっては異質であるといえる。さらに、本作の中でもっとも特徴的であるのが、少女たちが好む花のランキングである。

それから間もなく或る少女雑誌で『一番好きな花は何か?』といふ問で読者への答を募りましたところ、鈴蘭が一番好きといふ方が一万二千八百七十三人、の大入り満員薔薇が好きといふ方達が二千六百二十人のこれも盛況、百合が好きといふ方が千百八十九人、コスモスが八百十五人次がわすれなぐさ、さくら、チユウリツプ、菊、すみれ、月見草などといふ順でした、私はかねて気にかゝつてゐた。あの問題の薊の花はどうかと思つて見たら、おや〳〵たくさんの花の名の一番おしまひに、たつた四十人ぽつちりぬきといふ人があつただけでしたから――又がつかり……

「薊の花」（『少女倶楽部』一九二六（大正一五）年三月、一九四〜一九五頁）

この花のランキングは、その二年後の『令女界』に吉屋が寄稿した「梅花の賦」でも確認できる。

いつか或る少女雑誌で好きな花の投票を募つた時、第一位が鈴蘭、白百合、薔薇のたぐひで梅の花の如き問題には入らなかつたのを見ても現代の若人の情緒から此の寂しくつゝましく冷く清い東洋的な花はもう忘られ果てたのではあるまいか、いかに人々、（中略）

そのたそがれの気持を私は忘れない――。今の世に忘れられゆく梅の花よ、かつての日本の人の世ではその花に泣きその花に恋情を忍んだ美しい女性のあまたは居たはずだのに――古い花、きのふの花よ、忘られゆく花よ！

……私も我が庭にそのひともとを移し植ゑて早春の空の下に、しばし古典に型どるその花を見て、東洋人の忘れた夢のなごりを思ひ浮べように……。

「梅花の賦」（『令女界』一九二八〔昭和三〕年二月、一頁）

「梅花の賦」は雑誌の扉を飾る一ページの短文である。かつて「その花に泣きその花に恋情を忍んだ美しい女性のあまた」がいたであろうにもかかわらず、梅の花がランク外であることを嘆き、東洋人の心を失いつつある現代人に対し疑義を呈している。一方、「薊の花」における花々のランキングは、これまで『花物語』に登場してきた多くの花々を人気の数値化によって順位づけるという残酷さを示すものである。ここで登場する「花々のランキング」は実際の少女雑誌での掲載を確認していないが、具体的な数値をもって〈現実味〉を演出し、現実との接続を描き出そうとする演出にもとれる。

「薊の花」における曖昧さを許容しない花々のランキング、現実味を帯びた具体的な描写は、「私」が読者からもらう「現代風」な手紙に示されるような「現代」を表しており、差出人不明の手紙が持つ曖昧さを内包する「古風」とは対置されている。「私」がデパートで見かけた少女は一七、八歳であり、『花物語』に登場する少女の中では年齢が高いといえる。『花物語』において同様に一七、八歳の少女が登場する作品に「睡蓮」があるが、第二章でも述べたように、そこでは仁代に対する寛子の物語を通して、『花物語』を好むような〈夢想的少女〉が〈非夢想的少女〉に裏切られるという構図を浮かび上がらせている。それは「睡蓮」が書かれた当時、読者である少女たちに見られた変化を作品に取り入れた、吉屋の新たな挑戦であった。「睡蓮」の翌年に書かれた本作でもまた、その傾向はあり、現実味を帯びた具体的な描写と明確な像を結ばない少女の差異が際立つよう描かれている。「薊の花」が吉屋の『花物語』に対する一応の帰結であるとするならば、『花物語』世界を好む少女を、「古風」で〈異質〉な存在であるとみなし、その存在を死に追いやる物語を書くことで『花物語』世界と決別したと読むことができるだろう。

「看護婦」によって語られた薊の花を好む少女は、二度目の母親と折り合いがつかぬ孤独な少女であった。「看護婦」によれば少女の母親は「品のいゝ方」で、「世にいふ継母といふ冷い意味通りの方とはどうしても考へられないほど優しさうな方」である。一方、少女も「看護婦」からすると一見、「始めあんなによりつきがたく権高に見えた」が、「案外お心の中はさわるとすぐにほろ〳〵と泪がこぼれさうな柔らかな優しみを包んで」いるのだという。だが、「たゞほかのお妹様達のやうに、『母様々々』とお袖にとりすがつて甘えるといふ風の絶体に出来ないお性質なのですもの、それが又はつきり奥様には理解出来ず、やはり人並の娘のやうに技巧的にも打ち解けて甘えて欲しいと思召す、そこに二つの心持の行きちがひが出来て、何んとなく、そぐはぬ寂しい間柄におなりになるのでしたの」と「看護婦」に分析される通り、母と娘の思いは食い違ってしまうのである。「看護婦」の観察眼の鋭さによって浮かび上がるのは、薊の花の少女の不器用さとかたくなさであり、妹たちのように周囲に合わせてゆくことができない少女の性質がうかがえる。

薊の花を好む少女の名前は最後まで明かされることはない。「私」に「古風」で異質な手紙を寄越した少女も差出人不明である。だがその匿名性こそが、少女をこれまでの『花物語』世界を好む読者の総体たらしめているのではないだろうか。「薊の花」は『花物語』世界を希求する読者を対置しつつ、『花物語』の作者である「私」を造形し、登場させることで作家吉屋信子自身の創作に対する姿勢を示そうとした物語であるといえる。少女の乞うままに物語を書くことができなかった「私」の中には「責められるやう」な感情があった。「私の心をちくりとさす様」な「一つの思ひ出への痛み」は、「私」が描きたい少女像と『花物語』の読者が支持する少女像との間で苦悩する「私」の葛藤であると考えられるが、少なくとも「私」にとって「古風」な少女との決別は「痛み」を伴うものであった。しかし、作家吉屋信子にとっての『花物語』との決別は、「薊の花」に至ってようやくもたらされたものなのであろうか。

「薊の花」の冒頭、「此の春から数へて三年ほど前の頃」にある「此の春」を、作品が発表された一九二六年〔大正一五〕年であるとすると、その三年前は一三〔大正一二〕年にあたる。この年は吉屋の人生にとって大きな転機となる年であった。一月一二日の誕生日に、吉屋は山高しげりの紹介で門馬千代と出会う。「この頃何となく古い友情を見失っていた信子」が、「女には友情はあり得ない」と言ったのに対し、「そんなことはない。私には断金の友がある、見せてあげるわ」としげりが連れてきたのが千代である。[2] のちに人生のパートナーとなる千代との出会いは、吉屋にとって決して小さな出来事ではなかった。

また、この年の七月から翌年七月まで続く『薔薇の冠』の連載が『主婦之友』において開始している。吉屋はすでに新聞小説を二つ書いてはいたが、婦人雑誌での連載はなかった。特に、かつて『主婦之友』の婦人記者になりたかった吉屋にとって『主婦之友』への連載には力が入った。[3] 吉屋はこの頃からすでに『花物語』からの離脱を試みていたのではないか。

「薊の花」を執筆した同年、吉屋は『黒薔薇』を発刊する。『黒薔薇』は、「今の商業主義の雑誌の悪弊から逃れて、自由に清らかに力強く自己の芸術を育て抜いてゆく！」（『黒薔薇』第一号）という決意のもと、一九二五〔大正一四〕年一月から八月にかけて発刊された吉屋主宰の「個人パンフレット」と称された冊子である。

第一号に掲載された「貸家探し」には、次のような描写がある。

「――木槿咲く垣のほとり――と広告に書けば直ぐにわかつたのにねえ」

と言へば「貴女ぢやあるまいし、花何んとか物語の広告とはちがひますよ」とすぐにてきぱきと

茂さんにやりこめられ、しょげて、のそ〳〵ついて入る、

「貸家探し」（『黒薔薇』一九二五（大正一四）年一月、三七頁）

貸家を探し求める女たちの一場面であるが、その会話の中には『花物語』を想起させる「花何んとか物語」という単語が登場し、からかいのニュアンスで用いられている。『黒薔薇』が、今後の作家としての自身の指針を強く示すものであったことを考えると、第三者の発言を用いて『花物語』を揶揄することでメタフィクションの世界を構築している本作からは、『花物語』を過去のものとしようとする吉屋の意志が読み取れる。

「薊の花」の翌月、吉屋は『少女倶楽部』において長編『三つの花』の連載を開始しているが、この時期の吉屋は「少女小説の筆を断って、大人の小説の世界へ専心したい」と考えており、『三つの花』はあくまで「少女雑誌の御依頼の重なるままに」書いた作品であった。[4] しかし、本作の執筆を機に吉屋は「いかなる作品にも自分のありたけの力と心とをこめて世に問う、それが大人の小説の場合にも、少女の方達への作品の場合にも同じ心持と努力で——その決意が私の迷いを救いました」と決意を新たにしている。[5] つまり吉屋は一時、少女小説自体を捨てようと考えつつも、結局、捨てずに両立する道を選んだ。その代わりに『花物語』から脱却することこそが、「大人の小説の場合にも、少女の方達への作品の場合にも同じ心持と努力」を発揮する手立てだったのである。

では、吉屋は「薊の花」において、少女を死に追いやり、もう作品を書くことはできないという事実を示すことでのみ、新たな少女小説の創作へと向き合っていったのであろうか。吉屋はある一つの

作品を描くことでその答えを示している。

4.『花物語』からの離脱

吉屋は『令女界』において「日曜病《サンデーシック》」という作品を執筆している。あらすじはこうだ。環は同じ学校のS子と仲が良かったのだが、「S子との友情――のひどさが目立つて」しまったため、環の母が独断で環を郊外のとあるミッションスクールに転校させてしまった。日曜日はS子に会える唯一の日であるにもかかわらず、環の母は教会に通うよう強要する。ある時環は仮病を使って母一人を教会へやり、留守中にS子を家に呼ぶが、そのことが露顕し、嫁いだ姉まで呼ばれて説教されるはめになる。だが、環の屁理屈に姉も匙を投げてしまう。

そして本作の最後に、この物語が環の話の聞き書きであることが「私」によって明かされている。

> この話は、環といふ子が、私に話した事を一寸心おぼえにあつさり書いたまでゝある。「花物語」にかいて頂戴！と命令的に此のひとは私の前で、少しもはにかまずほがらかに言つてのけた、――けれども「花物語」の作者は、この環を描くに少し恐れをなした。
>
> 「日曜病」（『令女界』一九二七〔昭和二〕年七月、七六頁）

「「花物語」の作者」とあるように、ここでの「私」もまた、読者に〈作家吉屋信子〉を想起させる人物として造形されている。「私」と「環」は物語の最後で対面を果たす。その際、この物語は環という少女が「私」に直接話したことを書いたのだということが明かされるのである。

先の引用で「作者」が「恐れをな」すように、環はたびたび挑戦的な少女として描かれている。「いやになつちまふ、朝寝もろくに出来ない安息日が何んになる！」と不平を抱き、母親に「S子との友情——のひどさ」を手厳しく注意された時も、「S子さんが不良少女だつて、母さんが善良な少女だと札をつけたやうな人なら、私はちつとも魅力は感じないわ」と「心で反抗」する。だが環が反抗的になるのは、〈一般的な常識〉を振りかざす母や姉に対してであり、見方を変えれば、他者の価値観の押しつけを拒絶し、自我を持つ少女であると言い換えることもできる。

『私神様なんて信じないわ！』
『おや、ぢやあ、何を信じるの、悪魔を！』
『いゝえ！私人間同志の愛情を信じるのよ、それだけよ！』
『え！』
姉さんがどぎもをぬかれた。
『お姉様がお義兄様の愛を信じて生きてゐらつしやるやうに、私も——』

環はだん〱落ち付いて来た。
『まあ――だつて、S子さんだつて女の友情の愛を信じてどうするの？』
姉さんが現実主義者になつて居た。
『…………個人の性格と生活に立入りつこなしにしませうね――』
環は卓子を離れた。姉さんが悲鳴をあげた。
「母様、とても駄目よ、もう此の子は私の手にはおへませんわ！」
「日曜病」（『令女界』一九二七〈昭和二〉年七月、七五～七六頁）

ここでの姉は「現実主義者」として描かれている。姉の持つ〈一般的な常識〉からすれば、夫婦の愛情と女同志の友情を同列に並べることは〈非常識〉であり、その意味で環は「非現実的」なのだろう。だが姉の反駁に対し環は答えず、互いの干渉を遮断してみせる。この場面は〈一般的な常識〉を持つ「現実主義者」をやり込め、「個人の性格と生活」を重視するもう一人の「現実主義者」である環の像を浮かび上がらせる。

環は「作者」に対し、「「花物語」にかいて頂戴！」と迫っており、ここでも「作者」は『花物語』と向き合うことを迫られているが、『花物語』は、エピソードにまつわる花の名前をタイトルに持つ短編連作小説集である。一方、本作のタイトルは「日曜病」であり、内容も花にまつわる物語ではない。だが本作はやはり『花物語』の系譜上にあるといえる。なぜなら本作は、これまでの『花物語』世界を内包したかのような物語空間だからである。次のいくつかの引用を見てみたい（傍線部は引用者による)。

環はもそ〳〵起き上つた、ゆうべ深くも垂れこめたまゝの緑色のカーテンに薔薇色の陽がさす、めでたき此の春の朝よ！しかし、駄目よ、教会へ行くんぢやあ――あ、此の薔薇色の陽も光緑も新しい手をつけないいすが〳〵しい光緑も何んにも私の青春には役立つてはくれないんだ。

「日曜病」(同、七二頁)

日曜の朝の食卓、そこに温室の花が笑つてゐる、チユーリツプ！(中略)
有名なドクトルの未亡人の彼女の母は、心配さうにチユーリツプの花越しに娘を見つめる。

「日曜病」(同、七二頁)

わがたましひの　したひまつる
　エスきみのうるはしさよ
峯のさくらか　谷のゆりか
　なにになぞらへてうたはむ
なやめるときの　わがなぐさめ
　さびしき日のわが友
きみはたにのゆり　みねのさくら

現世にたぐひもなし……。（中略）

峯のさくらか谷の百合かなになぞらへてうたはむ、エスきみのうるはしさよ！お丶素敵！きみは谷のゆり、峯のさくら現世にたぐひもなし、お丶エスきみ！

「日曜病」（同、七三頁）

環は日陰の花みたいに蒼ざめて見せた。

「日曜病」（同、七四頁）

まるでしをれてふるへてゐる昨日の薔薇みたいに……（中略）

環はつんとしてゐた、この薔薇は少し枝を持ちあげた。そしてちくりと姉を刺す元気を盛り返した。

「日曜病」（同、七五頁）

このように本作には様々な花の名前が登場する。それらはかつての『花物語』に登場した花々である。そのことが『花物語』世界を取り込んだかのような効果をもたらしているが、実はただ一つ、この中に『花物語』では描かれたことのない花がある。それはチューリップだ。

そもそも日本にチューリップの球根が初めて入ってきたのは一八六三（文久三）年のことといわれているが、その栽培が本格的になるまでには月日を待たねばならない。新潟県は日本におけるチューリップの球根生産の発祥県であり、日本で初めて本格的にチューリップを咲かせた土地でもある。一九〇四〔明治三七〕年頃、三重県出身の代議士鈴木克美がイギリスからチューリップ数鉢を持ち帰ったが生育は成功しなかった。その球根を譲りうけ、見事に開花させたのが新潟県三島郡在住の水島義郎であった。だがあくまでも趣味としての試作であり、一般に普及はしなかった。その一五年後の一九一九〔大正八〕年、花卉専業農家小田喜平太、農業技手小山重によって球根生産業が確立され、新潟県におけるチューリップ栽培は広く知られていった。[6]

新潟県は吉屋の出身県でもある。一九二二〔大正一一〕年には「このころの新潟県産球根は東京農産商会、横浜植木、滝井種苗、坂田商会、磯村商会などによって切り花用の球根として販売され始めた」[7]とある。「日曜病」が発表された一九二七〔昭和二〕年当時の吉屋は、新潟県がチューリップで有名になりつつあったことは知っていたはずだ。本作におけるチューリップは「温室の花」であり、母親が環を心配そうに眺めているのがチューリップ越しであることからも、温室という家庭の中で大事に育てた娘としての環にこの花が重ねられていることがうかがえる。チューリップの生産は、現在に至っても新潟県を代表する産業の一つである。大正期に入って盛んになったこの頃のチューリップ産業はまさに県を支える新たな力となり、新潟県で培われた技術は他県へも波及していった。そう考えると、新たな風をもたらすチューリップの存在は、環という一人の少女のイメージとも重なってくるだろう。

5. 環という少女

先にも述べたように、この物語は〈作家吉屋信子〉を思わせる「私」と、読者である環が対面する物語である。二人の対面は「私」に何をもたらしたのであろうか。

「私」と環の対面について考察するにあたり、これまでの作品において吉屋が用いてきた作品の手法について考えてみたい。『花物語』冒頭の七話は七人の少女たちが順番に〈語り手〉となってエピソードを語り、ほかの六人が〈聞き手〉になる形式をとったが、それは作品外の読者たちをも作中の〈聞き手〉に取り込む効果を生んだ。

次に吉屋が試みたのは、「作者」を登場させるということであった。『花物語』には、本章冒頭において取り上げた「釣鐘草」「ヒヤシンス」のように読者から寄せられた手紙をもとに話が進むものがいくつかある。「読者」からの手紙、そしてそれを受け取る「作者」の存在は、〈作家吉屋信子〉と「読者」の存在を限りなく近づける。作中に登場する「読者」の存在は、作品の読者である少女たちに、自身と作中の「読者」を同一化させることを可能にし、作品への没入感を生み出す。

前述したように、『花物語』の最後に書かれた「薊の花」では従来の『花物語』世界を好む読者からの要望を、「作者」である「私」は受け入れることができなかった。それは、作家吉屋信子が『花物語』世界からの脱却を望んでいたことの表れでもある。
吉屋は作品の中に〈作家吉屋信子〉を想起させる「作者」「私」、そして〈読者〉を想起させる少女を登場させることで作品世界において両者の関係を描き続けた。『花物語』の作品世界が現実と地続きのものであると読者に思わせるこの手法は、いわば『花物語』世界の拡張であり、「日曜病」での「私」と環の対面は、作品という〈枠〉を超えた作家と読者の邂逅である。
『花物語』に書くよう環に迫られた時の「私」は、「この環を描くに少し恐れをなし」ている。その「私」に対し、環は次のように言い放つ。

『どうして、書けないの、あゝわかつたわ、きつと私の性格が強すぎて、少しもセンチメントがないからでせう。——お気の毒様、近代的の少女に（センチメンタル）なんて絶対に不必要よ——ぢやあ、さやうなら！』

「日曜病」（同、七六頁）

だが最後に「私」は「この話は、環といふ子が、私に話した事を、一寸心おぼえにあつさり書いたまでゝある」としており、結果的にこの物語を自分の意志で書いたことが示されている。環は自分の性格を「強すぎて、少しもセンチメントがない」と分析し、それを自分が「近代的の少女」である所以であると述べている。環は他者に影響されることなく自己を規定できる少女であり、「私」を残して立ち去る姿は前向きである。

彼女は葩を散らすやうな笑ひ声を私の部屋中まき散らして立ち去つた。肉色の絹の靴下の脚は細く長くのび〳〵として、彼女の歩みは早かつた。

『これから、すぐムサシノカンへ行くのよ』と言ひながら、

『S子さんに会ふの?』と後から問うたら、『さあ、誰だか――』と、笑つて行つてしまつた。

春日は外にうらゝか――何んだか私も何処かへ出て行きたくなつた。

「日曜病」(同、七六頁)

環の「細く長くのび〳〵」とした脚と早い歩みは、自分の脚でどこまででも歩んでいける力強さを表している。「葩を散らすやうな笑ひ声」はこれまで描いてきた『花物語』の花々を散らす様を想起させるが、あくまで強調されるのは環のすがすがしさである。なぜなら、その爽快な彼女の様子につられるように「私」も「何処かへ出て行きたく」なっているからだ。

環は、『花物語』世界には一見似つかわしくない新しい少女としての読者という立場が重ねられていると同時に、『花物語』世界からの脱却に葛藤していた自分と対峙するためのもう一人の自分、〈作家吉屋信子〉の分身でもあったといえる。

ここに至って吉屋は「薊の花」において果たせなかった『花物語』との決別を果たしたといえよう。その後、吉屋は同じく『花物語』単行本未収録となった短編「からたちの花」と同名作品である、長編『からたちの花』を描き切ってみせる。長編『からたちの花』もまた、新たな少女像を登場

させているが、本作の分析については次章に譲りたい。

注

1 渡部周子「少女たちの「Sweet sorrow（スヰートソロー）」――吉屋信子『花物語』単行本未収録作品「からたちの花」について」（『近代文学研究（28）』二〇一一・四）。
2 『吉屋信子全集　一二巻（私の見た人・ときの声）』年譜（朝日新聞社、一九七六・二）。
3 田辺聖子『ゆめはるか吉屋信子――秋灯机の上の幾山河（上）』（朝日新聞社、一九九九・九）。
4 吉屋信子『三つの花』（大日本雄弁会講談社、一九二七・八）。
5 前掲『三つの花』。
6 木村敬助『チューリップ・鬱金香――歩みと育てた人たち』（チューリップ文庫、二〇〇二・一一）。
7 前掲『チューリップ・鬱金香』。

第五章

母からの離脱

――『からたちの花』論

1.『花物語』以降の少女小説

『花物語』から脱却することで、「大人の小説の場合にも、少女の方達への作品の場合にも同じ心持と努力」[1]をもって作品を執筆する決意を固めた吉屋は、一九二六〔大正一五〕年四月から翌年の六月まで、『少女倶楽部』誌上で『三つの花』の連載を開始する。『三つの花』は吉屋にとって、自身の「過去の少女小説の型を破って、或る変化を示したもの」[2]であると同時に、『花物語』以降書かれた、本格長編少女小説であるといってよい。

『三つの花』は三姉妹の物語であるが、父の不在ののち、母とともに家庭の危機を乗り越えようとする物語展開は、『若草物語』を想起させる。長女は妻となり、次女は父の意志を継いで学問の道を選び、三女は伯母夫婦の娘として生きるという『三つの花』の結末は、なすすべもないまま運命に翻弄されてきた『花物語』の少女たちとは異なり、三人の少女がそれぞれの生き方をみずから選び取っていくというところに特徴がある。

『三つの花』執筆以降、吉屋は継続的に『白鸚鵡』『七本椿』『紅雀』『桜貝』『わすれなぐさ』といった長編少女小説を連載し、一九三三〔昭和八〕年『少女の友』誌上に『からたちの花』を発表した。それ以前に吉屋は長編と同名の短編作品「からたちの花」〔『少女倶楽部』一九二六〔大正一五〕年一〜

二月）を執筆している。

「からたちの花」というタイトルは、吉屋より前に発表された北原白秋作詞による童謡でよく知られているが、この歌と吉屋による同名二作品との連関はどのようなものであるのか。吉屋は、短編「からたちの花」から長編『からたちの花』を執筆した昭和初年までの間に一年間にわたる渡欧体験をしている。そこで出会った一冊の少女小説は吉屋にあるインスピレーションをもたらし、数々の長編少女小説を書き継ぐ重要な変化を与えた。本章ではそれらをふまえたうえで、長編『からたちの花』が吉屋作品の中でどのような位置を占めるものであるかを考えたい。

2. 長編『からたちの花』――過去に取り残された少女

長編『からたちの花』は一九三三（昭和八）年一月から一年間、『少女の友』に掲載された。本作は美しい姉の蓉子と妹の櫻子に挟まれた次女、麻子の成長物語である。この物語の最大の特徴は、麻子が「姉さんの蓉子さんよりはどうも面白くない様」な容姿を持って生まれた点にある。だが、麻子の〈醜さ〉が具体的に描かれることはない。麻子の〈醜さ〉は「男の子なら兎も角、女の子は顔がきれいならきれいな程、しあはせなんだから」という考えを持つ母親、「ね、あなたはお姉さんの蓉子ちやんの様に綺麗ではないけど、その代り心をきれいにきれいにして誰れにも可愛がられる様になるのね。心のきれいな人は顔のきれいな人よりも神様はお好きなのよ」と告げた叔母さまの言葉によって表されている。容姿のせいで母から疎まれる娘という設定は、後述する『花物語』の「心の花」と共通しているが、母の期待に応えられなかった幼少期、そして妹を失うといった設定は吉屋の個人的体験に基づくものであるといえる。[3]

妹である櫻子が生まれたのは麻子が五歳の頃であった。家族が美しい櫻子ばかり可愛がるので、麻子は病気の櫻子に「櫻ちゃん甘えつ子で嫌ひ、死んぢまつても、かまわないや」と言い放つ。櫻子が死に、姉の蓉子から麻子の発言のせいで櫻子が死んでしまったのだと言われた麻子は、「櫻ちゃん、ほんとう〳〵!」と妹の身体を揺すって身悶える。それを見た父が「櫻子はあんまり可愛ゆい子だから神様が早く天国へ連れて行つておしまひになつたのだよ」ととりなし、麻子は自分のせいではなかったのだと安心するが、すぐに「櫻ちゃんは家中に可愛がられて、それで足りないで神様にまで可愛がられて――」と、「羨やみ嫉ましい気持」になる。そしてある日麻子は櫻子のお悔やみに訪れた客に対し、母親が言った次の言葉を聞いてしまう。

「ほんとうに、残念でどうしても諦らめられません。ほんとうに大切に大事に思ふ子は、かへつて死ぬものかと申しますが、死んでもい丶子は、かへつて死なゝいのかも知れませんねえ――」
「からたちの花」(『少女の友』一九三三〔昭和八〕年二月、六六頁)

この言葉は母親がみずからを慰めるため、もののはずみで口にした言葉であったが、それを聞いた麻子は「死んでもい、子」が自分であると思いこみ家を飛び出してしまう。麻子はある一軒家の前にたどり着くが、のちにその家は麻子の同級生となる藍子とその母である貝沼夫人の家であったことがわかる。麻子は家の中から聞こえてきたピアノの音と歌声に耳を澄ます。「その歌は麻子も知つてゐる歌」であり、麻子は「追はれて来た小犬」のように垣の傍にうずくまって歌を聞く。麻子の聞いた歌は童謡「からたちの花」であった。

童謡「からたちの花」は『赤い鳥』（一九二四（大正一三）年七月）に発表された北原白秋の詩が先行し、あとから山田耕筰が曲をつけ、一九二五（大正一四）年五月の『女性』に発表された。詩の言葉を生かすべく四分の三拍子と四分の二拍子を交互に用いながら進行し、「語りつつうたい、うたいつつ語る」という性質の曲だ。[4]

からたちの花が咲いたよ
白い白い花が咲いたよ

からたちのとげはいたいよ
青い青い針のとげだよ

からたちは畑の垣根よ
いつもいつもとほる道だよ

からたちも秋はみのるよ
まろいまろい金のたまだよ

からたちのそばで泣いたよ
みんなみんなやさしかつたよ

からたちの花が咲いたよ
白い白い花が咲いたよ

『白秋全集』二六巻（岩波書店、一九八七・四、四五四〜四五五頁）

佐藤通雅は「からたちの花」の構造について、第一連から四連までを、「からたちの春から秋にかけての様子の特徴をそれぞれの変移においてとらえた、いわば写生」であるとし、「現在における状態」を歌ったものであるとしている。しかし第五連は明らかに過去のことを示し、「今まで現在のからたちをうたっていたのが、そのまま「泣いた」過去の時点へと移行し、みごとなまでによみがえったのだ」と指摘する。[5]

麻子は第五連を耳にした時に、「眼に涙がいっぱいになり、やがてぽろ〱流れ、暫くすると顔中涙で汚れてしま」う。第五連は、この歌において現在から過去の時点へと引き戻された瞬間を描いた箇所である。佐藤は最終連の「からたちの花が咲いたよ／白い、白い、花が咲いたよ」というフレーズが最初の連とまったく同じでありながら、第五連を通ることにより重みが倍加したと述べる。「再び現在の状態に立ちかえったはずなのに、そのままのかたちで過去へも清楚な花を咲かせ続けている」という指摘の通り、この歌詞では最初と最後に同じフレーズが繰り返されることによって、過去から現在へと引き戻される構造になっている。しかし、この時麻子の聞いた「からたちの歌」は第五連までしか記されておらず、最終連までは描かれていない。

やがて麻子は藍子と同じ学校に入学し、二年生になった。その年の夏休み、麻子は藍子に誘われて北海道で過ごす。滞在先の村の音楽会に出ることになった麻子は、ともに出演した藍子に助けられながらなんとか演目をこなす。アンコールにもう一曲と乞われた麻子は「（からたちの花）なら出来ますわ」と答える。

童謡「からたちの花」は、妹が死んだ日、家を飛び出した麻子が藍子の家の前で聞いた歌であり、麻子にとって「あの宵の自分のみぢめな哀れな幼ない姿」を思いださせる歌であった。その時麻子が聞いた、第五連までの「からたちの花」は、櫻子の死に対し麻子が抱いた「羨やみ妬ましい気持」や「みぢめな幼ない姿」を受け入れられないまま時が止まってしまったことを示している。だが麻子は音楽会の前、藍子の家で貝沼夫人から歌の手ほどきを受け「からたちの花」をどうにか節回しが外れずに歌えるようになり、夏の音楽会で立派に最後まで歌い切るのである。

麻子は唄つてゐるうちに、あの宵の自分のみぢめな哀れな幼ない姿が眼に浮んで、もの悲しく胸がせまつた。もうたくさんの聴集《ママ》も多くの視線も何も恐ろしいものは無くなつた。麻子は、たゞ自分のために大きな声を広い野原の中でたゞ一人唄ふやうな気持だつた。

「からたちの花」（同六月、七〇頁）

麻子にとって「からたちの花」を歌うという行為は、過去の体験を自分の中で受け入れ、聴衆の前に開示して見せることであり、過去に囚われていた自分を解放し、時が動き始めたことを意味する。それが「大拍手の渦巻」に迎え入れられることで、麻子は「自分といふもの」に初めて自信を抱く。しかしその自信は「まるで其の性質を一変させたほどの烈しい変化を身に心に」起こす。麻子は兄たちにからかわれても「以前のやうに意気地なくベソをかいたり白い眼をして黙りこくつ」たりすることがなくなり、嫁ぐことが決まった姉に軽口をたたくまでになる。外見についても「蓉子姉さんのふき出すほど無器《ママ》用きわまる」化粧を施し、兄にもからかわれるが平然としているのだった。

二学期を迎えた麻子は音楽部の委員に立候補し見事当選したことで、自分が周囲から認められたのだと思うが、その認識は麻子を「級第一のお出しやの子」にし、藍子とも絶交に至ってしまう。このことは「へんなお化粧とおしやれ」に象徴されるように、麻子の自己表現が周囲の反応を読み誤っていることを示している。

麻子は三学期になりやってきた美しい転校生佐紀子の隣の席であれこれ左紀子に世話をやく。さらに左紀子の関心を引きつけたいと考えた麻子は、三年生になっても席替えをしないよう、担任の教員に宛てて匿名の手紙を書くが、差出人が発覚することを恐れたせいか高熱を出して寝込み、入院してしまう。姉である蓉子は「私死ぬかも知れないの」と言う麻子をたしなめ「もし麻ちゃんがそんなになつたら、みんな泣いてしまふわ」と言うが、「ほんとに泣くかしら?」と返す麻子の一言にはっとする。このやり取りからは、蓉子たち家族が実は麻子に愛情を抱いていたこと、それにもかかわらず麻子は自分が家族から愛情を与えられていないと思いこんでいたことがわかる。麻子はおとなしく振舞い、医者に褒められるが、それは麻子が「日頃家庭内で甘つたれで無いから」に過ぎず「我儘を通して貰へる自信と習慣」がなかったせいである。だが結果的に医者によって認められた麻子の忍耐強さは母親によって「なか〳〵並すぐれた善い気質」として受けとめられてしまう。このように麻子の内心は、周囲の人間によって見過ごされることが多く、麻子の言動は麻子自身の意図とは異なった意味づけがなされてしまい、その乖離を周囲だけでなく麻子自身が見過ごしている点に最大の悲劇がある。

三年生になった麻子は学校へと復帰するが、重い病気は麻子を「むやみと人に哀れみをうつたへて同情して貰ひたがる」少女へと変えてしまっていた。このように麻子は大きな出来事のたびにその性質を変えていく。夏休みを迎え、帰国した叔母さまは、麻子の姉である蓉子から麻子のたび重なる性格の変化を聞くとその原因を「麻子が常に人に求めてばかり居るからだ」と見抜く。叔母さまたちと温泉地を訪れた麻子は、叔母さまの娘マリコ、藍子、左紀子と近くの山に登るが天候の急転に見舞われる。麻子が三人をお堂へと連れて行き「どうぞ従妹とお友達をお守り下さい、私の身に代へても——」と祈ると、雷鳴がとどろき、御神体の古い銅鏡に光が差し、麻子はその時、お堂の鏡には未来の自分の姿が映るのだという言い伝えを思い出す。

麻子が瞬間ちらと見たその鏡の中の顔は、これが自分の顔かと思ふほど美しく凛々しく神々しかつた。
蒼白く引きしまつた面の眼には愛情と熱情が溢れ口許には健気な勇気が満ちた賢こい立派な少女の顔だつた。

「からたちの花」（同一〇月、八一頁）

〈あゝ、あれが私の未来の姿なのぢやないかしら！私はあゝいふ美しい凛々しい愛情の豊な少女にきつとなれると神様が教へて下すつたのだわ〉と感じた麻子は「たゞ従妹と友達二人を無事に守らうとする健気な勇気」によって突き動かされる。雷雨がおさまったのち、麻子たちを救出にやってきたのは母親ではなく叔母さまであった。

ところで「叔母」という存在は吉屋にとって特別な存在である。一九一六（大正五）年一月『新潮』に掲載された「幼き芽生より」には吉屋の生い立ちと美しい「若き叔母」が描かれているが、実は吉屋にこのような叔母は存在しない。田辺聖子は、架空の存在を姉とはせずあえて叔母とした点について、「姉よりもっと〈母〉なるものに近く、霊性を獲得するように思えたからであろう」と述べる。[6]先にも述べたように、この作品には吉屋の過去の体験が生かされている。母から愛されていないと思いこむ少女、麻子を吉屋が自分に見立てた時、必要となるのは叔母さまの存在であった。母なるものを求めながらも、実の母とはうまく関係を結べない時期の吉屋が創出した架空の叔母さまこそ〈母〉

であったのではないだろうか。

雷雨の翌日の夜、叔母さまと二人きりになった麻子はお堂の鏡に映った自分の姿を見たことを話す。二人の間には沈黙が訪れるが、叔母さまは「麻子が、あの瞬間に至り得た崇い心持、愛情、勇気、犠牲の美しい映像と《ママ》自分の未来の姿として、守り育て自分を賢く磨いてゆかうとする決心を正しいものとお感じになる」。叔母さまの手が麻子の手を握りしめた時、麻子は「愛情が心に溢れ、温いものが身も心も包んでゆく」のを感じる。

お堂で未来の自分の顔を見た麻子は、普段の生活の中でその顔に近づこうと無理をするが、叔母さまは「自分でさう意識してもお顔はどうにもならない」のだと告げる。「神様」にお任せしておけばいいようにしてくれ、「神様」は「無駄の苦しみをお与へにはならない」のだと言い聞かせるのである。叔母さまの台詞で目につくのが「神様」という単語であり、麻子が生まれた時にも「心のきれいな人は顔のきれいな人よりも神様はお好きなのよ」と発言している。叔母さまは麻子の名づけ親であり、麻子の行動、心理を見抜くことに長けている。幾度となく口にされる「神様」という単語は、麻子の言動を見抜き、判断を下すことで正しい道へと導く〈神の視点〉を示している。

叔母さまが帰ってしまったあと、麻子は〈私はいつまで私――でもそれでい《ママ》のだわ、この私をこのまゝに大切に守つて――〉という一つの確信を得る。叔母さまは麻子に対し、常に俯瞰的な立場で判断と想像を下していたが、二人が愛情を介して溶け合うことで、麻子もまた叔母さまのような俯瞰的視点を身につけたのだ。このことから、この物語は麻子が叔母さまへと接近し、自身の中に取り込むことで成長する物語であるといえよう。

以上のように、本作の特徴は主人公の麻子が成長する少女であるという点にある。吉屋は長編『からたちの花』の前に同名作品の短編「からたちの花」を執筆しているが、そこに描かれる少女もまた成長する少女である。だからこそそれまでの『花物語』とは系統が異なるため、のちの単行本には未収録になった可能性が先行研究によっても指摘されている。長編「からたちの花」には童謡「からたちの花」の詩が出てくるが、短編「からたちの花」には作中の少女が作った詩が登場する。では、童謡「からたちの花」を用いた長編、用いなかった短編の間には少女の成長を描くうえでどのような違いがあるのか。次に、短編「からたちの花」について見ていきたい。

3. 短編『からたちの花』——少女のための花として

短編「からたちの花」は『少女倶楽部』一九二六(大正一五)年一〜二月に掲載された作品で、関東大震災を挟んで前編が章子の視点、後編が久代の視点で描かれている。

本作の先行研究としては、渡部周子「少女たちの「Sweet sorrow(スヰートソロー)」——吉屋信子『花物語』単行本未収録作品「からたちの花」について」(『近代文学研究』二〇一一・四)が挙げられる。渡部は、この物語は少女たちが困難を乗り越えるために「連帯」して行動し、友情を通して「感傷性」と「現実性」の調和した人格が形成される過程を描き、「自我に目覚め」、「魂を深め成長させゆく」少女像を示す物語であると指摘している。それゆえ「少女の「連帯」と「成長」を明確に示した「からたちの花」は、『花物語』全体の構成から見れば異質さが際立つため、単行本に収録されることはなかった」と分析する。ここであらすじについて触れておく。

章子は小学六年生の時、両親とともに大塚に引っ越してきた。隣には家主である久代母娘が住んでおり、章子は何かと久代に助けられていたが、女学校の試験に落ち、父の転勤もあって、二人は離れ離れになってしまう。青森へ引っ越した章子は久代に手紙を送るが、久代は感傷的な章子の手紙をたしなめる手紙をよこす。そんな中、関東大震災が発生し、章子は久代の無事を案じる。久代母子は無事であったが、章子は久代が経済的困窮から学校を辞めたことを手紙で知り、学費を免除してくれる青森のミッションスクールを勧め、旅費も同封する。二人は誰にも告げずに青森で落ち合うが、途中で警官に保護され、家族のもとへ返されてしまう。章子の両親は援助を申し出たが、久代の母はそれを断る。生活の厳しさは母子に多くの忍耐力を強いたが、久代を支えたのは章子の「純な厚い友情」であった。やがて新しい春とともに会社が復興し、久代母子の経済的困窮が解消されたという吉報が章子のもとにもたらされる、という筋だ。

本作にもからたちの花を詠んだ詩が登場するが、それは白秋によるものではなく、作中人物である章子が作ったものである。

花にならばや

からたちの花、からたちのはな
君が家守る垣に咲き
　君が瞳にふれたさに

木の実とならばや
からたちの実に、からたちの実に
黄金色づくまろき実を
　君がお指のふれもせむ

「からたちの花」（『少女倶楽部』一九二六〔大正一五〕年一月、一九六頁）

この詩は、久代と離れて暮らす章子が、「好で〳〵ならなかつた久代」を「詩の中に歌つて、慕うために詠まれたものである。本作が執筆された当時、すでに白秋作詞による童謡「からたちの花」があったにもかかわらず、吉屋は章子にからたちの花を題材にして詩を書かせている。この二つの詩にはどのような違いがあるのであろうか。

章子の詩は第一連が「花にならばや」で始まり、第二連において「木の実とならばや」と始まっている。これは先行する「からたちの花」の「からたちの花が咲いたよ」から「からたちも秋はみのるよ」へと至る展開を意識したものである。そう考えると、白秋による「からたちは畑の垣根よ」というフレーズも「君が家守る垣」へと転化していると読める。

「からたちのそばで泣いたよ／みんなみんなやさしかつたよ」という白秋の詩には、過去を回想する自分のほかに「みんな」が登場する。ここでいう「みんな」が誰であるかは明示されず、不特定多数の匿名性をはらんでいる。一方、章子の詩については語り手によって、「此の小さひ幼なげな小曲の作者は、青森の女学校の瀧川章子さん。又此の詩の中の君は府立××のひと、美少女にして姓は三輪、名は久代――二人の家は前には揃つて小石川大塚仲町のほとり、からたちの垣根越しの隣家同志だつたといふ」と説明され、「君」が久代であることが明示されている。

だがその想いは久代に理解されず、章子が再び作ったのが次の詩だ。

眉と匂ふや
夕月の
こよひ、みそらに浮びけり
君が家の門のほとりの
からたちの花
　このゆふぐれに散りにけむ

「からたちの花」（同一月、二〇七頁）

一回目に贈った章子の詩では、自身をからたちの花に見立てることで久代を守り、久代自身にも触れてほしいという少女同士のあやうい密接な関係性をうたっている。だがその思いは久代には届かず、二つ目の詩でからたちの花が散ってしまったと詠むことで、花に仮託した自分の想いも実ることなくしぼんでしまったことを表現している。章子の詠んだ詩は、自身をからたちの花に見立て、久代という少女へ贈る、少女が作った少女のための詩であった。だからこそ、吉屋は白秋の詩を用いなかったのである。なぜなら白秋の詩は少女のためのものではなかったからだ。

白秋と耕筰による「からたちの花」は、二人の花にまつわる思い出が込められた作品である。畑中圭一は「ここにうたわれたからたちのイメージは、作者＝北原白秋の幼少年時代の思い出がベースになっているものと思われる。すなわち、郷里の福岡県柳川で自宅から矢留小学校まで毎日通った小道にからたちの垣根があり、白秋はこの垣根に格別の思いがあったようである」としている[7]。『白秋全集』第二八巻の月報三三には、昭和一六年三月に、白秋が一家揃って帰郷した際の出来事が野北和義によって紹介されている。

この小路を歩く頃、いつも東京でそうするように、私は何時とはなしに先生に付き添うかたちで歩いていた。それにしても先生の足どりの軽いこと、足が棒のようになると言われたのがまるで嘘のように、後に続く会員の先に立たれてすたすたと歩かれる。息切れの様子など全く感じられない。私もすっかり気が軽くなって、何かとお相手をしながら、同様に垣根の美しさに見惚れて歩き続けた。当然、話は「からたちの花」の歌にかかわるあれこれであった。

どのあたりであったか、私はどの木ですかとうかがった。どういう話の続きであったのか、それはごく自然に口をついて出た。それからそのまま、ものの十歩も歩いたであろうか、先生が少し前かがみになられたと思ったら、この木だ、と仰有ってステッキの先で垣根を指し、そのまま何事もなかったように歩いて行かれた。そこはちょうど垣根の角で、少しまばらになった隙間から、太いからたちの幹が黒くのぞいていた。それは予測もしない咄嗟の間の出来事であった。

野北和義「からたちの木」(「月報」三三『白秋全集』二八巻、岩波書店、一九八七(昭和六二)年九月、七頁)

一方、山田耕筰は自身の言葉で次のように語っている。


――私は枳殻の垣まで逃げ出し、人に見せたくない涙をその根方に灌いだ。そのまま逃亡してしまはうと思つた事も度々ではあつたが、蹴られて受けた傷の痛みが薄らぐと共に、興奮も静まつた。涙もをさまつた。さうした時、畑の小母さんが示してくれる好意は、嬉しくはあつたが反つてつらくも感じられた。漸くかわいた頬がまたしても涙に濡れるからだ。

枳殻の、白い花、青い棘、そしてあのまろい金の実、それは自営館生活に於ける私のノスタルヂアだ。そのノスタルヂアが白秋によつて詩化され、あの歌となつたのだ。

『山田耕筰著作全集』三巻(岩波書店、二〇〇一(平成一三)年一〇月、二五～二六頁)

叔父の家に養子にやられた耕筰は、父の死後、巣鴨の自営館という活版工場に入れられ、職工たちから辛い仕打ちを受ける。耕筰とからたちの花にまつわる思い出はその時に生まれた。

からたちの花は白秋の「郷愁」、耕筰の「ノスタルジア」によって共有される花であった。一九六四〔昭和三九〕年の白秋童謡選のタイトルに用いられるほか、[8]寺崎浩による山田耕筰の評伝作品のタイトルにも用いられるように、[9]二人にとってこの花の持つ印象がいかに強いかを物語っている。同時に、「この期の最大の作」であり、[10]「白秋・耕筰コンビになる傑作」[11]として評価され、人々にも広く知られた童謡である。

それを裏づけるように、吉屋の短編「からたちの花」の一年前にアルスより刊行された白秋の童謡集『子供の村』の巻末には、白秋の言葉で「挿絵の方は全部清水良雄さんにお願いしました。で、この「子供の村」は私の童謡集であるとともに清水さんの画集でもあります」と挿絵の重要性が強調され、「からたちの花」の頁にはからたちの花の垣根の前にたたずむ、男児と思しき二人の子どもが描かれている。

歌の主人公が男児であることは、後年一九三一〔昭和六〕年に采文閣より出版された『白秋童謡読本』からもわかる。「からたちの花」の項には「枸橘。花の咲くのは春の末です。比較的大きい白い花です」という注に加え、「この主人公は男の子です」と書かれており、この童謡のモデルが男児であることをあえて断っているからだ。佐藤通雅は男女の別の断りの注に対し、「この限定は作品にとって決定的なものではない」としているが、[12]吉屋にとってはこの詩が誰にとっての詩なのかという点は極めて重要であった。この歌は少女のために作られた歌ではない。だからこそ、吉屋は短編「からたちの花」において白秋の詩と似たような形式を用いながらも、そこに少女の同性愛的要素を読み込むことで差異を見せたのである。

一方、長編『からたちの花』における「からたちの花」は少女が少女のために作った詩である必要はなかった。なぜなら麻子にとっての「からたちの花」は辛い過去を克服し、自身を受け入れた成長の証であったからだ。

麻子の成長を考えるうえで注目すべきは本作より以前に発表された「心の花」（『花物語』）という作品だ。美しい容姿を持たず家族から疎まれた久代は、家に放火したみずからの罪を償うことで浄化され、美しさを獲得する。[13]だが久代の持つ容姿へのコンプレックスの克服は、成長というよりも犯した罪の浄化へと目的がすり替えられ、美は信仰の結果として描かれている。久代の獲得した美しさは、あくまで信仰の世界における美しさであり、教会の外で美が評価される場面は描かれない。

しかし、長編『からたちの花』の麻子は精神的変化を経て大きく成長していく。麻子が自己を変容させていく過程には、麻子の持つ「敏感」さが理由の一つとしてある。本作には「敏感」という単語とともに、「心理」や「感情」という言葉が多く用いられ、「虚栄心」「勇猛心」といった心理感情を表す単語も確認できる。これまでの吉屋作品には見られなかった、少女の心理的な動きを継続的に追い、アイデンティティを得るまでの成長を描いた長編『からたちの花』は、吉屋にとって大きな転機であったといえる。では、吉屋の作風にこうした変化をもたらしたものは何であったのだろうか。それは渡欧体験である。

4. 吉屋の渡欧体験、『少女ゼット』

大正末期、時は円本ブームに入る。新潮社文学全集の中に『海の極みまで』が収録されたことで二万円の印税を手にした吉屋は、かねてからの願望であった洋行を決意する。吉屋の生涯の伴侶となった門馬千代を伴っての旅であった。

一九二八（昭和三）年九月二五日に日本を出立した吉屋は、途中まで山高しげり、河崎なつ子、新妻伊都子らの鮮満視察団に同行、モスクワで中條百合子、湯浅芳子と会い、ドイツ、ベルギーを経てパリに到着。翌年五月まで滞在した。その後欧州を回った吉屋はアメリカを経由し、一九二九（昭和四）年九月一三日に帰国する。旅先での体験は、帰国後『異国点景』（民友社、一九三〇・六）にまとめられた。

数々の国を巡った中でも、吉屋にとってもっとも印象深い都市はパリであったと思われる。吉屋がパリに到着したのは一九二八（昭和三）年一〇月のことだ。吉屋が投宿していたのは「エトワールの大通りのホテル・モン・フロリー」で、ホテルの位置などは不明であるが、竹松良明は「セーヌ河畔のケイド、ジヤベルのマダム・ブルンヌの家庭に入つた」という記述から、「一五区のミラボー橋に近い現在のジャヴェル港（Port de Javel）に相当する場所と思われる」と推測している。[14] 竹松によれば、石黒敬七が編集発行していた『巴里新報』一四六号（一九二九・一・一三）の消息欄に吉屋の移転先としてキャトルファージ街一四番地が記載されているという。[15]

当時のパリ滞在作家を見てみると、一九二九（昭和四）年に久米正雄夫妻、翌年には金子光晴、岡本一平・かの子・太郎一家、堀口大學、深尾須磨子、翌々年には林芙美子がパリを訪れている。[16] 林芙美子にとってパリとは〈貧困のパリ〉であった。また、岡本一平・かの子らにとってのパリが〈息子である太郎が住む地〉であったとすれば、吉屋信子にとってのパリは〈女が強くいられる国〉であった。吉屋は『読売新聞』に、依頼されたパリ便りを書き送っている。

先進国のフランスでさへ婦人が参政権を貰つてゐないから日本婦人ももらはなくたつてい丶などと云ふ人があつたらそれは飛んでもない間違ひです。フランスは日本程男女の差別がはげしくなく、婦人は社会の裏面では日本程虐待されてはゐません。この間も、ある姦通した妻に対してその夫が訴へた所が始めて夫の思つた様な云ひかへれば男に有利な判決であつたと云つて男の人達が手を打つてよろこんだ程ですから一般に法律の上でも婦人の位置がどうであるかがお解りでせう。[17]

吉屋滞在当時のパリは「本格的な消費社会・大衆社会の到来とともに、いろいろの文芸、ひろくは文化が、ともあれ絢爛と花咲いた、いわゆる《狂騒の時代》（レ・ザンネ・フォル）」[18]であり、女たちが生き生きとしている場所でもあった。そのことによって吉屋のパリ滞在はより色濃い印象となったのだろう。

吉屋の関心は少女の読み物にも向かった。帰国後の一九三〇〔昭和五〕年、吉屋は一冊の少女小説を翻訳出版している。フランスの本屋で見つけた一冊の少女小説は、のちに『少女ゼット』と題され、婦人の友社の「フレンドリィ・ライブラリィ」シリーズの四冊目として出版された。[19] 本書の原作は兄のポール〔一八六〇－一九一八〕と弟のヴィクトール〔一八六六－一九四二〕のマルグリット兄弟による共著である。フランスでは一九〇二〔明治三五〕年に刊行された。弟であるヴィクトールの名を広く世に知らしめることとなった『ガルソンヌ』は、一九二二〔大正一一〕年にフランスで刊行され、日本でも五〇〔昭和二五〕年に創元社より刊行された。[20] 自立した女性の自我を描く刺激的な一冊の本は、フランスで想像を絶するほどの大ベストセラーとなった。吉屋がフランスに赴いた時期も『ガルソンヌ』熱が冷めやらぬ状況であったと思われる。吉屋が本屋で勧められたという『少女ゼット』も、フランスでは何度も版を重ね読み継がれたものであったが、日本では吉屋以外の訳書が管見の限り見当たらないのも事実である。ここで気になるのが吉屋の語学力の程度であるが、正確な裏づけは今のところ見当たらず、わずかに洋行前にアテネ・フランセに通っていたという記述の確認にとどまる。それは吉屋が千代と出会ってからのことであり、二人は将来フランスに留学してソルボンヌ大学で文学と数学をそれぞれ学ぼうと決意していたとされている。[21] したがって、吉屋の語学力に関しては、まったく読めなかったわけではないという程度だったのであろう。

『少女ゼット』と『からたちの花』は、いずれも一人の少女の誕生から一五、六歳までの出来事を描いている。両者を結びつける共通点は少女の成長を描いた物語であるということだ。吉屋は『少女ゼット』を、「美しい〳〵文章で構成された一少女の肉体と心理発展の描写を持つて始まり、それに終つてゐる散文詩めいた本」（傍点引用者）であるとし、この物語が「多くの少女小説のやうに」筋があるものではなく、女主人公ゼットの「十六歳までの心のスケッチ」であると述べている。[22]『少女ゼット』は長編『からたちの花』に比べ登場人物が少なく、家庭内における少女の生活を描いた物語であり、ゼットが周囲から愛される少女である点が大きく異なっている。両者は「死」と「嘘」にまつわるエピソードが共通しているが、そこでは二作品間の違いが確認できる。吉屋は『少女ゼット』から「心理発展」の描写を学ぶことで自身の作品に取り込み、作品に描き出したといえよう。

『少女ゼット』における死は三ヶ所描かれる。一つは人形であるルシルの死、次に祖父の死、そして愛犬モイズの死である。ルシルが壊れたことを死であると捉えたゼットは悲しむ。しかし一晩明ける頃には、ルシルは「次に来る者と代つて忘れ去られて」しまい、「もう過ぎ去つたもの」になってしまう。祖父の死を知ったゼットは、女中のリナが、「おぢいちやまのお出かけで、皆様がお見送りにいらつしやつたのですよ」と言ったことに対し、「何故「おぢい様は死んだ」つて言はないのかしら」と、大人の気遣いによって表現された死を理解せず、冷静な目で死を捉える。ゼットが初めて悲しみに暮れるのは愛犬モイズの死によってであるが、これら三つの死は、少女が死を理解するまで、そして死というものが悲しみと結びつくまでには段階があることを示している。その段階を描くことが、この物語におけるゼットの成長の描写の一つであるといってよい。

一方、『からたちの花』における死は妹、櫻子の死である。ここで重要なのは、麻子には「死ぬことの恐れ」がはっきりしなかったとしながらも、櫻子の死を悲しみではなく嫉妬心で表現しているということだ。少女小説において死というものは、友人、家族との別れの一つとして多く描かれる。これまでの吉屋作品でいえば、麻子のように死に対し「羨やみ嫉ましい気持」を抱いて終わる物語は存在せず、その点で長編『からたちの花』は、死に直面した少女の感情を悲しみ以外で表現した初めての作品であるといえる。そのことは、『少女ゼット』における三つの死のエピソードを通して、死に対する少女の感情の新たな描き方を吉屋が獲得していったといえよう。

『少女ゼット』は、ゼットという一人の少女を描くだけではなく、少女から見た大人の世界を描いてもいる。そのことがもっとも表れているのは「嘘」と題された第一〇章の物語である。ある時、ゼットは留守番を命じられる。帰宅した母親に、一日の出来事を聞かれたゼットは虚偽の報告をするが、それが嘘であると発覚してしまう。母親はゼットに嘘をついた理由を尋ねるが、ゼットは答えられない。なぜならゼットは、「決して生れつきのうそつき」ではなかったが、普段から大人の世界を垣間見ており、大人たちの振る舞いを見聞きする中で、「少し位の修飾や、事実を曲げる事で、みんな具合よくなれば」という思いから嘘をついたからである。ゼットのついた嘘は大人に対する嘘であると同時に、大人のつく嘘でもある。この物語の特徴は、ゼットが大人の真似をする少女であるということであり、ゼットの「スケッチ」した大人の世界が、ゼットによって再現されるという関係性は、少女を「スケッチ」することで少女のありのままを描き出す、作品全体の構造と重なるものである。

一方、『からたちの花』では二つの嘘が描かれる。一つは三年生になった麻子が春の遠足でついた嘘である。麻子は外国に行ってしまった叔母さま似の担任教師に可愛がられたい、可愛がられれば叔母さまも安心するに違いないという想いから、足が痛いと嘘をつく。二つ目の嘘は、妹の櫻子が死んで麻子が家を飛び出した時のことである。この嘘は、貝沼夫人が麻子が妹の死への悲しみのあまり家出をしたのだと思い込み、麻子が意図せぬうちに「美しき嘘」となり得てしまった嘘であるが、嘘を作りだしたのは麻子の沈黙であり、麻子に告白を許さなかったのは「麻子の虚栄心」であったことが作中明示されている。「虚栄心」とは自分を他人によく思わせたいという欲求の表れであり、相手に自分をよく思わせることは相手からの愛情をも獲得することにつながっている。麻子の行動の裏には常に、「愛されたい」「認識されたい」「人から憐れまれ、いたはられ」たいという感情が隠されている。その感情は欲望であるといえ、本作は麻子という一人の少女の欲望を描いた物語なのである。

　以上のように吉屋にとって『少女ゼット』との出会いは、死に対する少女の感情の新たな描き方と、作品の中で少女の欲望を描いて見せることを可能にした。そしてそれ以上に、長編『からたちの花』の結末の描き方は、これまでの吉屋作品にはない効果を読者にもたらしている。

（私はいつまで私――でもそれでい《ママ》のだわ、この私をこのまゝに大切に守つて――）と麻子が最後に残した台詞は、これまで不安定だった麻子の自己が安定し、確立していく物語の結末を示すものだ。だが、この物語の結末は、麻子の成長物語にとどまらない広がりをもはらんでいるのである。

　本作が連載されていたのは、一九三三（昭和八）年一～一二月の『少女の友』である。読者欄の反応を見てみると、『からたちの花』の感想がもっとも多いことがわかる。「「からたちの花」の麻子ちやんに思はず泣かされました。」（仙台　小波麗子）（四月）といった麻子の境遇に同情するものが多い中で、「からたちの花、大好よ。麻子ちやんと私と似てる様な気がします」（宮城　丘葉子）（五月）、「性質も身の上もすべてのものがあまりにも私に似た「からたちの花」の麻子が大好きです」（奈良　中西英）（七月）と、自身と麻子の類似を強調するものや、「信子先生の「からたちの花」何んてい丶んでせう、私大好きですわでも、私と麻子とよく似てるんですもの、私と麻子、姉妹よ、そして吉屋先生が私達のママなの」（門司　からたちの花）（一一月）といったものまで確認できる。[23]ハガキの掲載総数からすれば少ないかもしれないが、「次号が待遠しくてなりません」「ほんとうにいいわねえ」といった漠然とした感想が多い中で、自己との類似性を訴える投書が『からたちの花』に集中しているという事実は見逃せない。読者である少女たちが麻子に自身との共通性を見出すということは、麻子の中に潜む心理の動きを自身の中にも見出すということである。麻子の心理の動きこそが、読者の内部に潜む少女の心理を刺激し、二つを強く結びつけた。つまり、『からたちの花』において吉屋が挑戦したのは、読者である少女たちを「スケッチ」することであり、そのきっかけをもたらしたものこそ、『少女ゼット』であったのである。『少女ゼット』を読んだ吉屋が感じた「スケッチ」という言葉は、少女の持つリアリティを意味する。ゼットは周囲から愛される少女であったが、吉屋は麻子をわかりやすく愛される少女に設定しないことによって麻子の欲望、心理の動きを表現した。麻子の心理描写こそ、吉屋の描き出した少女のリアリティだったのではないだろうか。このことは、『少女の友』に掲載された『からたちの花』の最終回の「新年号予告」からもうかがい知ることができる。

いろ〱な意味で大きな問題を残したま丶、からたちの花は終りました。麻子がこれからどんな生長をとげるか、それはみなみな様の御心の次第であらふと思います。鏡の中に見出した、すぐれて心気高い乙女麻子にして下さいます様に切に皆様にお願いひ致します。

「からたちの花」（『少女の友』一九三三（昭和八）年一二月、八〇頁）

ここでは、麻子の成長を読者である少女たちにゆだね、麻子という少女が、実は読者である少女たちの内部にいるのだということが示されている。麻子を「生長」させるということは、少女たちの中にある麻子＝自己を「生長」させるということである。「すぐれて気高い乙女麻子」に「して下さいます様」という言葉からは、自己を高め育てることこそ、読者の少女たちの使命であることを暗示しているのである。その意味で、この作品は読者にとってすぐには解決しえない、「いろ〳〵な意味で大きな問題」を抱えているといえるだろう。吉屋自身は、単行本にする際、この物語について次のように述べている。

このお話の主人公麻子の、小さな魂のけなげな成長の道を、ぢつと見詰て下さる時、心優しき皆様は仄な涙と、それ以上に一つの『考へ』を、持つて下さる筈と信じて、私は此の書を世に送り出します。

「作者のことば」（『からたちの花』実業之日本社、一九三六（昭和一一）年六月）

ここでの一つの「考へ」とは、読者の少女に対し、吉屋が与えた課題でもある。それは自己の中にある〈麻子的なもの〉への気づきである。『からたちの花』における成長とは、麻子を読者である少女と接続し、これまで虚構という〈枠〉の中で描いてきた少女を現実世界へと解き放つことを意味しているのではないだろうか。[24]

5. 母の物語から父の物語へ

以上のように、『からたちの花』について考察してきた。本作は、麻子と読者である少女を接続させ、読者に対して問いを投げかける、吉屋作品にとって新しい試みであった。だが、この作品の持つもう一つの特徴が、以降の吉屋作品の転換点になったという意味でも、見逃せない作品であるといえるだろう。

『からたちの花』以降、吉屋は、盗まれた白鸚鵡を巡って奔走する少女の物語『白鸚鵡』や、大震災をきっかけに放浪を余儀なくされる毬子を描く『毬子』、田舎の女教師である伴三千代の物語『伴先生』を執筆しているが、これらにはいずれも父との再会を果たす物語であるという特徴がある。『からたちの花』以前と以後の変化を考えた際、その存在は大きな意味を持つ。『からたちの花』において、母親から離脱した少女の物語を描いたことで、吉屋はそれ以前の母と娘の物語の時代を切り離し、父と娘の物語への転換を図っていった。このことは、ちょうど『からたちの花』が書かれた同時期に『女の友情』が書かれ、まさに「信子の人気の最初のピーク」を迎えていたことと決して無関係ではないだろう[25]。婦人雑誌における夫婦、つまり異性間の物語の執筆は、それまで描いていた同性の親子関係の物語に異性の親子関係の物語への道を切り拓く転機となった。

短編「からたちの花」はそれまでの『花物語』から逸脱する形で描かれた結果、単行本未収録となった。長編『からたちの花』もまた、それまでの吉屋の少女小説の中では異質な存在として描かれたものである。そう考えてみると、同じ花の題名を持つ二つの作品の性格の奇妙な一致は、〈垣根〉に用いられるという花の性質を巧みに取り込んだ題名の意味合いを強化するものへと変わる。その〈垣根〉を超えることによって、吉屋は新たな少女小説の世界を築いていこうとしていったのではないだろうか。

注

1 吉屋信子『三つの花』(大日本雄弁会講談社、一九二七・八)。
2 前掲『三つの花』。
3 『文章倶楽部』(一九二六〔大正一五〕年一〇月号)には、生まれて一年後に死んだ妹である貞子のことが書かれている。
4 上笙一郎編『日本童謡事典』(東京堂出版、二〇〇五・九)、一一〇頁。
5 佐藤通雅『白秋の童謡』(沖積舎、一九七九・二)、二〇二～二〇三頁。
6 田辺聖子『ゆめはるか吉屋信子――秋灯机の上の幾山河』(上)(朝日新聞社、一九九九・九)、二九頁。
7 前掲『日本童謡事典』、一一〇頁。

8　北原白秋著、初山滋絵『からたちの花がさいたよ　北原白秋童謡選』（岩波書店、一九六四・一二）。
9　寺崎浩『からたちの花　小説山田耕筰』（読売新聞社、一九七〇・一二）。
10　藤田圭雄編『日本童謡史』（あかね書房、一九七一・一〇）、九二頁。
11　中路基夫『北原白秋――象徴派詩人から童謡・民謡作家への軌跡（新典社研究叢書191）』（新典社、二〇〇八・三）、一八一頁。
12　前掲『白秋の童謡』、一九七頁。
13　「心の花」で繰り返し書かれているのは、久代が罪を犯した少女であるということである。五つの構成に分かれた物語のうち、結末部の「五」に至るまで、「罪」という言葉は九回登場する。反対に結末部では罪と対比する形で「純白」「聖げに」といった、罪の浄化を強調する単語が占めている。
14　和田博文・真銅正宏・竹松良明・宮内淳子・和田桂子『パリ・日本人の心象地図 1867-1945』（藤原書店、二〇〇四・二）では、『異国点景』に書かれた吉屋の記述をもとにパリの足取りを辿っている。
15　前掲『パリ・日本人の心象地図　1867-1945』、二四七頁。
16　前掲『パリ・日本人の心象地図　1867-1945』。
17　吉武輝子『女人吉屋信子』（文藝春秋、一九八二・一二）、二一一頁。掲載された『読売新聞』については年月日不明。
18　渡辺淳『パリ・1920年代――シュルレアリスムからアール・デコまで（丸善ライブラリー）』（丸善、一九九七・五）。
19　大阪国際児童文学館編『日本児童文学大事典』第二巻（大日本図書、一九九三・一〇）によれば、叢書「フレンドリィ・ライブラリィ」シリーズは全七巻とされているが、現在確認したほかの巻については次の通り。ディッケンズ原作／松岡久子『ニコラス・ニックルベイ物語』（第一巻）、シャーロット・マリー・ヤング原作／蘆谷蘆村『小さい公爵』（第二巻）、アンリ・ファーブル原作／小出正吾『ファブル昆虫物語』（第三巻）、上澤謙二『動物愛読本』（第五巻）、沖野岩三郎『ユートピア物語』（第六巻）。

20 日本フランス語フランス文学会編『フランス文学辞典』（白水社、一九七四・九）、一五四頁。

21 前掲『女人吉屋信子』、一四四頁。

22 以降、本文中の引用は、マルゲリット原作、吉屋信子著・深沢紅子絵『少女ゼット（フレンドライブラリー4）』（婦人之友社、一九三〇・三）による。

23 ほかに登場人物と自己を同一化したものでは、上田エルザ「二つの揺籃」に関して、「私は「二つの揺籃」の眞帆子様の気が致します」（広島　白百合）（一一月）という投書があった。

24 『少女ゼット』と同年に出版された吉屋の『紅雀』の最後は、まゆみという少女が珠彦という当主である青年と婚約する結末を迎えて終わる。物語の冒頭には「個性のはっきりした少女、寂しくきつい誰にも馴れぬ悲しい性を持つゆえに苦しい（まゆみ）この美しく冷たい少女が、どう心を成長させたか、それを描いてみたく筆をとったのが、此の「紅雀」です」（『紅雀　少女小説（吉屋信子少女小説選3）』ゆまに書房、二〇〇三・八）とあり、この物語に見られる異性愛の成就、少女の成長という要素もまた、『少女ゼット』の影響を受けていると考えられる。

25 『吉屋信子全集　一二巻（私の見た人・ときの声）』年譜（朝日新聞社、一九七六・一）。

Ⅱ　大衆小説

第六章

遍歴する女と三人の男たち

――『良人の貞操』論

1. はじめに

吉屋信子にとって初掲載となる新聞小説は、一九二〇〔大正九〕年一月一日から約半年間、『大阪朝日新聞』に掲載された『地の果まで』という作品である。本作は前年の一九一九〔大正八〕年一二月に発表された朝日新聞主催の懸賞小説応募作品において一等当選を果たした。『地の果まで』は、吉屋にとって「もしこれが一位入選したら、私は生涯小説家になってゆこう」[1]と決心した小説でもある。この当選作のおかげで一九二一〔大正一〇〕年七月一〇日から東西『朝日新聞』紙上で連載を開始したのが『海の極みまで』であり、これら二作は二八〔昭和三〕年、新潮社より出版された『現代長編小説全集』に収録され、前章でもふれた通り、吉屋はそこで得た印税でパリへと旅立った。

次の長編新聞小説は一九三三〔昭和八〕年二月一一日から『報知新聞』に掲載された『理想の良人』まで待たねばならない。[2]それは、大正末期以降、婦人雑誌への執筆がたび重なったためである。昭和の始まりとともに終わりを告げた『花物語』の連載のあと、第四章で述べたように吉屋は「少女小説の筆を断って、大人の小説の世界へ専心したい――」[3]と願いながら、「大人の小説の場合にも、少女の方達への作品の場合にも同じ心持と努力で」臨むことを決意する。このように吉屋の昭和の仕事は、『少女の友』や『少女倶楽部』に長編少女小説を執筆するかたわら、『主婦之友』や『婦人倶楽部』などの婦人雑誌にも同じように連載物を書き続けることであった。

一九三三〔昭和八〕年に『理想の良人』を書いた吉屋は、その三年後の三六〔昭和一一〕年に二本の新聞小説連載を走らせている。その一つが『読売新聞』に連載した『女の階級』、もう一つが『東京日日新聞』『大阪毎日新聞』に連載した『良人の貞操』であった。

『良人の貞操』は、邦子の良人である信也と、加代が関係してしまうことで物語が大きく展開していく。この三角関係において重要なのは、邦子と加代が親友同士であるという点だ。邦子と加代は様々な点で対照的に描かれているが、物語の振幅を作り出しているのは加代である。加代は極めて流動的な存在であり、遍歴する人物である。〈流動的な女〉はそれまでにも吉屋作品に登場していたが、初めてその帰着点が示されたことで、加代はその集大成ともいうべき姿として描かれている。加代を軸に本作を読み解くことで、加代につながる遍歴の物語がいつ終わりを迎えたのか、その目的は何であったのかを考察していく。吉屋は加代を描き切ることで何を得たのか、その後の作品とどう接続するものであるのかも明らかにしたい。

それでは、プレテクストともいうべき作品群との共有事項が『良人の貞操』に至ってどう変化し、取り込まれていったのかをまずは見ていこう。

2. プレテクストとの関係

邦子と信也は結婚四年目であり、子どもはない。この作品のもっとも大きな特徴は前述の通り、邦子と加代が親友同士という関係にありながら、加代が親友の良人である信也と関係し妊娠する、という点にある。つまり、加代は邦子にとって良人を奪う側の人間であるが、こうした二人の女友だちと一人の男の関係は、それ以前の吉屋作品にも何度か描かれている。『良人の貞操』のプレテクストとしては駒尺喜美が『女の友情』を挙げ、[4]田辺聖子が『暴風雨の薔薇』を挙げているが、[5]一九三三（昭和八）年『主婦之友』に掲載された『一つの貞操』もまた、『良人の貞操』のプレテクストとして挙げられるだろう。

『一つの貞操』と同年の『婦人倶楽部』に掲載された『女の友情』では、綾乃と由紀子が、互いの想い人が共通の人物（慎之介）であることに気づかないまま物語が進んでいくが、その後の展開は、綾乃の死と由紀子の修道院行きによって二人の女たちの衝突が巧みに回避されたともいえる。その意味では、不二子の良人である守彦と、不二子の親友澪子が互いに想いを通わせてしまう『暴風雨の薔薇』や、親友関係ではないながらも弘志という一人の男を巡って、妻である總子と日陰の女となった紀美子という二人の女を描く『一つの貞操』の方が、男女の関係性の中に一組の夫婦を置くことで、事態をより深刻に描いており、『良人の貞操』に接近しているといえる。

『良人の貞操』の加代は、先に結婚していた邦子夫婦の媒酌により民郎と夫婦になった。民郎は邦子の良人である信也のいとこである。本作は連載当初より読者の関心を集め、その関心は邦子と加代二人のヒロインに集中していた。しかしテクスト内の大きな流れを作り出しているのは加代のほうである。それは一つに加代が流動的な存在であるということによる。加代は結婚当初、福岡の炭鉱で暮らしていたが、民郎の死をきっかけに邦子のいる上野桜木町へ引っ越したのち、信也との距離を深め妊娠する。産後の保養で訪れた鵠沼で出会った由利準吉に見初められたのち、最後はマニラへと旅立っていく。こうした加代の物理的な移動と男性遍歴を捉えてみるだけでも、加代がいかに流動的な存在であり、対する邦子が滞留的な存在であるかがわかる。『良人の貞操』はいわば加代という一人の女の遍歴物語として読むことができ、同時に民郎、信也、準吉という三人の男たちとの関係性の中で大きく三つに分けてとらえることができるが、実はこの〈流動的な女〉は『暴風雨の薔薇』においてすでに登場している。

「私、この歌大好き――私もジプシーの仲間に入つて、流浪して見たくなるの……」

不二子はピアノの横を離れつゝ、生真面目な顔で、もつともらしく言ふ。

「傍から見てゐるから、ジプシーのさすらひの生活も、ロマンチックなのでせう。当人達は、きつと普通の人の生活を羨んで山毛欅の森陰で泣いてゐるかも知れないわ……」

澪子も鍵盤を閉ぢて立ち上りつゝ、かう少し年齢上の姉らしい口調で、それに応じた。

『暴風雨の薔薇』（『主婦之友』一九三〇〔昭和五〕年一月、二〇頁）

ここで不二子が歌ったのは「流浪の民」である。不二子はその歌詞に憧れているが、結果的には不二子の夫を奪って行方知れずになる澪子の側が「流浪の民」となる。『良人の貞操』の加代はマニラという新天地において未亡人から人妻へと転身する。自分の居場所を見出し、そこに落ち着くのである。では、加代とはどのような人物であるのか。その遍歴に大きく関わる三人の男性との関係性、そして親友である邦子との関係性から加代を見ていく。

3. 民郎と加代

加代はもと深川の材木問屋の一人娘であり、震災をきっかけに両親を失ってのちは、たった一人の縁者である叔母のもとに身を寄せていた。民郎と結婚後ほどなくして静江をもうけ、民郎に死なれてのち、義父である兵助の住む北海道で短期間過ごしたあと、邦子たちの住む桜木町へと上京する。加代の良人である民郎の描写は、加代や信也の口から語られるにとどまり間接的な描写しかない。そこから浮かび上がってくるのは、加代を見初め、強引に妻にと願ったにもかかわらず結婚後は酒におぼれて妻子に暴力をふるい、通夜の場でさえ悲しむ者がおらず、実父である兵助からも見放された息子、という人物像である。民郎は加代との関係においていわゆる悪夫として描かれているわけだが、物語の中盤、互いの想いを確認した加代が信也にもらすみずからの胸のうちは、新たな事実を浮かび上がらせる。

信也は加代の烈しい気魄の前に、僅に抗議した。
「いゝえ、違はないの、私が悪い女だからなの――信也さん、私、貴方が邦子さんと結婚なすつて直き、初めてお眼にかゝつた時から――民郎とのお話も、たゞ何んとなく貴方の従兄弟といふのに惹かされて嫁く気になつたの――でも駄目、民郎も不幸にしました、私も不仕合せ――此頃になつて私にやつとそれが分つたの――」

（「秋ふたたび（三）」一九三六年一二月二四日）[6]

ここでの加代の告白は、みずからの結婚の不幸が、民郎一人によるものではないことを裏づけている。信也への想いを抱きながら、信也のいとこであるという理由で民郎のもとへ嫁いだ加代は、民郎をいわば信也の〈身代わり〉としていたのであり、民郎は最後まで良人として妻に愛されることなく終わってしまった、結婚生活のもう一人の犠牲者であるともいえよう。

本作には同じく〈身代わり〉によるもう一つの結婚話が描かれている。邦子の妹の睦子と達郎の物語だ。睦子の結婚相手となる達郎は、かつて睦子の姉である邦子に恋心を抱いており、睦子はそれを承知のうえで「私はその身代りよ」と嫁ぐ決心をする。だが、睦子の結婚に対する姿勢に悲壮感は見られない。それはひとえに邦子と加代の物語の裏で、睦子と達郎の順調な交際期間をほのめかす物語の存在があるからだ。睦子と民郎は〈身代わり〉としていわば同じ立場にあるが、一方に結婚の悲壮感が感じられないのは、〈身代わり〉であることを知ったうえで新しい関係性を築くことのできた睦子の適応能力の高さのせいであろう。睦子と達郎の婚約成立のエピソードが幸福に描かれれば描かれるほど、もう一人の〈身代わり〉であった民郎の辿った不幸な結婚生活の悲しみが際立つのである。

民郎の死によって一時義父の住む北海道へと身を寄せていた加代は突如上京するが、その理由は作品の終盤、兵助の告白によって明かされる。兵助は加代を連れて博多から北海道へ帰る途中、加代の放つ色香に惑いそうになり、「男の一期の浮沈」だと憂いて加代を遠ざけたのである。その結果、加代は上京し、信也と葬儀以来の再会を果たす。邦子の家に親しく出入りを始めた加代は、夫婦からも信用を置かれ、邦子の父である専介が病に倒れた際は、鎌倉に帰省する夫婦の留守を預かるまでになる。そのことが加代と信也をますます近づけるきっかけとなるわけだが、二人を近づけた直接のきっかけとなってしまう人物が、邦子と信也の順調な結婚生活を願う加代の義父の兵助と、邦子の父の専介であるという皮肉がここにはある。

加代は、邦子の親友と信也の恋の相手という二つの立場を併せ持つ。つまり、この物語は加代自身によって作りだされた二面性の中で、信也と邦子によってまなざされる加代という一人の女が描かれているともいえるのである。それでは、次に民郎の死後の物語を読み解くために、信也と邦子が加代をどのようにまなざしているのかを見ていく。

4. 信也と加代

信也と加代の関係性を考える際に、信也がなぜ加代に惹かれたのかを考える必要がある。作中、加代は何度となく未亡人として男たちから性的にまなざされる姿が強調されている。それは兵助も理性を失いかけた加代の持つ美貌であり、自身が意識せずとも周囲にそう読み取らせる何かが加代の中にはあると考えられる。吉屋は加代の本質を表現する際に、黒、白、青という色彩、そして香りを巧みに用いていることがわかる。次の描写は、信也と加代が初めて顔を合わせる場面である。

するると、続いて、消しの絣の黒の上布を、すらりと身に纏つて、帯も黒繻子、すつかり黒づくめの姿に、顔だけくつきりと、葉蔭の白い椿の花のやうな、若い女性が立ち出でた。

（「秋扇譜（二）」一九三六年一〇月一九日）

民郎の葬儀のため福岡に向かった信也は、喪服姿の加代と再会する。ここで加代の着る喪服の黒は未亡人としての立場を示すものであるが、そのことによって加代に加わった未亡人という新たな付加価値こそが、男たちの性的な視線を集めることにもなる。

通夜の客は皆がや〳〵雑談を交し、笑ひ声さへ時々起きた。加代がものゝを運んで立ち去る、すらりとして黒上布の後姿を見送りながら、
「仏も心残りでせうな」
と、眼で卑しく笑ふ男があつた。

（「秋扇譜（四）」一九三六年一〇月二二日）

ここでは加代の持つ美貌が作用しているとはいえ、若くして良人を失った若き未亡人という境遇にこそ、男たちは扇情的な視線を向ける。加代は幾度となく男たちのこうした視線にさらされ、同時にそれらを跳ね除け、時には悔し涙をも流している。次の引用は、加代が勤めに出た東洋電化の取引先のブローカーに騙されて呼び出されたことを知る場面である。

「ハ、、そないに怖がらいでも、よろしやろ、専務はんの名刺の古いの一寸使はせてもらつたんや、どないしても、あんたに来てもらひたかつたのだ——さア〳〵そない遠慮せんとお入り……」
と、粘つたもの、言ひ方で、ふら〳〵と立つや、加代の手を取つて引き入れようとした、その瞬間前川の片頬がぴしやりと小気味よく鳴るほど、加代の女の白い手が、す早く彼を打つたのである。

（「夏姿（四）」一九三六年一二月一一日）

この直後、加代は帰宅早々手を洗い清め、娘の静江を抱き「静ちゃん、なぜ女に生れて来たの、母さんに似て運が悪かつたらどうしよう……」とつぶやき涙ぐむ。ここには本人の意志とは無関係に性的な視線を向けられてしまう、加代の理不尽な状況が描かれている。

加代は哀れな未亡人として信也と再会した。互いに惹かれ合った二人は、邦子に隠れて密会を繰返す。加代の信也への恋心は、信也の言った「加代さん、貴女はそんな黒いものが、よく似合ひますね、不思議だな」という一言を素直に聞き入れることによっても示されている。ここで注目したいのは、この加代を示す黒のイメージの多くが、信也の前で強調されているという点である。つまり加代にとって黒とは、信也との結びつきを示す色なのである。

しかしそれだけでは加代は単なる哀れな美しき未亡人に過ぎない。信也の性的欲望を刺激するトリガーとして、吉屋は加代の放つ芳香を巧みに使っている。次の場面は、葬儀の際、加代に接近した信也が感じた竜涎香《りゅうぜんこう》の香りである。

すぐ信也の左腕へ黒紗の布を捲いて、針で荒くかがるあいだ信也の胸近く女の黒髪と白くか細い項が、そして竜涎香の仄かな薫が漂った。

（「秋扇譜（六）」一九三六年一〇月二四日）

実はこの「竜涎香」は『一つの貞操』においてすでに登場している香りでもある。

その良人の脱ぎ棄てた背広に刷毛をかけて、洋服箪笥に納めようと、甲斐々々しく總子がワイシャツやネクタイまで始末しかけた時、良人の身に着けた服から、かすかに仄に匂ふ香――（竜涎香！）

（中略）

しかもその香水は、總子の使はぬもの、總子の日常きまつて使ひつけてゐるのは、仏蘭西ウビガン製のジャスミンだつた。まるで匂ひが違ふ――妻の我身の香水の、良人に移り香するなら不思議はない。だのに、二日の旅を終つて今帰り来し良人の身辺に心憎き（竜涎香）の移り香仄にたちのぼるとは――

「一つの貞操」（『主婦之友』一九三四（昭和九）年九月、二五四頁）

「竜涎香」の香りの主は紀美子であり、妻からすれば、いわば夫を奪う側の女である。つまり『一つの貞操』において竜涎香の香りは裏切りの香りとして妻に印象づけられている。ここでは妻が夫から竜涎香の匂いを感じ取ったことから、夫の働く不貞が露見するという展開を招く。妻が夫のまとう竜涎香に気づいたのは、自分がいつもつけている香水とは異なる香りを夫から感じたからであり、普段から香水に接することの多い女だからこそ気がつく良人の変化である。『良人の貞操』では、男である信也が加代の用いる竜涎香の香りに気づく。そのことを可能にしたのは、石鹸工場で働く技師という信也の設定である。だからこそ、信也は加代のまとう香りが「此の社宅の生活には、そぐはぬ贅沢な匂ひもの」でありながら、「加代の嫋やかな姿」にはぴったり似合う香りであるということまで認識することができたのである。

民郎の葬儀の準備に追われる信也と加代の場面では、黒という色と竜涎香の香りの描写が、何度となく強調されている。この時点では民郎の妻に対する仕打ちの数々は明かされていないため、加代の着る喪服の黒は夫を失った未亡人の悲哀として信也の中に印象づけられているといえる。だが、黒に象徴される女の悲哀と香りの結びつきはすでに加代がこの時、妻の親友以上の存在として信也に意識され出していた可能性をもはらんでいる。なぜなら、のちの信也のある行動を考えた際、その推測が十分可能となるからである。

次の引用は、加代の妊娠が発覚してのち、夫婦仲がうまくいかないまま、邦子が編む赤ん坊の産衣を見て、信也がやり場のない思いをぶつけたあとの場面である。

「うん――お前こそ――いろ〱大変だと思つてるんだ――」

信也は、再び優しい良人に返つて、妻の言ふまゝに、次の間の臥床へ――すでに蚊帳は吊られて、枕許には小さいスタンドの灯、水色麻の夏蒲団も、この夏邦子が新調したもので、見る眼もすが〱しく――純白の新しい敷布、枕覆ひには、涼味を誘うさりげないオードコロンがほのかに匂つて、夏の宵の閨の爽やかな感触……。

(「女性の負担(一四)」一九三七年三月九日)

実はこの場面は、邦子が初めて匂いというものを信也の前で感じさせた重要な場面でもある。このあと、信也は邦子を抱こうとするが、邦子は「わたくしが子供を生む身と思つて」と良人を遠ざけ、それを聞いた信也は、妻の持つ「清純さと正義観」に打たれる。邦子は傷ついているが、その背後に漂うほのかなオードコロンの香りは、傷心の妻の清純さを示すかのような爽やかな香りを演出している。いわばコロンの香りは、妻の清純さを示しながらも、その背後にある女の不幸と結びついているのであり、それは民郎の葬儀で目にする加代の未亡人としての悲哀と、竜涎香の香りが結びついたことと共通する。女の不幸と香りが結びついた時、信也の男としての欲望は刺激されるのである。

では、加代はなぜ信也に惹かれたのだろうか。信也と二人きりになった加代は、「私みたいな運の悪い女が、この先いつまで生きたとて、どうなるんでせう……」と胸の内を告白し、死を口にする。そうした加代の「投げやり」な発言は、信也を憤らせる。

いきなり頭から、がんと叱り飛ばされて、下うつむいた加代の前に、信也は膝を正した。

「貴女は運が悪いのは自分一人のやうな顔をするが、世の中にさう運のいゝ奴ばかり、端から揃つてますか、みんなそれ〴〵不満足で不平な生活をあくせくやつて居るんですぜ、(中略)そこへゆくと、貴女なんか何が不足です、そりや良人に死別れたのは不幸かも知れんが、世間にはさうした人はいつぱい居ます。(中略)それを(死にたい)とは、一種の感傷を楽しんで居るやうなものだ、僕は貴女のそんな莫迦げた感傷を軽蔑しますよ、そんな気持で今貴女が暮して居るとしたら、僕も邦子も不安だ、帯広の伯父から貴女たちの保護万端を頼まれて居るんですからね、加代さん」

（「夏姿（一二）」一九三六年一二月二〇日）

加代は「本気で怒つて、心から叱つて呉れる」信也に強く心惹かれるようになる。一方、前夫である民夫は加代に対し暴力をふるうばかりで心が通じ合うことがなかった。加代が父親にそうしてもらったように静江を風呂に入れることもなく、民夫は夫としても父親としても不適合であったわけだが、信也は静江に砂場を作ってやり、寝顔を見れば「ホウ、かうして見ると、静ちゃんが僕の家の子供のやうな錯覚が起るな」と発言している。のちに出会う準吉も、静江から目を離して危険にさらした加代の不行き届きを叱るが、その後、準吉は静江の遊び相手となり、一緒に日本を旅立ってからは静江を娘同然に扱う。加代はそんな男たちと静江の交流を好ましく思うが、そこには幼くして両親を亡くした加代自身の思い出の中の父親像が重ねられていると考えられる。加代は、男の中にある〈父性〉に惹きつけられるのである。

先にも述べたように、加代は邦子の親友と信也の恋の相手という二つの立場を併せ持ち、信也と邦子の二人によって規定される人物である。次に、邦子との関係性から加代について考えていきたい。

5. 邦子と加代

邦子と加代は女学校の同級生だが、卒業後は、結婚して以降会う機会も絶えてなかった。民郎の死後、一時北海道に身を寄せていた加代は兵助のはからいによって邦子たちの住む上野桜木町へとやってくる。邦子はそこで初めて加代の結婚の不幸を知る。

邦子は加代に同情し、知らぬこととはいえ、民郎のような男のもとに嫁がせてしまったことを詫びる。久しぶりの再会である懐かしさも手伝って二人の距離はますます近いものとなるが、そのことは結果的に二人の持つ〈主婦〉としての能力の差をも浮き彫りにする。相当な努力をもって良妻を演じようとしている邦子に比べ、加代の持つ家事能力の高さは、信也にとっては「生活を楽しむ」という美点と捉えられるが、それが邦子の前で発揮されるとき、加代の持つ美点は邦子に対する嫉妬心として読み替えることが可能となる。

「貴女これ皮剥いてから、茹でるの? そいぢや駄目よ、皮のまゝ、お鍋にたつぷり被るだけのお米の研汁入れて茹でるとい丶のに」

「あらさう――ぢやあ、今お米といで取つて置かう」

邦子が立ち上つた。

（「青葉の頃（一）」一九三六年一一月二五日）

「信也が、例の原稿書きが急がしいんで失礼しますつて……」

「いいのよ、私邦子さんに会ひに来たんですもの……」

と、お茶をひと口飲んで、

「邦子さん、どんな風に番茶使つてらつしやる——すこしあの……おいしくないわ」

（「秋ふたたび（九）」一九三六年一二月二〇日）

一つ目の引用は、「これ信也が、とても好きなの、毎日でも、これならい〻のよ」という邦子の発言を受け、「また初まつた、癪ね、信也々々つて言はないの！」という二人の掛け合いのあと発せられた加代の台詞である。二つ目はすでに信也と深い仲になってからのことであり、この台詞の直前、加代は「ぢつと火鉢の脇に、邦子の置いて行つた編みかけの信也のセーターをみつめて」いる。これら加代の発言はいずれも信也のことが引き合いに出されたあとに発せられている。あとになって明かされる加代の信也への秘めたる想いを考えた時、これら加代の家事能力の高さの誇示は、想い人の妻でありながら自分より能力の劣っている邦子に対する優位性を示すものとしての意味合いが浮上してくる。

専介の病によって邦子が実家に帰らねばならなくなった際、留守を預かることになった加代は、

「信也の書斎兼客座敷から、ずうとお台所勝手口、洗濯場の湯殿までお掃除、塵一つ止めず拭き」、家の中を整え清めるが、その行為は家の中から邦子の気配を消し去ろうとする意識の表れともとれる。

邦子が鎌倉に帰省している間、信也は鎌倉と会社を行き来することになるが、ある時、仕事で必要な資料を取りに戻った時、加代によって美しく整えられた家に通される。「隅の方に敬遠され」た籐椅子は、夫婦の新婚当時からの品である。加代は古びたメリンスの座蒲団を手に取り、「つくつて寄附させて戴く」ことを信也に申し出る。その座蒲団は邦子が結婚後間もなく作ったものであり、これらを排除しようとする行動からは、邦子の妻としての座を脅かそうとする、無意識の心理が読み取れる。

一方、こうした加代の言動を邦子は素直に受け入れ、助言として生活の中に取り入れている。信也との仲が発覚するまでの邦子の加代に対するまなざしに疑いはない。それは加代が清純な女として描かれているからだ。加代が示す清純さは常に邦子によって読み取られている。この物語において邦子は唯一加代の清純さを見出す同性として描かれているのである。

邦子は嬉しげだつた。そして加代の傍の小さい茶棚の上に、新しく置かれた人形棚の可愛ゆい〈汐汲み〉だの〈浅妻船〉だの〈藤娘〉だの、舞姿可愛ゆい豆人形と、その隣に立てかけてある道成寺の立派な押絵の大きな羽子板を眺めて、

「まあ、貴女つたら、いつまで娘らしいもの好きねえ」

（「冬鶯（七）」一九三七年一月八日）

道成寺の押絵には、男への情念を捨てきれない女を暗示するものとしての意味が隠されている。だが、邦子が読み取るのは加代の持つ清純さである。それは一つに、邦子の同性に対する疑いを知らない経験の浅さを意味するものであるかもしれない。しかし裏を返せば、加代のそうしたふるまいの中に清純さしか読み取れない邦子こそ、真の純真さを持つ女だということを示しているともいえる。

一方、信也から見た加代の清純さは、「白くか細い頸」や「加代の女の白い手」といった身体の部位の描写にとどまらず、信也と訪れた座敷の名が（白菊の間）であったことを知り、「――白菊だって…はづかしい……」と瞼をそめてみせる様子、そしてこれらに共通して見られる「白」という色に表れている。ここでの白とは加代自身の持つ、ある性格をも意味している。次の引用は、邦子と加代が久しぶりの再会を果たし、枕を並べて語り合った夜のやり取りである。

「……私、初めのうちは、どうにかしてい丶奥さんになつて、あのひとを愛せる様になり度いと、夢中で努めて見たのよ――でも、やつぱり駄目なものは、どこまで行つても、おんなじことね……」

「さう――どういふ風なのかしら、性格が合はなかつたの？」

「――性格なんて、私そんな生意気言はないつもりなの、私のやうな女は向ふのひとの性格に、どんなにでも合せてゆけるんぢやないかしら――それで私は幸福なやうな気がするの」

（「春日抄（七）」一九三六年一一月一八日）

「どんなにでも合せてゆける」加代の性格は、男の側から見ると白に象徴されるように、何物にも染まり得る柔軟性を示している。だが、一方で黒いものを身につけ、信也にふさわしい女を演じようと努める加代の姿勢は、柔軟すぎるがゆえ、自分を見失いがちな女の一面を示してもいるのである。

加代と信也は、邦子に内緒で行った箱根の旅行先で義三郎に目撃されてしまう。義三郎は邦子の姉の夫であり、自身もまた妻とは別の女性を連れていることでむしろ信也に共感さえ示し、その時点で加代と信也の関係は露見しない。二人の仲は、義三郎からその話を聞いた妻の安子が邦子に告げ口することで露見する。信也の行為は女の口から語られた時、不貞となりうるのである。

邦子と加代の関係は、信也と加代の仲が明らかになることで突如壊れてしまう。二人の裏切りを知った邦子の怒りは、次のように描かれている。

昨日の朝の粉雪が、まばらに残つて土はしめつてゐる、その庭の真中の――静江の為のお砂場の上に、信也の書斎に敷いてあつた座蒲団が、ぽんと放り投げられてあつた。この夏、加代が留守居のうちに、錦紗の風呂敷を二枚合せて造つた、それだつた。雪溶けのしめりが、千羽鶴の白い翅に浸みて濡れ込んで痛々しかつた。

（「それから（一二）」一九三七年二月五日）

加代の縫った座蒲団を放り投げた邦子の行為は、加代に対する嫉妬を示すものであるが、雪解け水によって濡れた千羽鶴の白い翅の様子は、それまで加代のイメージであった白という色が邦子の中で侵された事実を示している。だが、邦子は「いったんむら〳〵として庭先に放り出した」座蒲団を、「さすがに、はしたなかったと恥ぢて」拾い上げる。本来であれば捨て置いても許しきれない親友の裏切りであるが、邦子は「二度とは眼にふれぬやうに」しまいこむのである。座蒲団を拾い上げる行為は、加代に対する邦子の救済の意志の表れである。この行動の背景には、加代に対する憎しみだけではない、別の感情が生まれつつある事実が隠されている。信也と加代の秘密を知った邦子は、当初、信也と離縁しようとした。しかし、母の代わりに自分を育ててくれた女中である辰の言葉を受け入れ、信也と加代を許し、加代の身ごもった子を引き取ることで解決へと導くのである。

6. 辰という女

加代と信也の関係を知った邦子は実家である鎌倉へ向かう。そこで傷心の邦子を受け止めたのは女中の辰であった。邦子は加代が「短気を起して、信也と別れたりしないでつて、もしさうなれば一番莫迦を見るのは妻の私だから――我慢して家庭を破らずに、そして自分は北海道へ帰つて一生埋もれる決心だから。(許す)とひと言聞かせてつて、さすがに泣いて…」と言ったのを辰に伝える。それを聞いた辰は邦子をかばいつつ、加代を同じ「女」として庇護する発言をする。

「ま、まあ、それほどの事をした女が、さう申しましたか、やっぱり女はしほらしい……女にはしんからの悪人はござんせんね、強盗も人殺しもありや皆たいてい男の仕業でござんすもの……」

辰は襦袢の袖口で眼のふちを拭きつゝ、

「邦子様、さっぱりと許してやっておしまひなさいまし、さうまで悔いて詫びる女をいつまで許さぬとて、それで仕出かした事が消えるものでもなし、お情深い神様のお心になったつもりで、許しておあげなさいましよ……」

（「粉雪の日（八）」一九三七年一月二六日）

この後、邦子は少し落ち着きを取り戻し帰宅する。修復不可能かに見えた夫婦の関係であったが、邦子は信也の母となったつもりで現状を考え、事態の収拾につとめようとする。

「――貴方！私今はどうしても、貴方の妻としては、口惜しく情なくって、冷静にはなれません……でも、考へました。貴方の妻だと思っては、とても許せない――でも、貴方のお母さんだと自分を思へば、悪い息子を持った母の気持になったならと考へたのです……私、出来るだけさうなったつもりで、今夜ぢっと考へて見ます――」

さう言つた邦子は、時計を見上げて、
「――もうおやすみなさいな――明日ゆつくりお話して相談しませう……」
と……次の間へ――息子の臥床を敷く母の気持のやうに、優しく立つて、信也の寝支度をし、自分の夜具は、茶の間へ運んだ。

（「粉雪の日（十六）」一九三七年二月三日）

母という設定は、邦子が三姉妹の中でも特に母親に似ているという事実と密接に関わっている。邦子の母について語られるエピソードは少ない。だが、その中で浮かび上がってくる邦子の母の役割は邦子の負わねばならない役割と重なってくる。姉の安子がお産でいないのを良いことに言い寄ろうとした義兄の義三郎にショックを受けた邦子は、「お酒のせゐだよ、だけどたとへ戯談でも、安子が知つたら、産後の血があがるから、我慢して忘れてやつてお呉れ」という母の言葉でその場の気持ちをおさめる。ここで浮かび上がってくる邦子の母の役割は〈許す母〉としての役割である。邦子は三姉妹の中でもっとも母に似ているからこそ、母の役割を受け入れやすく、〈許す母〉としての役目を信也に果たすことができたのである。

こうして解決したかに見えた状況は、加代の妊娠によって一変する。邦子は自分の子として育てる決意をするが、信也から「自分を裏切つた女の生んだ子供」を心から愛し育てられるかと問われ、煩悶する。その時、邦子を救うのはまたしても辰の言葉なのである。

「邦子様、私がこちらへ御奉公にあがりました時は、なにもお子様を可愛ゆいと思つて参つたわけではございません、（中略）可愛がらうの、可愛く思はうのと、無理につとめて出るものでなし、それは、もうなんとも、かんとも、理窟で言ひ切れぬ、人間の情愛でございますよ――邦子様、まして赤ちゃんの時からお膝に抱いてお育てになつたお子なら――生みの母より育ての母――」

（「女性の負担（八）」一九三七年三月三日）

こうした辰の発言は、邦子に加代に対する態度を懐柔させ、子どもの母となり、夫婦の関係と友情の回復へと導いていく。つまり邦子の判断の裏には辰の発言があったのであり、辰の存在こそが邦子と信也の夫婦関係を修復し、邦子と加代の友情関係を回復したといえるのである。

しかし、この辰とはどのような人物なのであろうか。物語に重大な分岐点をもたらすにもかかわらず、辰の素性は作中では詳しく語られておらず、年齢や出身、未婚か既婚であるかについても定かではない。邦子の弟の幸一が生まれてから現在まで奉公し続けている人物であるという以外の情報は明かされないのである。まさに辰は、ご都合主義の登場人物、邦子と加代と信也三人の関係性をたちどころに修復させ得る、デウス・エクス・マキナのような存在として舞台に舞い降りる人物であるといえる。

では、加代の遍歴物語の三番目に登場する男、準吉との関係性はどのように描かれているのであろうか。

7. 準吉と加代

産後の保養のため、鵠沼で暮らすことになった加代は、一人で遊んでいた静江が溺れかけていたところを助けられた縁で由利準吉と出会う。準吉は私生児として生まれ、母を失ってからは海外を渡り歩いて木材の貿易に従事する男であり、二〇年ぶりに帰国したところであった。彼もまた遍歴する男であるといえよう。加代の飾り気のない態度に惹かれた準吉は、出会ってすぐ、加代に結婚を申し込む。準吉に対する加代の態度は、信也との過去をも包み隠さず話そうとする姿勢に示されるように常に解放されている。邦子からすればその行動が、(困つた気性のひと――我から運をいつも取り逃がして……)という想いを抱かせるが、結果的に準吉の前で示す加代の態度こそが、加代が自分らしさを取り戻すきっかけとなる。

準吉とともにマニラに旅立つことになった加代は、船の上から見送りに来た邦子たちの姿を認める。

甲板の欄に背のびする恰好で、静江が小さい両手に五六本慾張つてテープを一緒に握つてゐる、その隣に加代が、これはたゞ一本だけ白いテープを指先で抑へて居た。

（中略）

加代の指に、静に大切に引き続けて来た白のテープも――やがて切れた……

（「海上日記（一）」一九三七年四月一〇日）

ここで切れた加代のテープに象徴される白さは、先にも述べた、「どんなにでも合せてゆける」加代の性格と自負を示すものである。その自負は、自分らしさを押し殺し、結果的に民郎との結婚をも不幸なまま終わらせてしまった。加代の手の中の白いテープが切れた瞬間、それはかつての偽りの自分との決別の瞬間を示しているのである。

船から陸地へと降り立った加代が眼にしたものは、色とりどりの街並みであった。その描写に吉屋は再び色を用いることで、加代の立場を結論づけている。

ピークの頂上からの帰りを、青いエメラルド色の海に添ひ、花壇を前にした美しいホテル・リバルスベイに車を廻させて、ヴエランダの椅子に憩つた。丁度三時のお茶時で、外人の客が、あちこち動いて居た。

青い海と、さわやかな太陽と、そして不思議な童話の国に咲くやうな花の色に――加代は未知の国に一歩入つた夢心地で、船酔ひも完全に忘れて、身体がしやんとなつた。

（「海上日記（三）」一九三七年四月一二日）

ここで示される青という色は、加代の持つ性質を示す重要な色でもある。かつて邦子と着物の展示会に出かけた加代は、そこで見つけた白地に青海波の地紋のついた着物を手にし、「私これを青一色に染めて着よう」と邦子に話している。

加代が面映げに――それはいつぞや衣裳展覧会場の特売の白いものを青一色に染めさせただけが――加代がひとたび身に付けると、断然光を放つて、その姿は、美しい鶺鴒の精のやうに優しく夢のやうだつた。

（「秋ふたゝび（六）」一九三六年一二月二七日）

のちに信也と深い仲になった加代は、信也にとってふさわしい女になろうと努め、黒を意識的に取り入れていくが、加代の持つ本当の色とは黒でもなく白でもなく青だったのである。それは邦子が言うところの「お侠のやうでも、それだけに、人一倍、熱情家」である加代の性質であり、準吉にとっては「可愛ゆい女」として映る加代の美点でもある。ほどなくして青にまつわる加代の描写はとだえるが、外国の地に到着したと同時に加代の眼前に広がる青い世界は、異国での解放感を示しているだけではない。それまで黒と白だけであった加代の世界が、文字通り自分の色を取り戻したことを示すのである。こうして加代は次第に準吉に心を開いていくが、その理由は何であったのだろうか。次の引用は、プールで戯れる静江と準吉の描写である。

「そら、もう手を放すよ、一人で浮いてみるんだよ」
準吉が、手を離しかけると「あッ、怖いッ」と、静江は彼に獅噛みついた。
「ハヽ、莫迦だなあ、親爺が付いてるのに」
準吉は笑つて、水の中から女の児を抱き上げた。「だつて、怖いのよオ」静江は甘えて、彼の首ッ玉にかぢりついた。

（「海上日記（四）」一九三七年四月一三日）

この二人のやり取りを見た加代は、「眼の奥が熱く」なる。ここでの準吉の振る舞いは、静江に対して発揮される父親らしさを示している。プールではしゃぐ静江の姿は、かつて父親に入れてもらった風呂の思い出を加代に彷彿とさせたであろう。つまりこの場面は加代がみずからの過去に重ね合わせ、静江と同化する形で準吉を受け入れた瞬間なのである。その後、準吉に向けられる加代の視線にはある変化が見てとれる。

暫く、静江を水の中で遊ばせた後、準吉はプールからあがつて来た。浅黒い額に濡れた髪が垂れ、水にひたつて光る男の四肢は、黒く筋骨質に鍛へられて、青銅の彫刻の動くやうだつた――
加代は慌てゝ、瞼を伏せて、静江を受け取つた。

（「海上日記（四）」一九三七年四月一三日）

ここには異性に対する欲望の視線が見てとれる。だからこそそれに気づいた加代は「慌て、瞼を伏せ」るのである。加代は信也に初めて抱かれた際、「民郎との結婚生活で、その初夜からついぞ一度も、しんから女になれなかつた身」を思い起こし、頬を熱くする。いわば加代は信也によって初めて、男から与えられる肉体の悦びを知ったのであり、信也にとっては皮肉にもそのことが加代を次の男へと旅立たせるきっかけとなったのである。準吉の持つ身体は信也以上に肉感的に描かれているが、信也によって開花された男に対する性的な加代のまなざしが、同時に準吉の魅力を高めてもいるのである。そのことを示すかのように、その夜行われた大晦日の夜のダンスの場面では、加代の持つ性的なまなざしがさらに強調されている。

たくさんの外人にも見劣りせぬ気魄を持つ此の日本の男は、マニラの太陽と海風に鋼鉄のやうに叩き上げた丈の高い身体を悠然と運ばせて、異国の女と踊の群に入つた。胸を豊かに盛りあげた、逞ましい肉体を、黒と銀のイヴニングドレスに包んだその女は、準吉に巧にリードされて、楽しげに何か話しかけてゐる。

加代がホールの片隅の椅子に掛けて、ぢつとその準吉の姿を追つてゐると、彼も、ゆるやかなステップを踏みながら、時々加代の方へ男の眼の優しさをこめて笑ひかけた。

（「海上日記（五）」一九三七年四月一四日）

肉感的な異国の女と筋骨逞しい準吉のダンスは、加代の視線を通すことで、限りなく性的な連想へと発展していくかに見える。加代と準吉の視線が交差する瞬間、それは二人の肉欲が絡み合う瞬間であり、その直後、加代はその場から姿を消し、黒天鵞絨のコートと温室咲きの菫を手に甲板へと立つ。加代を探しに来た準吉が部屋に戻ろうとした時、加代は初めて自分から「入っちゃ、いけません?……」と瞼を伏せて、薄赤くなるのである。

8. おわりに

この物語において、〈母〉という存在は重要な要素を持つ。邦子は信也と加代との間にできた信一の誕生によって母となり、加代は準吉によって亡き母の俤として母であることを求められている。ここに二人の新たな母親が誕生するわけだが、反転すればこれを信也と準吉という二人の父親を誕生させた物語と読むこともできる。加代は信也と準吉の持つ〈父性〉に惹かれているが、それは静江の良き父探しのためであり、その背景には加代の父親との思い出が重ねられている。『良人の貞操』とは加代の父親探しの旅の物語なのであり、準吉という新たな父親にたどり着いた時、加代の旅は終わったといえるのである。

乗船してしばらくのち、加代は船の上からあるものを落としている。それは黒い天鵞絨のコートと温室咲きの菫である。コートは信也に買ってもらった思い出の品であり、加代にとっての「恋の墓標」であった。温室咲きの菫は立ち寄った上海で準吉が加代に与えたものであり、すでに枯れかかっている。黒いコートを捨てるという行為は、加代にとって信也との恋愛を過去のものとして海に捨て去るという行為に通じる。だが加代はなぜ温室咲きの菫をもともに捨てたのだろうか。

それは加代が作中何度も花にたとえられていることからもわかる。対する邦子は、花にたとえられることはない。二人ともにその美しさが描写される本作にあって、花にたとえて示される加代の描写は単なる華やかさのみを示すものではない。花は邦子と加代の差、実を結ぶ、すなわち受胎しやすい身体を暗示してもいよう。

黒いコートと温室咲きの菫、それらを捨て去ることが加代にとって過去との決別になったことは間違いないが、準吉に与えられたのが「温室咲き」の菫であったことは、もっと注意しても良いのではないか。なぜなら温室の中で囲われて育てられた植物は、信也という男に囲われた女としての加代を想起させるからだ。準吉によって与えられたその花を受け取るという行為は、加代が新しいパートナーである準吉の前で自身の過去を受け止めたということだ。その花が枯れた時、加代はみずからの手でそれを捨て去り、男に合わせて自身を演じる必要のない、ありのままの姿でいられる男、準吉とともに歩む決心をするのである。女のリアリティを吉屋がどこまで描き切ろうとしたかについては考察の余地があるが、後年、『徳川の夫人たち』や『女人平家』『女流文壇史』などの実在の女性に迫ろうとする吉屋の作品傾向の片鱗が、この加代という女の中にすでに見て取れるのである。

注

1 「懸賞小説に当選のころ」(『朝日新聞』一九六三〔昭和三八〕年一月一九・二〇日)。

2 ただし一九三一〔昭和六〕年に短期間ではあるが『報知新聞』に「日本人倶楽部」を連載している(五月一四日〜六月一〇日)。

3 吉屋信子『三つの花』(大日本雄弁会講談社、一九二七・八)。

4 駒尺喜美『吉屋信子――隠れフェミニスト(シリーズ民間日本学者39)』(リブロポート、一九九四・一二)、一六七頁。

5 田辺聖子『ゆめはるか吉屋信子――秋灯机の上の幾山河』(下)(朝日新聞社、一九九九・九)、一〇五頁。

6 以降、本文の引用は『東京日日新聞』による。それぞれ掲載年月日と小見出しを付した。

第七章

まなざされるボルネオ

――『新しき日』における『風下の国』の意味

1. 戦時下における吉屋の仕事

吉屋が『主婦之友』の専属特派員として同誌に記事を書き始めるのは、一九三七〔昭和一二〕年のことである。蘭印、仏印を巡ったのは一九四〇〔昭和一五〕～四一〔昭和一六〕年の頃であり、一九四二〔昭和一七〕年には『新しき日』という作品を執筆した。そこに登場する一冊の本『風下の国』はアメリカ人作家であるアグネス・ニュートン・キースによって書かれたものである。本書は、彼女が夫の仕事の都合によりボルネオに滞在した際の生活記録で、*Land Below the Wind*として、一九三九〔昭和一四〕年ロンドンにおいてMichaelJ oseph Ltdより初の単行本が刊行され、翌年にはアメリカでも刊行された。日本では一九四〇〔昭和一五〕年一〇月に三省堂より邦訳『風下の国』として出版されている。

ボルネオは戦時中、日本の占領下にあった。吉屋はボルネオの周辺地域へ赴き、帰国後に『最近私の見て来た蘭印』〔主婦之友社、一九四一〔昭和一六〕年五月〕を執筆している。吉屋としばしば並び称される作家に林芙美子がいるが、ペン部隊の紅一点として漢口一番乗りを果たした事件は世間の注目を集めた。

アグネス・キース『風下の国』は吉屋と林がともに愛読した作品である。植民地文学を描き、夫の仕事に伴い国と国とを横断する作家であるキースと吉屋を一律に比較することはできないかもしれないが、本章は、実在する作品である『風下の国』を通して『新しき日』を読むことでその意味について考え、ボルネオという土地に関わった多くの作家の中の一人としての吉屋を捉え直すものである。

現在、マレーシア、インドネシア、ブルネイの三つの国によって国境を分断されているボルネオ島は、一九世紀、北西部をイギリスに、南部から東部をオランダにそれぞれ支配されていた。第二次世界大戦を迎えると日本の占領下に入り、旧イギリス領は陸軍、旧オランダ領は海軍の主担当地区としてそれぞれが防備と軍政を担当することとなった。このような政治状況により、当時のボルネオは日本人にとって見逃すことのできない土地として意識され、現地を扱った多くの作品が書かれたのである。

ボルネオの歴史を大きく分けると、①一九世紀以前、②一九世紀以降（イギリス・オランダ統治時代）、③日本統治時代、④第二次世界大戦後の四つに分けられる。本章では作家自身の滞在経験に基づいて書かれた作品を〈滞在型〉、それ以外の作品を〈領地型〉とし、具体例とともにそれぞれのカテゴリの特徴を考察していく。次節より、時代を追って見ていきたい。

2. イギリス・オランダ統治時代

今日、マレーシア連邦の東半分を形作っている北ボルネオ地域は、かつてブルネイ侯国の支配下にあった。ブルネイは元来ブルニと呼ばれ、現在のブルネイ侯国付近を指す名称であったが、のちにこの地が東西道路の要衝として栄えるようになると、この地名が島全体を指す名称として使われるようになり、転じてボルネオと呼ばれるようになった。一六世紀、ボルネオは周辺地域においてスペインならびにポルトガル勢力が活動を始めた時期であったが、一六世紀末にブルネイ侯国の勢力が衰え始めると、国内に内乱が巻き起こった。そこへ「富と冒険を求めて東洋へやってきた探険家の一人」であるジェームズ・ブルックが「イギリス政府とサラワクの関係改善をはかるため、ムダ・ハシムへの手紙をとどける役目」によって訪れ、内乱を鎮め、「王（ラジャ）」の称号を得るに至る。[1]「一八四一年から一九四一年の第二次世界大戦勃発に至る百年間のサラワクの歴史は、ブルック王家の歴史そのものである」[2]といえ、およそ百年にわたって白人王の時代、ホワイトラジャの時代は続く。やがてボルネオは「1842年に至って、両者の間に協定ができ、バンジェルマシンをふくむ南部地方はオランダの領有とするかわりに、同島の北部地方はイギリスの領有を許す」[3]ことになる。

日本において、ボルネオを描いた初期の書物のいくつかは聞き書きによるものであった。筑前国、唐泊の廻船伊勢丸に乗っていた船乗りである孫太郎の漂流体験をもとに描いた作品の数々である。次の一文は、代表的な聞き書き作品『南海紀聞』からの引用である。

此編は、往年渤泥各国に漂到せし、本州韓泊の水手孫太郎と云る者を、数回余が家に召ひ、本府開船より帰国に至るまでの顛末を、仔細に語らしめ、地理方位等を詰問し、必詳明確実ならしめて、是を筆記するものなり、

青木興勝定遠「南海紀聞」（石井研堂編校訂『漂流奇談全集』博文館、一九〇〇〔明治三三〕年七月、一五三頁）

江戸時代、鎖国下にあった日本は難破した船乗りたちが帰還後に語る体験談から、まだ見ぬ外国の知識を得た。一七六三〔宝暦一三〕年、鹿島灘沖で遭難した伊勢丸は、六四〔宝暦一四〕年正月にミンダナオ島南部付近に漂着する。乗組員二〇人のうち、生存者一一名は、スールー海域の海賊と思しき住民らに奴隷として売られたが、水主の孫太郎のみがボルネオ島で華僑に買い取られオランダ人の助けを借り、一七七一〔明和八〕年に帰国を果たした。いくつか存在する聞き書きの中で、『南海紀聞』を中心に聞き書きの整理を行なった八百啓介は、孫太郎への聞き書きによって作成された『南海紀聞』や「漂夫譚」が、「西洋諸国による植民地支配とイスラム教の東南アジアへの浸透が強く認識されたボルネオのイメージ」を作り出すきっかけとなったことを指摘している。[4] 明治時代になると、夏目漱石『彼岸過迄』にも登場する児玉音松のような冒険譚の舞台としてのボルネオが語られるが、[5] 次

の児玉音松『南洋』からの引用に示される通り、そこにはすでに「悉く殆んど無尽蔵と云ふも決して誤りない」資源が眠る土地としてのボルネオがまなざされていることがわかる。

重なる産物は先づ椰子、珈琲、ゴム、藤蔓、煙草、蜂蜜、樟脳、胡椒、檳榔子、材木象牙、石炭、鉱物（金銀銅）の如きもので、是等は悉く殆んど無尽蔵と云ふも決して誤りないのである。
児玉音松『南洋』（光華堂、一九一〇〔明治四三〕年一〇月、一六一頁）

江戸時代以降、明治において描かれるボルネオは、未知の土地の発見に基づいた漂流譚、冒険譚によるものが多かった。日本においてボルネオを扱った作品は、日本統治時代にあたる昭和一七年前後に集中しており、そこにはボルネオという土地を意識的に捉え、意味を見出していこうとする積極的な姿勢が読み取れる。

3. 日本統治時代――〈領地型〉

徴用令が文学者に適用されるようになったのは一九四一〔昭和一六〕年一〇月のことであり、徴用は第一次から第三次、再徴用に及び、四一年から四四〔昭和一九〕年にかけて多くの文学者が南方に派遣された。四一年一二月、日本の陸海軍は英領ボルネオの上陸を開始し、翌年一月には英領ボルネオ、ブルネイを占領、二月には英領ボルネオ、バンジェルマシンの占領を果たす。[6] それまでの「北進南守」から「南進北守」へと変わり、南方への関心が高まり出す時代背景の中で、滞在による見聞録が数多く書かれたが、体験によらず作品を書いた作家たちもいた。ここではそれらを〈領地型〉作品とし、実際に訪れることのなかったボルネオがどのように書かれていったのかを見ていく。

まだ見ぬボルネオを始めとする南方という舞台は、少年少女向けの読み物の中に多く見られたが、[7] ここでは横溝正史と南洋一郎の作品を取り上げてみたい。横溝正史『南海の太陽児』は、一九四〇（昭和一五）年一一月から翌年八月にかけて『譚海』に連載された。東海林龍太郎という一八歳になる美少年が、亡き父の遺言にしたがって蘭領印度の未開の地にあるという日本人の国「やまと王国」の危機を救うため海を渡る物語である。「やまと王国」は蘭領印度のある島にあり、「純粋の日本人が日本語を話しながら形成している」王国として登場する島であるが、現地人とともに「やまと王国」を目指して向かう一行の経路からは、ボルネオという一つの島の姿が浮かび上がってくる。[8]

『少年小説大系　第十八巻　少年ＳＦ傑作集』（三一書房、一九九二・五）解説には、この物語が「日米通商航海条約の廃棄」という時代背景の中で、「ＳＦの古典的なテーマ」である「失われた種族」をもとに、「倭寇の子孫という日本独特の要素」を加えて描かれた作品であることが指摘されている。[9]

本作品の持つ性格をもっとも端的に示しているのは、次に引用する、やまと王国に伝説として語り継がれる「燃える水」が発見されるという場面である。

「斧丸、見ろ、見ろ、あの水を……壁をつたつて落ちる、あの水を……」

「へえ、旦那、あの水がどうかしましたので。」

「あれは普通の水ぢやない。あの匂ひを嗅いでみろ。あれは燃える水だぞ。」

あゝ、いかにもそれはふつうの水ではなかつた。滴々として壁をつたつて落ちる液体——まぎれもなくそれは強い臭ひをもつた石油——原油なのだ。かうして、こゝにその石油が、滴々として垂れてゐる以上このうへには、大油田が横はつてゐるにちがひない。


横溝正史『南海の太陽児』（熊谷書房、一九四二年一一月、二一七〜二一八頁）

横溝は、まだ見ぬボルネオを、熱帯資源に活路を求め始めた日本の関心に合わせ「やまと王国」に重ねた。石油とゴムは代表的な熱帯資源として注目を集めていたが、油田をつけねらう白人ジョンソンと、やまと王国の生き残りである龍太郎との戦いは、ミステリー要素を持ちつつも、油田を巡って争う国同士の縮図となっている。同じく横溝の「八百八十番目の護謨の木」は「ゴム」を話題に取り入れたミステリー作品であるが、蘭印で産出される天然のゴムは当時、マレー半島とともに世界最大の産出量を誇っていた[10]。

「八百八十番目の護謨の木」は、一九四一（昭和一六）年三月、『キング』に掲載された読みきり作品である。大谷慎介は南洋で護謨園を経営する緒方順蔵に見込まれて秘書として働いていたが、事業共同者である日疋龍三郎殺害の疑いをかけられてしまう。結婚を約束していた恋人美穂子は、慎介を窮地に追い込んだきっかけとなった日疋のダイイングメッセージの謎を解き明かし、行方をくらました慎介の疑いを晴らすためボルネオへと赴く。映画に写り込んでいたゴム園のゴムの木を見たことで、日疋の残した「O谷」というメッセージが、実はゴムの木につけられた番号「八八〇」を示すものであったと気づくことが事件の謎を解く鍵となり、事件の真犯人は白人とマレー人の混血児ヌクラであることが明かされる。

同じく「ゴム」を扱った作品である、南洋一郎『南十字星の下に』は、一九四一〔昭和一六〕年六月、偕成社より刊行された。横溝の探偵要素とは異なり、邦人による現地での成功物語の聞き書きという体裁をとっている。一六歳の時から二〇年間ボルネオでゴム園を経営し相当の成功を収めた小林二郎氏が、亡き父の意志を継いで兄と力を合わせて見事ゴム園を成功させるまでのいきさつを描くものである。物語の冒頭は次のように始まっている。

> 私の父は大正十年に北ボルネオのサラワク王国の西部クチン地方の土地を払下げてゴム園の経営にとりかゝりました。
>
> 今でこそ同地方には日本人が多く進出し、大商会のゴム園をはじめ個人経営の小農園が五十近くもありますが、当時はまたそれほどでなく、ことに父が払下げた土地は非常に不便だつたので、日本人はまだ一人も行つてゐなかつたのです。
>
> つまり、父は同地方の日本人の草わけだつたわけです。
>
> 南洋一郎『南十字星の下に』（偕成社、一九四一〔昭和一六〕年六月、一五頁）

ここでボルネオにおける当時のゴム園について触れておきたい。サラワクで最初に開かれたゴム園は、清水伝四郎による清水ゴム園で、一九〇八〔明治四一〕年頃のことであった。その後、サラワクで初の日本人企業となる「日沙商会」を設立した依岡省三が、一九一〇〔明治四三〕年にサラワクに調査に入る。調査の目的はゴム栽培事業を興こすことにあった。ゴム農園地を租借した日沙商会〔当時はクチン商会〕は事務所をクチンに構えたが、本社は神戸にあり、クチンはその支店となった。一九一七〔大正六〕年には資本金百万円の株式会社となり、ゴム栽培だけでなくゴムの製造部門にも着手、徐々に規模を拡大していった。当時のサラワク王国は、国外企業の活動を厳しく制限し、一〇社の企業に限って活動を許可していたが、その一企業であった日沙商会は日本人企業として活動を許された唯一の企業とされている。[11] したがって、引用において確認される「大商会」とはこの日沙商会のことであると考えられる。

『南十字星の下に』において兄弟が立ち向かう困難には、猛豹、野象、オランウータンといった猛獣たちとの戦いはもちろん、「ジョンソン」という名のイギリス人によるゴム園乗っ取りがある。先に挙げた横溝の『南海の太陽児』においても「白人ジョンソン」は油田をつけねらう悪役として龍太郎の命を脅かす存在として登場している。

事局の関係上、執筆に制限があった当時、南洋に行かずして描かれた作品の関心は南洋に眠る豊富な資源にあった。そこには〈資源を巡る人々の欲望が反映されたボルネオ〉が描かれ、密林という状況は、その曖昧さから未開の地に眠るロストワールドの舞台として活かされた。スパイとしての混血児、ゴム園乗っ取りをたくらむ悪人としての白人といった配役は、特に児童読み物においてわかりやすい善悪の対立の構図を持ち込み、〈日本がまなざしていたボルネオ〉という視点から来る国同士の縮図を描いていたといえるだろう。

4. 日本統治時代――〈滞在型〉

では、滞在による経験からボルネオを描いた作品にはどのようなものがあり、特徴を持つのか。ここでは実際に現地あるいはその周辺に赴いた作家たちを対象に、その作品を〈滞在型〉と名づけ追っていく。築地藤子、吉屋信子、林芙美子を取り上げ、吉屋信子と林芙美子を結ぶアグネス・ニュートン・キースの滞在記『ボルネオ――風下の国』(以降『風下の国』)について見ていきたい。

築地藤子はアララギ派の歌人として知られるが、一九一八〔大正七〕年、別所直尋との結婚が自身の作風に大きな影響を及ぼした人物である。築地は一八九六〔明治二九〕年、横浜市元町に生まれた。神奈川県立第一高女を卒業し、英和女学校裁縫科に入学するも、リュウマチのためほどなくして退学している。一九一五〔大正四〕年に「アララギ」に入会し、島木赤彦の指導を受けた。一九一八〔大正七〕年、別所直尋と結婚すると、夫の仕事の関係でシンガポール、ボルネオ、ジャワ、バタヴィア、スマラン、スラバヤを転々とし、一二〔大正一二〕年に帰国の途についた[12]。

夫である別所直尋は、一八八九〔明治二二〕年、宮城県に生まれた。一九一四〔大正三〕年、東京外国語学校馬来語科を第一回生として卒業すると、シンガポールの日馬公司に入り、長期滞在を果たす。一九二二〔大正一一〕年、シンガポールから帰国すると、翌年に拓殖大学のマレー語講師に就任した。拓殖大学在職期間は一九二六〔大正一五〕年から三一〔昭和六〕年六月であるが、キャプテン・クックのあだ名で親しまれ、学生に海外雄飛を強く勧めていた人物である。[13]

別所は拓殖語学校の設立者であり、校長であったことでも知られている。拓殖語学校は一九二七〔昭和二〕年九月、当時東京の郊外であった小平村小金井に設立された。東南〔東アジア〕に研究教育の重点を置いてきた拓殖大学の分校としての性格を持ち、南米化と南洋での活躍を目指す青年、「民族発展の先駆者」の育成を目指した学校である。拓殖大学の方針であった精神的側面の強調と、拓殖語学校の理念は根本的に一致していたが、主意書に見られる「国際協調の精神」という表現は、開拓が決して「帝国主義的侵略政策」ではなく、あくまでも「平和主義的文化政策」に沿ったものであることを強調している。拓殖語学校では、精神的修養と道徳教育が強調される一方で職業訓練も重視され、語学のほかに、農業、商業、工業という実学的な科目にカリキュラムの重点が置かれた。[14]

夫の仕事に伴い、築地は長期間にわたって南洋での生活を送ることとなるが、その生活の体験は、一九七六〔昭和五一〕年六月に古今書院より刊行された、築地にとって初の少女小説集となる『南十字星の下に』〔前節で触れた南の著書と同一タイトル〕に反映されている。[15]

次の引用は、行方不明になった父を探していなくなってしまった母を捜して旅に出る二人の姉弟の物語「ボルネオの歌」からの一場面であり、「人間の陳列所」のように様々な人種が行きかう場としてのボルネオが描かれている。

初めて見る波止場は丁度人間の陳列所みたいに種々の人種が見られました。頭に布を巻く見上げるやうに大きいのも印度人なら、三日も四日も御飯を食べない人のやうにやせこけた印度人もをります。すつきりした軽快な洋装のヨーロッパ婦人も見えますし、やたらに黄金の装身具をつけた支那婦人も見られます。日本人、馬来人、ジャワ人、――馬車が走り自動車が通り田舎生れのイザヤ達はすつかり気をのまれてしまひました。

築地藤子「ボルネオの歌」（『南十字星の下に』古今書院、一九七六〔昭和五一〕年六月、五七～五八頁）

続く引用は「椰子の葉かげにて（紀子の日記）」からの一場面であるが、ここで描かれているのも土地を行き交う様々な国籍の人々の姿である。

町に入るとさすがに灯が明るい。ここにも和蘭人の青年やお嬢さんが笑ひさゞめいて町を歩いてゐる。この人達は自国にゐると同様に楽しんで暮らしてゐるらしい。否かへつて幸福なのかもしれない――。

暗い川の中で支那人や土人達が水浴してゐる。彼らにとつて水浴は欠くべからざるものなのだが市中の川で平気で水浴してゐるのは目につく。労働者も夕方で仕事を打ち切つて食事をし、水浴して洗濯した着物に着かへて散歩に出るのだ。

築地藤子「椰子の葉かげにて（紀子の日記）」（前掲、二〇二頁）

築地藤子の描く少女小説には、単に南洋を舞台にした小説で終わることのない、生活者としての視点がある。女中であるモイの身の上語りによって展開される物語「美しきカプアスの流れ」や、アマネリーというオランダ人の官吏の令嬢につかえる土人娘ミンミーの流転譚「カカトワの島をたづねて」など、現地人の視点で書かれた作品もある。

ここで取り上げる三人の日本人女性作家のうち、次に挙げる吉屋および林と築地との間にはある種の偏差が存在する。築地には、吉屋、林の持つような職業作家としての側面がない。現地においての生活者としての築地の視点は、後述のアグネス・ニュートン・キースに近いものであるといえるだろう。では、職業作家である吉屋、林はどうであろうか。

一九四一（昭和一六）年一月、主婦之友社による派遣で台湾沖を出発した吉屋は、日本を離れて八日目にセレベスの港に到着した。旅程は一ヶ月に満たなかったと推測されるが、短期間でかなり多くの土地土地を見学して回ったようである。立ち寄ったのは、セレベス島、ジャヴァ島、バリ島であった。吉屋が見て回ったものは、現地人職工の手による鰹節製造工場、学校、邦人経営の商店などで、その時の体験は『最近私の見て来た蘭印』（主婦之友社、一九四一（昭和一六）年五月）にまとめられた。

吉屋信子『新しき日』は、一九四二（昭和一七）年四月一八日から八月一六日まで『東京日日新聞』『大阪毎日新聞』に連載された作品であるが、ここにも南洋が登場している。この物語は教会を舞台に、素子という一人の女性を巡って牧師と石油採掘技師である橋爪透との間に三角関係が生じるという内容である。
本作は一九四二〔昭和一七〕年の連載終了後、すぐに書籍化はされずに、四六〔昭和二一〕年、北光書房より単行本となって出版された。その際、『残されたる者』に改題、改筆がなされ、軍事的要素が減らされたほか、牧師の妻である雅代の遺した手帳の記録や、人物描写の細かな書き込みなどが加筆されている。一九五三〔昭和二八〕年には向日書館より再び刊行され、四六〔昭和二一〕年の改筆をそのまま受け継ぎながらもタイトルは初出に戻された。
本作における改筆の一つにアグネス・ニュートン・キース『風下の国』の存在がある。[16] 本書の存在は初出時には登場せず、一九四六〔昭和二一〕、五三〔昭和二八〕年の単行本刊行時に加筆された。

「フェノロサがいかに奈良の仏像のすぐれたものを発見したと言つても、それは単に、彫刻のすぐれたものとして認めただけで、――要するに彼は、ただ東洋の島国の古き絵画と彫刻を感心しただけですよ、〔中略〕もし日本が南方共栄圏の指導を持つとしたら、それだけの資格のある文化国として立ち、まづ自国内の道義を高め、小聡しい国民性を解脱することですな、素子さんにも、北ボルネオのサンダカンのアグネス・キース夫人の生活記録〔風下の国〕を是非読んで戴きたいと思つてます」

『新しき日』〔向日書館、一九五三年一一月、一五六頁〕

アグネス・ニュートン・キース『風下の国』の日本語訳は野原達夫によってなされ、一九四〇〔昭和一五）年一〇月、三省堂より刊行された。吉屋が『風下の国』を読んでいた事実は、『最近私の見て来た蘭印』の中に確認できる。

スラバヤの桑折領事夫人は、前任地英領ボルネオのサンダカンの領事夫人時代、その地の林務官夫人のキース女史の著（Land Below the Wind）——日本で（ボルネオ）と題し、訳されたものに、（絹地に描いた絵のやうな姿の人）とか、（元気な東京の奥さん）など、しるされてゐる方である。

『最近私の見て来た蘭印』（主婦之友社、一九四一（昭和一六）年五月、五五頁）

桑折領事夫人の描写は、次に引用した野原達夫訳『風下の国』「十七　友の家」の本文と一致しており、吉屋が同書を読んでいたことは間違いない。

絹地に描いた絵のやうな姿の人が、領事の傍によりそつて歩いてゐた。彼女のフランス型の高い靴の踵が、芝生にしとやかな音を立てた。彼女は、よく噂に聞いた、あの元気な東京の奥さんに違ひない。

アグネス・キース著、野原達夫訳『風下の国』（三省堂、一九四〇（昭和一五）年一〇月、三五二頁）

吉屋と同じく林芙美子もまた『風下の国』を読み、感銘を受けた作家の一人である。林がボルネオのバンジャルマシンへ到着したのは一九四二〔昭和一七〕年のことである。目的は『ボルネオ新聞』の応援のためであり、出発の前に林が読んだ書物に『風下の国』があった。

あと数週間で正月が来るのだけれど、私は数年前の正月を、南ボルネオのバンジャルマシンと云ふところで、過した事も思ひ出しました。永遠の暑熱にむされてゐる森林の国ボルネオの町は、思ひ出のなかでも感動深いもので、米国人、アグネス・キース女史の風下の国と云ふボルネオの事を書いた小説を読んで、私は、ボルネオで庸つた下男と下女のみをあつかつたその作品にどんなにか共鳴するものを感じたのです。

林芙美子「作家の手帳」（『林芙美子全集　第六巻』文泉堂出版、一九七七〔昭和五二〕年四月、四二頁）

望月雅彦は、その著書『林芙美子とボルネオ島――南方従軍と『浮雲』をめぐって』の中で、『風下の国』が『浮雲』に与えた影響について次のように指摘している。

『ボルネオ――風下の国――』（前出）は、著者アグネス・キースは米国人、夫は英国人で林務官としてボルネオ島の英領北ボルネオのサンダカンに赴任していた。開戦してサンダカンが日本軍に占領されるとキース夫妻と子供の三人は敵性国人として収容所生活を余儀なくされることになる。ここで注目したいのは林務官の夫婦であるということである。林務官を農林技師と置き換えれば、『浮雲』の主人公の男女が連想され、発想の原点になり得ると考えている。

望月雅彦『林芙美子とボルネオ島――南方従軍と『浮雲』をめぐって』（ヤシの実ブックス、二〇〇八〔平成二〇〕年七月、九五～九六頁）

望月は、一九四三〔昭和一八〕年二月頃、ボルネオで書かれた芙美子の日記の記述「すべて浮雲の如く（中略）行くもの多き人の世なりき」の部分と、作家の手帳の記述から、『浮雲』の原点はボルネオにあったとしている。

注目すべきは吉屋と林、二人の『風下の国』に対する着眼点である。吉屋は「銃後の一女性の感慨をこめて行く」のが目的であるとされる立場上もあってか、『風下の国』においても着目したのは日本領事官夫人についての描写であった。それは〈日本から見た外地〉の視点を超えるものではなく、それ以上本書についての言及も確認されない。一方林は「作家の手帳」において、「ボルネオで庸つた下男と下女のみをあつかつたその作品にどんなにか共鳴するものを感じた」と読み手の立場を明確にしている。厳密に言えば『風下の国』は下男下女のみを扱った作品ではないが、林の関心は現地人の生活の中に溶け込んだアグネス・ニュートン・キースの観察眼にあった。

それでは、『風下の国』の著者であるアグネス・ニュートン・キースとはどのような人物であったのだろうか。

アグネス・ニュートン・キースは一九〇一〔明治三四〕年、アメリカのイリノイ州にあるオークパークに生まれたアメリカ人女性である。[17] ハリウッドに育ち、カリフォルニア大学を卒業後、一時記者として勤務していた。兄の同級生であったイギリス人ハリーと結婚後、林務官兼農業監督である夫に付き添い、一九三四〔昭和九〕年からおよそ五年間、ボルネオで生活することになる。その時の生活体験は *Land Below the Wind* にまとめられた。アトランティック誌のノンフィクション部門で満場一致の一位を獲得後、一九三九〔昭和一四〕年一一月にイギリスで刊行され、翌年一月にアメリカで刊行された。前述の通り、日本では一九四〇〔昭和一五〕年一〇月に三省堂より刊行されている。

Land Below the Wind と邦訳『風下の国』は後述する一点を除き、ほぼ忠実に訳されていると思われるが、いずれも現地人であるアルサップ、中国人の阿伊といった雇い人たちとの日々が書かれている生活の記録である。

一九四〇〔昭和一五〕年の日本語訳では、原著にあった一八章 Two People Whom We Like が削除されている。「私たちの好きな二人」と訳される本章は、日本領事官夫妻を訪問するキース夫妻の話となっている。検閲の都合で削除されたとされる本章には、次に引用する場面、領事官邸で聞いたラジオが中国における「日本の英雄たち」の圧倒的勝利を収める様を告げる場面が描かれている。

「戦争！」と私は叫んだ。

「戦争……」と彼女は答えた。

しかし、私たちはそれ以上続けることはできなかった。

再びラジオの声が私たちの注意をひきつけ、私たちは雑誌を取り落してしまった。アナウンサーの英語は発音に問題があったが、その語調は強く格調高かった。「我が日本軍は無敵である。

日本の英雄たちは、襲来する波のように、退却する中国軍を一掃した。ロシア紛争が起こった時でも、勇敢なる日本軍は果敢に対処したのである……」

（中略）

そうしているうちに、東京のアナウンサーは勝利を讃える賛歌を述べ始めた。「不屈の精神を持った、勇敢で猛烈かつ大胆な古武士のような兵士たちよ、勝利へつき進め！　かちどきをあげよ！　万歳！　万歳！　万歳！　万歳！」（筆者訳）

この直前の一七章は「友の家」という章であり、「今や決定的な局面」に入っている「日本の戦争状態」の中で、中国領事館の娘であるフィフィーユと日本領事官夫妻がキースの家で鉢合わせるという出来事が描かれている。緊張状態にありながらも、三人の女性たちはお茶の時間を過ごし、解散する。一八章はこの一七章の緊張関係を受けて書かれる日中の戦況であり、キース夫妻が好きであった二人、日本領事官夫妻が、なぜ軍国主義の国民であるのか、という悲痛な叫びが綴られている。

アグネス・キースはその生涯の中で七冊の本を刊行している。そのうちの一冊が *Three came home* であり、日本では『三人は帰った』という邦題で一九四九（昭和二四）年に岡倉書房より刊行されている。現在確認できているアグネス・ニュートン・キースの邦訳書は『風下の国』と『三人は帰った』の二冊のみであるが、『三人は帰った』は日本人の捕虜となって過ごしたクチンでの収容所生活についての記録で、ハリウッドで映画化もされた。山崎晴一によるあとがきには、アグネスが「パール・バックの如き社会思想家的な行き方をする作家」ではないかという見解が述べられている。

アグネス・ニュートン・キースをパール・バックたらしめているのは彼女の日本好きが一因としてあげられるだろう。そのことは彼女が *Land Below the Wind* において「私たちの好きな二人」と題し、日本領事官夫妻のことを述べていることからもわかる。加えて、『三人は帰った』の冒頭は、「ハニムウンの途すがらも、日本国中いたるところにある子授けのお寺へ立ちよつては、金色の仏像にお賽銭を捧げて男の子を一人授け給えと祈つた」と始まっており、日本軍の捕虜としての数年間を描いた物語の冒頭に描かれる新婚旅行に訪れた日本の思い出は、彼女の悲しみの深さをより引き立たせるものとなっている。

筆者が入手した、彼女の最後の著書である *Before The Blossoms Fall Life and Death in Japan* は、アグネス・ニュートン・キースが訪れた日本が時代を経てどのように変わったかを述べたもので、本のカバーの折り返し部分に「キース夫人にとっての関心事は、日本の女性の地位の変化である」こと、「一九三四年の日本と一九七四年の日本を比べてみると、男性と女性の関係は日本経済が変わったほどには重大な差がないことがかなりはっきりとわかる」(筆者訳)ことが述べられている。本書は三四章から構成され、小見出しはついていない。巻末につけられたインデックスには、日本各地の地名や著名人などの名が数多く列挙されている。

5. 戦後へ

一九世紀以前、ボルネオは日本にとって未知の土地であり、孫太郎のような漂流者の聞き書きはボルネオという土地の存在を知らしめた。いうなれば〈認知するボルネオ〉としての時代である。第二次世界大戦を迎え、日本軍の領土となったボルネオは、〈領地型〉と〈滞在型〉の二種類の形式で描かれることとなる。〈領地型〉において描かれるボルネオは、欲望という観点から、想定された世界観の中で描かれる土地として姿を現す。資源の利権を巡る争いの地としてのボルネオは、日本人と白人、混血児で構成された世界観の中で描かれ、日本の勝利に終わる結末が約束された物語であるが、そこで描かれるボルネオは〈欲望のボルネオ〉である。

〈滞在型〉の作品は作家の滞在経験をもとに書かれた作品だが、そこに描かれるボルネオは、様々な人種の行き交う土地、〈交差するボルネオ〉である。作家自身もまたその交差する土地の一部となり、いくつもの人種と国とを受け入れざるを得ない土地としてのボルネオを描いている。アグネス・ニュートン・キースはもはや忘れ去られた作家になりつつあるのかもしれないが、植民地文学にまで高めうる彼女の鋭い観察眼は、日本に対する関心の高さとともに見直されなければならない。また、〈領地型〉と〈滞在型〉の間にジェンダーによる棲み分けがなされてしまったことは見逃すことができない事実であろう。〈滞在型〉という言葉自体に、夫たちの都合で滞在者とならざるを得なかった女性たちの境遇が込められていたといってもよい。

戦後初となったベストセラー田村泰次郎『肉体の門』（風雪社、一九四七・五）にはボルネオで戦死した兄を持つ少女が登場する。少女は兄の話ばかりすることから仲間の少女たちに「ボルネオ・マヤ」と呼ばれるが、そこに少なからず含まれている少女たちのからかいは、ボルネオが当時の日本にとってもはや過去の土地となりつつあることを暗示している。山崎朋子『サンダカン八番娼館』（筑摩書房、一九七二・五）では昭和の貧困の中、天草地方から「からゆきさん」として売られていった少女たちの悲劇が書かれ、映画化された際のタイトルにもなった「望郷」という言葉は彼女たちが思い描く先にある故郷というものが果たして日本と外地どちらの国を指すものであるか、といった大きな問いかけを観る者に投げかけた。[18] 松本國雄『キナバル三十年』（金剛出版、一九七五・八）で振り返られるボルネオもみずからの半生の回想の舞台として描かれている。そこにあるのは〈回想のボルネオ〉である。同時代的となったボルネオはリゾート地としてのボルネオであり、景山民夫によって『ボルネオホテル』（講談社、一九九一・二）といったミステリー要素を含むフィクション作品などによって受け継がれているといえるだろう。一つの島でありながら、いくつもの国が重なり合い、塗り替えられたボルネオのイメージは、こうした作品の中に書き継がれているといえるのではないだろうか。

6.『新しき日』における『風下の国』の意味

以上、歴史を大きく四つに分けながら、〈領地型〉と〈滞在型〉という観点からボルネオの描かれ方を分類していった。ここでは最後に、『風下の国』を起点とし『新しき日』について考えてみたい。先述の通り、本作は一九四二〔昭和一七〕年の連載終了後、すぐに書籍化はされずに、四六〔昭和二一〕年、北光書房より単行本となって出版された。一九五三〔昭和二八〕年には向日書館より再び刊行され、四六年の改筆をそのまま受け継ぎながらもタイトルは初出に戻された。

初出と単行本で大きく異なる本作の、まずは初出版のあらすじについて触れておく。

藤川素子は聖光教会の更生寮で働く女性である。百貨店で香水を万引きした少女ツルを引き取るが、寮へと帰る列車の中で、ツルは一人の青年橋爪透から財布を盗む。透は素子の亡き叔父である徳永の部下であり、仕事で南方にいたが帰国していたのである。透は次第に素子に惹かれ、求婚するまでになるが、素子は結婚によって更生寮の仕事を退くことに積極的になれない。いとこである徳永不二子が透に想いを寄せていることも素子を悩ませるのだった。聖光教会の総務、槇伊之吉は教会の事業拡大に才覚を発揮し、人々を惹きつけるカリスマ性を持つ人物であり、素子に想いを寄せるが、素子は伊之吉の純粋な信仰心に基づかぬ経営者としての発言にたびたび不信感を抱いていた。また、伊之吉の妻である雅代は素子の親友であり、療養中で鵠沼に住んでいた。

伊之吉が素子に惹かれていると知った雅代は死に際し、伊之吉には素子を妻に迎えるよう、素子には伊之吉の妻となり、息子である正夫の母になってくれるようそれぞれ頼む。一人で雅代の死を見届けた素子は、伊之吉が誘導尋問によって雅代の遺言であった、伊之吉の妻となり正夫の母になってほしいという言葉を素子の口から言わせようとしたことに激昂し、伊之吉を拒絶する。雅代の葬儀のあと、伊之吉はこれまで教会事業において純粋な信仰心からではなく経営者として策を弄してきたことを告白し、教会を去って南方へと旅立つ。

伊之吉のその後は、素子に求婚を断られ南方へと戻っていった透から届いた手紙によって知らされる。伊之吉は鑿井工事の傍ら伝道に励んでおり、手紙には素子に伊之吉の伴侶となるよう勧める透の言葉が添えてあった。素子は雅代の最後の願いを叶えるべく、伊之吉の帰りを待ちながら彼と生涯をともにすることを決心する。以上が『新しき日』の初出版のあらすじだ。

本作は初出から書籍化されるにあたり、いくつかの異同がある。大きく分けると、①戦争に関する記述の削除、②登場人物の性質に関わる会話文・描写の変更、③雅代の日記の加筆、④『風下の国』の加筆の四点である。

一つ目の変更点に関し特に大きいのは物語の結末である。二冊ある単行本の最後ではいずれも、素子に求婚の申し込みを断られた透が南方へと戻っていくことを決意し、日本が「大きい戦争」に歩み入ったことを知らせる一文で閉じられる。

初出ではその後に「南方通信」と題した回が三回あり、伊之吉が教会を去ったあとの様子が描かれていた。南方で透と再会した伊之吉が、採油業務に携わっていることが透の手紙によって告げられ、井戸掘り人夫として再起を図る伊之吉と石油会社に勤める透が握手している挿絵は、当時の日本の南方での採油状況を象徴している。伊之吉の帰りを待ちながら彼の妻となることを決意する素子の傍らには雅代の忘れ形見である正夫がおり、戦時下における〈母〉としての立場への期待が強調され、透は縁談の申し出を断った相手である素子のいとこの不二子との関係を前向きに考えようとする。

二つ目の変更点について例を挙げると、初出では「風立ちぬ」の章において透が「恋愛なさい、僕と」と迫ると、素子は「まあ、えげつないこと仰しやるのねえ」と応じているが、書籍化にあたり、「(恋愛なさい、僕と)――透は思わずそう出そうになつて、さすがにそれを咽喉へ呑み込んだ――人の娘の礼儀から」と改稿され、素子の側も口には出さぬ透の気持ちを察し、「このとつさの場合、彼女をうろたえさせ、透の前で顔に血が仄かにのぼつた」と変更されている。素子の父である逸作と透の会話でも、初出では「しかし――はずみで――接吻ぐらゐは――いけませんか?」という透の問いかけに逸作が「結婚出来る確信――約束が双方に生じた場合には、それは許さう、ハッ、、、」と答えているが、書籍化の際には削除されている。透は素子の人格を認め、「若い娘たちへのいゝかげんな観念」をも訂正しており、相手の気持ちを考えず結婚へと走ろうとする人物造形から、改稿後は相手の気持ちを尊重する人物へと変わっていく。

三つ目の変更点は雅代の日記についてである。雅代の日記が記述されるのは単行本でいうところの下篇、「脱皮悲願(三)」にあたる。雅代の葬儀を含めたこの部分は初出時にはなく、書籍化に際しもっとも大きく加筆された部分である。雅代の日記は死後、夫である伊之吉によって発見される。日記には「素子さんのやうな献身者は、教会の事業に一種の華やかさと明るさをもたら」し、「きつと良人は、素子さんの存在に励ましを受けてゐられる」と思う一方で、「良人や素子さんのいそがしく働らく、その教会の世界の雰囲気から、こんなに遠く埒外に置き棄てられたやうな私は——素子さんを見ると、焦燥と、そして人にも告げ得ぬ恥づべき卑俗な嫉妬を覚えてしまふ」という想いが綴られていた。雅代は病身のため夫の支えになれない自分の無力さを悔い、自分をあまり顧みようとしない夫が素子に惹かれていること、自分はそんな夫をなおも愛していることを日記に記している。息子の正夫についても心配し、「正夫の母としては、生きたい、生きぬきたい——貴方には此の母はどんなに必要でせう。たとえ、貴方のお父さまの妻として役立ぬ無用の私も、子の母としては、何故神は生きるをゆるし給はぬや」と書いている。

伊之吉は雅代の日記を見つけた当初は「新事業の宣伝に利用しやう」と考えていたが、読み進めていくうちに「(母の愛)」を教えられ、「情けなかりし良人の醜い汚血がねこそぎしぼり出される」のを覚える。

最後に四つ目の変更点が『風下の国』の加筆だ。『風下の国』は、恋敵である透と伊之吉が、素子の不在中に互いの意中を探るように議論を交わす場面で登場する。米国の宣教師団の案内役で奈良の寺巡りをした伊之吉は「フエノロサの功績をしみぐ〳〵考へ」たと言い、「建築家のタウト」の功績を高く評価するのに対し、透は「それよりも観光客に対して日本国民が、他国民に劣らぬ程度に幸福に生活しつゝあるを誇れる自信を持てるやうに、努力したいものですな」と返し、素子には『風下の国』を読ませたいと結んでいる。男が女に本を差し出す、または差し出そうとする構図は、本書第九章において扱う『香取夫人の生涯』でも登場しており、そこに何らかの意図を読み解くことは妥当であろう。だが、透が読ませたかった『風下の国』は素子の手に渡ることはなかった。それは素子が透に道を示されずとも、みずからの「杯」で人生を歩んでいくことができる人物であったからだ。

素子は森鷗外「杯」の「我杯は大きからず、されどわれは我杯にて飲む」という一節を好んでいる。森鷗外「杯」は一九一〇（明治四三）年に『中央公論』に掲載された、八人の少女たちの物語である。『新しき日』において素子が透に語った「杯」の概要は、八人の娘のうち七人までが「（自然）」と書かれた揃いの銀の杯で水を飲み、同情から差し出された娘の杯を断った八人目の娘が「私の杯は大きくないの、でも私は私の杯で飲みたいの」と自分の小さく寂しい杯で水を飲む、というものだ。『新しき日』の冒頭で、不良少女ツルの前に現れた際の素子は「薄鼠の春のスーツに、白いブラウス、その襟に鳩の形と（聖光）の二字をしるした七宝の小さい徽章をつけた、美しいお嬢さん」姿であり、普段から好んで着る「黒っぽいお服」は、「杯」において八人目の娘が着る「黒の縁を取った鼠色の洋服」と重ねられていることがわかる。伊之吉と生涯をともにする決心をした素子が透に告げたのは「普通の女性とは違う人生の杯を飲みほす私だつたのです」という言葉であった。それは素子にとって伊之吉の妻として生涯をともにすることを示している。

素子は雅代こそ「神の如き妻」であると思う。一方で雅代は死の間際、妻という立場ではなく「伊之吉を生んで亡くなつたあのひとのお母さん」に代わって、また正夫の母として素子に頼み込んでいる。同じような台詞は本書第六章で扱った『良人の貞操』にも見られ、夫である信也の不貞を断罪する立場となった邦子が「貴方のお母さんだと自分を思へば」「悪い息子を持つた母の気持になつたならと考えついて」対処しようとしていることと重なっている。吉屋作品では、夫に起因する困難に対し、妻という立場からでは不可能な決断を下さなければならない時、妻は「母」となることで対処しようとする。雅代の日記を読んだ伊之吉は妻によって初めて「(母の愛)」を教えられるが、あるものを雅代に重ねている。

「雅代!」

伊之吉はありし日のその妻の面を、いま眼ぢかく生々と浮かべた。その妻の面ざしは、けっしてマリアには似ていなかった。そは不思議にも、曽つて伊之吉が外人教師団の案内役に加わって京都奈良を巡ったとき見た法隆寺の夢殿の秘仏の聖観音像や薬師寺の東院堂の観音像、中宮寺の如意輪観音像などの一脈共通に持つ慈悲円光のしずかに漂よう像の面に似通うて——ありありと迫る。

(日本の女性のそれは象徴なのか、雅代、貴女こそはその日本の女性的なるものの本質を身をもって示してくれたのだ!)

いまは、たゞその面影なつかしく、やるかたなくいとしわが妻——伊之吉はその面ざしの幻影に手をさしのべた。

(雅さん、僕と今日から一緒に霊的に生きてくれ、良人と子への愛を死しても完璧たらしめた霊魂は僕を救い導き得るのだ!)

吉屋信子『新しき日』(向日書館、一九五三年一一月、二六三頁)

伊之吉が妻に重ねたのは、女性である生母マリアではなく、性別を超越した存在である観音像であった。この伊之吉の連想は、雅代を正夫の母という立場ではなく一人の人間として認めることで、伊之吉との魂の結びつきを可能にするものである。

素子が伊之吉と生涯をともにしようとする決意は雅代の意志に重ねられている。雅代が持つ「良人の欠点も過ちも、よく知りながら、なほも愛情をさゝげていらつした、その愛の広さ」は、「女性の愛」が「滋味豊な大地のやうに、あらゆるものを生み、育くみ、温め、支へ蔽うてこそ」であるという実感を素子にもたらし、「雅代様の私を信じてのお頼みをお引受けして、不幸にも雅代さんが此の世でお果しになれなかつた、妻と母との愛の炬火を引継いで差上げたい」という決意に至らせた。

素子がその決心を父と透の前で語るその声は、「ふくよかな女の魂の匂うような息吹」と表されているが、雅代の意志を継ぐ決意によって素子の魂が雅代の魂と接近し得たことを意味している。透もまた、素子の告白を受け「素子さんのような、豊富な感情とそして理智を併せ持つ、積極的な生活力の潜在している女性が——槇氏の如き善悪両面に通じるほどの逞しい魂と深い底力のある男に魅力を覚えるのは、当然だつたと、今にして僕はわかります」と肯定している。加えて伊之吉と素子の結びつきを「二つの魂をみごとに成長させるでしよう」としており、終盤では「魂」という言葉が繰り返し登場する。ここでの「魂」とは「妻」や「母」ではない、一人の人間としての「人格」を意味するものであろう。

昭和二八年版単行本の「はじめに」では、本作が「当時英米排撃にともなってキリスト教への圧迫も烈しかった折」に「敢てキリスト教を主題にして」書いた作品であることが記されているが、吉屋はキリスト教を主題に信仰と愛情の問題を扱う中で伊之吉と雅代、伊之吉と素子、素子と雅代という三組の関係性を、人格を認め合う魂の結びつきによって描こうとした。本作では初出時、書籍化いずれの場合も素子と伊之吉が再会する場面が描かれることはない。それは本作において示された、肉化された存在の結びつきを不要とする魂の合一こそ、吉屋が描こうとした男女の結びつきの帰着点であることを示しているからだといえよう。

注

1 ザイナル＝アビディン＝ビン＝アブドゥル＝ワーヒド編、野村亨訳『マレーシアの歴史』（山川出版社、一九八三・八）、二二四頁。

2 前掲『マレーシアの歴史』、二二五頁。

3 佐藤長ほか編、田村実造・羽田明監修『アジア史講座 第5巻 南アジア史』（岩崎書店、一九五七・五）、一八九頁。

4 八百啓介「江戸時代における東南アジア漂流記――『南海紀聞』とボルネオ情報」（『日本歴史』（687））二〇〇五・八）、六五頁。

5 夏目漱石『彼岸過迄』（春陽堂、一九一二・九）には「其上敬太郎は遺伝的に平凡を忌む浪漫趣味の青年であつた。かつて東京の朝日新聞に児玉音松とかいふ人の冒険談が連載された時、彼は丸で丁年未満の中学生のやうな熱心を以て毎日それを迎へ読んでゐた」とある。

6 森本忠夫ほか著『決定版 太平洋戦争3――「南方資源」と蘭印作戦（歴史群像シリーズ）』（学習研究社、

二〇〇九・六）ほかを参照。

7　竹松良明「喪失された〈遥かな〉南方――少国民向け南方案内書を中心に」（木村一信責任編集『戦時下の文学――拡大する戦争空間　文学史を読みかえる④』インパクト出版会、二〇〇〇・二）。

8　横田順彌『明治おもしろ博覧会』（西日本新聞社、一九九八・三）では龍太郎のモデルがボルネオに造形の深い彫刻家・朝倉文夫である可能性が示唆されている。

9　解説における「倭寇の子孫という日本独特の要素」とは、ボルネオに古くから伝わる「ワカナ」の伝説のことであると考えられる。ボルネオの原住民ダイヤ族に伝わる日本人の英雄ワカナは、倭寇が転じて生まれた言葉であるといわれており、少年少女向け読み物などにおいてもたびたび登場する。今回の調査では、実業之日本社編『日本精神作興歴史読本　第2　南海雄飛記』（実業之日本社、一九三四・二）、里村欣三著、高崎隆治監修『里村欣三著作集　第九巻（ボルネオ物語）』（大空社、一九九七・三）を確認した。

10　前掲『決定版　太平洋戦争3』。

11　日本サラワク協会編『北ボルネオ・サラワクと日本人――マレーシア・サラワク州と日本人の交流史』（せらび書房、一九九八・七）。

12　築地藤子『南十字星の下に（少女小説集）』（古今書院、一九三六・六）。

13　井上治・坪内隆彦「拓殖大学・南洋語（インドネシア語等）及び南洋（東南アジア）研究の系譜」（『拓殖大学百年史研究（11）』二〇〇二・一二）。

14　クリストファー・W・A・スピルマン「〈資料〉拓殖語学校・海外拓殖学校に関する資料」（『拓殖大学百年史研究（4）』二〇〇〇・三）。

15　「香港の薔薇」「ボルネオの歌」「美しきカプアスの流れ」「カカトワの島をたづねて」「スラバヤの星」「椰子の葉かげにて」を収録。

16　石田英一郎は本書を読了し「アメリカ人の有つ心憎きまでに健康なたくましさ若々しさに心を打たれ」、「せめて本書に匹敵する位の植民地文学」が「生れるのは果して何時の日であらうか」と「些か寂寥の感なきを得なかった」と述べている（「書評　アグネス・キース著『ボルネオ』、パウエルエミル・ヴィクトル著『きたかぜ』」、『民族學研究（7）』第二号、一九四一・一〇）。

17 *Sabah Society Journal* Vol.19（2002）, P. 87-108.

18 猪俣賢司「もう一つの南洋と望郷の日本――サンダカンとアナタハンからの鎮魂歌」（『人文科学研究（122）』二〇〇八・七）。

III

戦後——大衆小説・評伝小説

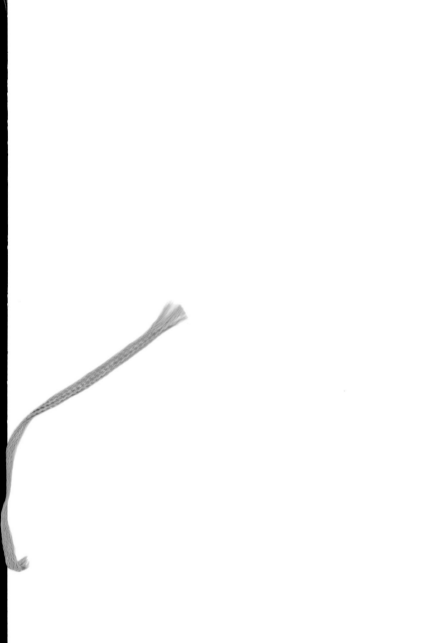

第八章

変転する〈母〉の物語

――『安宅家の人々』論

1. 吉屋作品における〈障害者〉

『安宅家の人々』は、一九五一〔昭和二六〕年八月二〇日から翌年二月一三日まで『毎日新聞』に連載され、吉屋作品における戦後の代表作ともいわれた作品である。『安宅家の人々』には、安宅宗一という一人の〈障害者〉が登場する。吉屋はそれ以前の作品のいくつかにも〈障害者〉を登場させているが、それらはいずれも身体障害を持つ人物たちである。

吉屋の代表作『花物語』の中の「山梔の花」には物言えぬ少女、優が登場する。温泉地に保養に来ていた若き彫刻家滋子は、そこで一人の少女に出会い、興味をひかれるが、二人が言葉を交わすことはない。「優さん、母さんの一生の願いは、ただ、ひとことでも、優さんが物言えるのを聞きたいの、ほんとに、もしも、その望みが叶うならお母さんは命をかけても……」という優の母親の嘆きによって、滋子、そして読者はこの少女が「物言えぬ少女」であることを知ることになるのである。

長谷川潮は『児童文学のなかの障害者』（ぶどう社、二〇〇五・一〇）の中で「山梔の花」を取り上げ、「クチナシ」が「口無し」に通じることから、キーワードの花と内容との密着性を指摘するとともに、吉屋の中に「口が利けない＝口無し＝クチナシの花」という伝統的な発想が存在していた可能性を指摘している。

同じく『花物語』所収の、本書第二章で触れた「睡蓮」では、「左の掌、薬指と小指が、離れずにぴつたりとついたまゝで」ある少女仁代が登場し、「曼殊沙華」では旅芸人一座のこうちゃんという少女が登場するが、左右の足の長さが異なるという身体的特徴がある。『花物語』における〈障害者〉は、「悲しく痛ましい言葉」(「山梔の花」)や「侘しい侘しい『孤独』」(「睡蓮」)といった単語と結びつけられ、悲しい、不幸なイメージを伴うものとして表象されているが、負のイメージを持ちつつも、登場人物の抱える〈障害〉に積極的な意味を読み取ろうとしたのが、『空の彼方へ』(『主婦之友』一九二七(昭和二)年四月～翌年四月)という作品である。本作でもっとも象徴的なのは、盲目である末子が最後、この世にはいないはずの亡き姉である初子を見るという場面である。初子の墓前で、茂と仲子には見ることのできない姉の姿を末子だけが目撃するという奇跡は、彼女が「すぐれたる知覚と神秘な感覚と想像力」の持ち主だったからである。そのことは、それまでの吉屋作品とは違って末子という〈障害者〉に単なる悲劇のみを読み取るのではなく、常人にはない特別な能力の持ち主としての意味を付与させていることがわかる。

これらの作品に登場する人物が身体障害を持つものとして描かれているのに対し、『安宅家の人々』には知的障害を持つ人物を登場させている。吉屋は一九三二(昭和七)年一〇月から翌年一二月にかけて『婦女界』に『女人哀楽』という作品を連載するが、『安宅家の人々』とモチーフを同じくする作品であり、いわば『安宅家の人々』の原型ともいえる作品である。

『女人哀楽』は、絹子という一人の女性が、「もしも、この良人を(男)として愛し得たら」と思いながらも、夫である廣太郎を愛せず、麟之助という別の男性に心が揺れ動いてしまう物語である。この物語において特定の障害名は書かれていないが、「さういふ方面の教育をする××学園」の存在、それは「特殊学級」を指すこと、学校名を聞いた絹子の抱くイメージから、廣太郎が何らかの知的障害を抱えていることが推測できる。絹子のように「義務として良人を愛さなければならない妻」は、のちの『安宅家の人々』における国子と重なるものであるといえるが、『女人哀楽』では廣太郎の一途な想いが妻の心を取り戻すという結果を生む。ここでは廣太郎の絹子に対する恋心を描くことで、〈障害者〉の中に一途さ、純粋さを読み取ろうとしており、それは『安宅家の人々』における宗一の人物像につながるものといえるだろう。『安宅家の人々』との比較において『女人哀楽』を考えた際、いくつかの点で共通点が見出せる。一つに「特殊学級」という教育の場の存在、配偶者のどちらかが知的障害を抱えていること、結婚するにあたり、絹子が廣太郎の家の執事の娘であったように、夫婦間に身分差が生じていることなどである。両作品においてもっとも異なっているのは、『女人哀楽』の廣太郎の母である民子が、「早く身を固めさせて、孫の顔をも見ないと」と、廣太郎の結婚と孫の存在を強く望んでいるのに対し、[1]『安宅家の人々』では夫婦間における性的困難が問題とされている点にある。このことは、性の問題というものが、家の側からではなく夫婦の側から捉えられるようになったことを意味している。吉屋はその一〇年後、『女の年輪』を執筆する。本作に登場する未亡人の紀子は滋と恋に落ちるが、滋にはゆきという妻がいた。ゆきは知的障害を持っており、滋は紀子と出会ったことでみずからの結婚生活に物足りなさを抱くようになる。では、吉屋はなぜ『女の年輪』において夫婦が抱える困難の物語を再び描いたのか。

『安宅家の人々』はこれまでの吉屋作品同様に〈女の友情〉をテーマとしながらも、同時に夫婦の物語を描いた作品である。本章では『安宅家の人々』から『女の年輪』に至ることで、二人の女たちと一人の男の物語がどこへ帰着するのかについて考察していく。

2. 国子と雅子——描かれる友情の形

『安宅家の人々』は一九五一（昭和二六）年八月二〇日から翌年二月一三日にかけて『毎日新聞』に連載された。駒尺喜美は『吉屋信子——隠れフェミニスト』（リブロポート、一九九四・一二）において「〈女の友情〉と〈理想の男性〉という吉屋信子における二大テーマが、ゆきつくところまできた」作品が本作であるとし、「〈理想の男性〉は通常の男にはいないということ、この社会の中で〈男〉として生きている男にはいないということ」を「〈正常〉という枠組から外れたところにこそ存在する」ということによって示した作品であるとしている。宗一の設定の意図は、一つに駒尺の指摘の通り、社会的枠組みの中で作られた〈男〉を夫に持たない夫婦を描いたことにあるといえる。吉屋はその同時代背景を作品内に活かしながら、本作において「家」制度にこれまで必要であった、母が子を産むことで築かれていく家族形態といったものを描かなかったとするのが駒尺の論である。

サラ・フレデリックは、論の中において譲二と国子を「戦後の現代化」と「戦前の封建制」の対立として捉え、太宰治『斜陽』との共通点を見出している。どちらの作品も結末に至って新しい家族形態が築かれていくが、その背景には民法改正に伴う「家」制度の廃止が関係しているのだとしている。[2]

『安宅家の人々』には宗一と国子、宗一の異母弟である譲二と雅子の二組の夫婦が登場する。つまり国子と雅子は相嫁の関係であるが、二人の結婚は恋愛結婚ではなく、親によって決められた家同士の結婚であった。国子はみずからの結婚を、「女の一生の人並の幸福を犠牲にする覚悟でなければ出来ないこと」であると雅子に語るが、それを聞いた雅子は「――頭脳は健全な男でも、時として結婚の相手に不幸を与えることがあるのを、国子はゆめにも知らないのだ」と思う。[3] その言葉には、国子にとっては羨ましいであろう自分の結婚もまた、幸福なものでは決してないのだという雅子の気持ちが込められている。

国子と雅子の違いは、その容貌と、宗一への接し方において顕著に表れている。「なんの化粧もよそおいも」なく、「実に堅気な律気なそして知識婦人」という感じの国子に対し、雅子は「ローマンノーズ型の鼻と頬の線」によって美しさが表され、「少女のよう」とそのあどけなさが描写されている。雅子はこの小説において宗一と国子をまなざす側の人物として描かれている。

雅子は宗一との会話から、国子が「あまりに世間の外側への虚栄心のために、良人の愛すべき魂を見失なっている」という印象を受ける。それと同時に「いじらしい童子のような義兄の精神の世界に何か役立つこと」を考えたいという思いが生じ、そうすることが「嫂の国子へ黙って助力することにもなる」のだと思う。このことによって雅子の行動は宗一と国子の二方向に向けられることとなる。

雅子の考える「義兄の精神の世界に何か役立つこと」とは、漱石の『坊ちゃん』（原文ママ）を薦めたり、テニスを一緒にして「スポーツの喜こび」を与えたり、ともにピアノを弾くことにあった。それらの経験は、宗一に「新しい世界がひろがったように」、全身に生気を溢れさせる結果となる。それに対し、国子は「自分の良人に対する態度」を「雅子の美しい澄んだ二つの眼でしじゅう見詰められ批判される気」がする。

国子は宗一を外部の眼にさらすことを嫌がり、常に世間体を気にしている。良人である宗一の「子供じみた」行動に、国子は「身も世もない心地」に「眉をひそめねばならない」が、雅子は「肩を近よせて、一緒に愉しげに」宗一に寄り添うことができるのである。雅子は宗一が漱石の『坊ちゃん』を理解している様子から、「宗一への今までの読書力の判定が、あまりに精神薄弱の観念にとらわれ過ぎていたこと」を知るが、これらのことから、雅子という人間が先入観をも改めることができる柔軟な思考を持った人物であることがわかる。同時に、国子にとって「子供じみた」行為としてみなされている宗一の言動は、雅子の視点によって「無邪気さ」「素直さ」といった美点に読み替えられているのである。雅子は共感能力に優れた人物としても描かれているが、雅子の国子に対する態度を説明するものとして、吉屋は「反射」という独特の表現を用いている。

「あ、あなたは第三者ですから、冷静にそう仰しゃるのです……け、けれども、わ、わたしにとっては……」

国子の言葉には、むしろ怨みがましさがこもっていた。

「第三者！い、え……私、お嫂様の感情はいちいち反射していますわ……御一緒に出来るだけお力になろうと思って……」

（「旅（二六）」一九五一年一一月二一日）

雅子は宗一に対する態度において、その優れた能力を発揮し、国子が「あまりに世間の外側への虚栄心のために、良人の愛すべき魂を見失なっている」ことに気づくが、一方で自身の夫である譲二に対してはその能力がまったく発揮されていない。雅子と譲二の間に入った亀裂は次第に大きくなるが、そのことは雅子と宗一の仲が深まるにつれて見逃せないものとなり、離婚という決断を雅子に下させる。雅子は自分の良人に対しては、国子と同様親密な感情を持ち得ない妻として描かれている。雅子は国子の感情を「いちいち反射」させ、国子の反応を読み取りながら、その自尊心を傷つけぬよう、宗一に接している。だが、国子の持つ「世間の外側への虚栄心」が解消されることはない。それは国子が一貫して「石」にたとえられているように、国子のかたくなさが強い印象を残すからだ。二人の影響関係は、常に国子から雅子へ向かっており、国子の感情が雅子を誘発するという構図が出来上がっている。

国子は宗一の雅子に対する想いを知ることで「始めて世のつねの妻のように良人とよその女性との間を嫉妬する妻」となるが、その嫉妬心が発展することはない。「もうこれ以上の二人の接触は、良人をしていよいよ義妹への恋慕をつのらしむるだけだ」と、雅子を宗一から遠ざけた国子は、同時に「言いようのない寂寞」に襲われる。その後、養豚場でストライキが起こり、首謀者が譲二であることが発覚したことで国子は譲二夫婦に退去命令を下す。雅子は夫の非礼を詫びるが、一向に意に介さない譲二に対し離婚することを決意する。最終的に国子と雅子はともに生きていくことを選ぶが、二人を強く結びつけたのは譲二という共通の敵であったともいえる。

ストライキ事件のあと実家に帰っていた雅子は宗一の死の知らせを受けて葬儀に駆けつけ、悲しみに暮れる国子に寄り添うが、ここでも雅子の涙は国子の涙によって誘発されている。

「お嫂様……」

雅子の一心こめた眼が前に呼びかけている。

「雅子さん！」

国子の閉され切った唇が、始めておのゝいて開いた。

――そしていきなり国子は雅子により縋って、烈しく声をたてゝ嗚咽した……。

雅子もまた、国子により縋って抱き合う形で泣いている。

（「神も知るや（一五）」一九五二年二月六日）

告別式の前、国子は「……二階へ……い、いらっしゃって下さい……私と一緒に……」と雅子の手を握り、二階の宗一の部屋へと誘導する。そこで宗一が雅子を想っていたことを告げ、宗一から雅子を遠ざけた自分の行いを後悔する。国子の慟哭に応じるように、手を重ねた雅子の手にも涙がこぼれる。

「雅子さん、私はいま死ぬほど後悔しています……何故私は、主人に心ゆくまでピアノを習わせ、貴女とテニスをさせ、そして、そして――貴女に優しくいたわって戴くようにしなかったのでしょう……あ、あの可哀想な人にそれも許さぬ私は……鬼でした……」

国子は慟哭した。

（「神も知るや（一六）」一九五二年二月七日）

雅子は国子の手にわが手を重ねて握り返した……その白い手の甲に涙がこぼれて沁みる。

（「神も知るや（一七）」一九五二年二月八日）

告別式のあと、国子は譲二の扇動により親戚一同から宗一が「良人とは名のみでその事実の生活はまったく男としてかつ一家の主人としてなんらの自由も権力も与えられ」ていなかったことを糾弾される。養豚場を譲二との共同経営にするよう求められた国子は、土地を小桜学園に寄附し、保母として生きる道を宣言する。このことは、宗一の子を身ごもることが叶わなかった国子の〈母〉として生きるもう一つの道でもある。雅子もまた保母となることを決意するが、「お嫂様……私も御一緒に……小桜学園のこゝの分校の保姆にさせて戴けません……」という台詞は、国子の言葉を受けてみずから意思を表明した結果によるものである。二人の結びつきをその関係性の中で説明するのであれば、二人の立ち位置は常に国子のあとに雅子が追随するという形をとっており、〈女が女についていく〉という形での友情関係が成立している。

3. 安宅宗一——母恋いの物語

安宅宗一は「精神薄弱」者として登場する。「彼の教育指導者の小桜学園岩井園長」の鑑定による宗一の性質は「普通人のごとく生存競争の中に立たしむること能わず、また普通児とともに学課を学ばしむるには困難の智能障害があった」とされるが、その外見は「男の白痴美とも一口にいい切れぬ、気品」を持つ。その点は『女人哀楽』における廣太郎が「背丈に比して顔は大きく、男にしては色白過ぎて目鼻立はいかにもぢれつたく、のんびりして」いるのとは対照的で、内面の美しさを外面にも反映させた人物造形がなされているといえよう。「小児のごとく無邪気にして、人の死にも奇異の思いをなし、死の意味を知らず、死後の幽霊の実在を信ず——その実母の逝ける際、母の死を容易に解せざりしが如し……」とされる宗一は、死の意味を知らず、亡母である綾子が「キリスト」のように「復活」することを信じている。

宗一の通っていたとされる「小桜学園」とは、「特殊児童教育に生涯を献げ尽した」岩井篤輔によって設立された学校であるとされるが、そのモデルとなったのは、一八九一（明治二四）年に創立された、日本初の知的障害児者のための社会福祉施設である滝乃川学園である。[4] 田辺聖子『ゆめはるか吉屋信子——秋灯机の上の幾山河』（下）（朝日新聞社、一九九九・九）には、学園の創始者である石井亮一が門馬千代の父の友人で、千代が少女時代に父の使いで何度か学園に来たことがあると述べられている。滝乃川学園は聖公会系の施設であり、宗教的基盤を持っている。つまり小桜学園という環境が宗一の亡母に対する考え方を宗教的観念と結びつけさせるきっかけとなったと考えられるが、亡き母を追い求める宗一の姿は、この物語において一つの〈母恋い〉物語を描き出している。[5] 安宅家三三年忌の法要で赴いた京都で桂離宮を回った宗一は、古書院がかつて住んでいた邸に似ていたため、母がいるのではないかと探し求めるのである。


「……ぼく、こ、のお屋敷……原町に似ているから……お母さんいないかと探してたの」

（中略）

――人間の死の意味を知らず死後の幽霊の実在を信ず――これは小桜学園々長岩井氏が、曽つて宗一の生母死去の後に、父宗右衛門に報告した宗一の精神薄弱に生じる現象と特質のそれだった……。

「お義兄様、お母様は天国にいらっしゃるのよ――お姿はもうないの、たましい霊魂……がお義兄様をいまも守ってくださるのでしょう――この桂離宮にいらっしゃりはしないのよ……さああちらへ参りましょうね」

雅子は義兄の手を引いて、古書院のその間から出た。

「そう……お母さん、霊魂だけ……霊魂？」

宗一ははっきりわかりかねている。

（「旅（二七）」一九五一年一一月一一日）

宗一の異母弟である譲二は、心霊研究会で働く国子の妹である次枝と共謀して宗一をおびき寄せる。目的は、母の言葉を借りて譲二たちが必要な金銭の工面をさせることにあった。宗一の母を騙った老婆は、「……国子は少し兄弟のことをかまいませんね……自分の妹にも……」と述べるが、不穏な空気を察知したかのような、宗一の愛犬オチョコの烈しく吠える声で場面は断絶される。このことは、のちの宗一の葬儀の際、次枝の口から「ほんとにあれだけはお姉さんに悪かったと思ってるわ」と語られている。それまで国子からも疎まれ、譲二の側について悪役を演じていた次枝が、霊媒事件で罪悪感を抱いていたことを詫びるが、この物語においては唯一〈母〉を冒涜し、罪悪感を抱かぬ譲二こそが、最終的な悪役としてみなされている。宗一は、雅子の幻影を相手に打ったテニスのボールを追い求めて林の中に踏み込み、足を取られ、杉の大木の幹に頭を強打し命を落とすが、死の間際に言い残した「ぼく……霊魂になる……」という言葉は、それまで霊魂という概念をわかりかねていた宗一がその概念を捉え、母の死と霊魂を結びつけ得たことを示す。宗一は霊魂として母との合一を果たしたといえるだろう。こうして宗一の〈母恋い〉の物語は閉じられていくが、宗一はただ無邪気に母を追い求める存在としてのみ描かれているのではない。「恋」を知ることによって成長する一人の男の姿としても活写されている。

宗一は義妹である雅子に対し恋心を抱くが、本作ではそのことを宗一の「成長」として描く。宗一が抱く雅子への思慕はやがて恋愛感情になり、性衝動を呼び起こすものへとつながっていく。性衝動が具体性を伴う少し前に、吉屋は一つの緊張感をもってある場面を描いている。それは京都からの帰りの寝台車での出来事である。三人の寝台は上下と下段一つであり、国子が上段に、その下段が宗一、その一つ隣の下段が雅子であった（傍線部は引用者による）。

もう真夜中の何時だったか……雅子は浅い眠りが、またも駅を出るときの汽車の速度の出方で――眠りから呼び起されかゝった……そのとき、自分の寝台のカーテンがいきなり左右に押し開かれて、人影がその寝台に入ろうとして男の手が……ぬっと差し出された。（あっ）と驚ろいて……彼女は枕許の豆電球のスイッチを押すと、そこに宗一が立ってこれも吃驚していた……

「ぼ、ぼくの寝台こゝでなかったの……」

彼は便所へ行っての帰り、もののみごとに、同じ列の一つ隣の寝台と取りちがえたのである。

雅子は、あたりに聞えぬよう声をひそめて――

「お義兄様のは、そこですわ……」

と指さしても、なお心配なので寝台から抜け出て、宗一のところまで連れて行った。

（「旅（四三）」一九五一年一一月二七日）

真夜中のこと、雅子は自分の寝台に差し出された「男の手」に驚くが、「ぼ、ぼくの寝台こゝでなかったの……」と吃驚しているのが宗一であることを知り、「お義兄様のは、そこですわ……」と宗一を自分の寝台まで案内する。その出来事は「もののみごとに、同じ列の一つ隣の寝台と取りちがえたのである」という一文と、「寝台をおまちがえになったの……なんでもないの」という雅子の国子に対する一言によって「なんでもない」こととして片づけられてしまっているが、この場面には宗一の行動が果たして単なる間違いであったのかどうか、という疑いが欠落している。国子の側には、良人の性欲は微弱であるという思い込みがあるため疑いに余地が生まれることはない。雅子もまた、宗一の自分に対する思慕以上の感情を察知するのはかなりあとのことになるため、「男の手」が「宗一の手」であったときにその警戒心は解かれ、「なんでもないの」という言葉が引き出された、という程度の解釈にとどまるほかはない。しかし、のちに生じる宗一の性衝動を考えた時、良人の性欲が微弱であると判定する国子の根拠は崩されるのである。

雅子が宗一を惹きつけた理由の一つに、生母に似た容貌がある。加えて雅子のまとう匂いもまた理由として挙げられるだろう。雅子のつける香水と肌の匂いは暖炉の熱で一体となり、「咲き匂う女体」として立ち現れるが、本書第六章で取りあげた『良人の貞操』でもまた、女の持つ色香が「竜涎香の仄かな薫」に示され、男に強い印象をもたらしていた。「咲き匂う女体」を前にした宗一は、「雅子を抱き締めたい衝動」に駆られるが、同時に生じた「烈しい羞恥心」がその衝動を抑えつけている。

自分の恋情を相手に覚られまいとする、覚られることを恥じる……矛盾した羞恥が……生れて始めて異性を恋し執着する彼に生じて来た。

――なにもかも、それは彼が生れてから曽つて知らなかった不思議な感情だった。

（恋）は彼を一足飛びに成長させ、彼を普通人の精神状態にまでその点で発達させたと言っていゝ……。


（「神と人との間（一二）」一九五一年一二月一一日）


宗一は雅子に恋する気持ちを覚え、やがて「嫉妬と羨望」を覚えるようになる。

彼は誰もここへ入って来ぬことを願う……永久に二人でこうして炉の火の前に相対したいと思う。

義妹が――弟の妻でなくて、自分の妻だったら――と思う。

自分が小桜学園の出身でなくて、大学を出ていたかった、弟のように……そしてパイプに煙草を詰めてくわえて、美しい妻の編物の手を見ていたらと思う……。

だが――自分は弟ではない……頭が弱い、煙草は喫めない……何もかもちがう……

宗一は悲しかった、今まで自分について悲しみを自覚しなかった彼が、義妹への（恋）によって、始めてわが身を噛むように覚えたわが人生への悲哀だった。

彼は弟が妬ましかった。羨やましかった。

いまゝで、けっして人に感じたことのない妬心と羨望を、宗一はこの頃覚えた。

そしてその嫉妬と羨望というものが、どんなに苦しいものかを知り初めた……。

宗一は新たな感情の数々を雅子の存在によって発露させるが、それは言い換えれば国子によって抑圧されていたものが雅子によって解き放たれたということもできる。雅子に〈恋心〉を抱き始めた宗一の中には、同時に「衝動」として〈性への欲望〉が発動するが、それは雅子にではなく、妻である国子の身体へと向けられている。

（「謀反人（二）」一九五一年一二月二一日）

――宗一はその闇の中に、いきなり妻の身体を抱き締めて……彼女を驚愕させた。

結婚後……しばらくの後、絶えてなかった良人の振舞いだった……大人の男の本能の微弱に消え果てゝいると思った良人が……

だが――宗一は――妻の身体に雅子の幻を描いたのだった……

（「謀反人（三）」一九五一年一二月二三日）

国子は「良人にどこか異変の生じているの」を知りながらも、それが何であるかを感じ取ることができないまま、良人の求めに応じざるを得なかった。妻である国子は雅子のダミーとして宗一に求められ続けるのだが、ある出来事によって、国子は夫の行動に秘められた真実を知ることとなる。

「それではね、美しくて……そしてよい匂いのするもの……この森の近くに見られるもの……

なんでしょう……」

すみれの花……国子はそのつもりだった。

「うん美しくて、い、匂い……いつもぼく見るもの……それぼく好き?」

「えゝ、きっとお好きでしょう、誰でも好きね」

「わかった!雅子さんだ、そうね」

宗一は眼をきらきらさせて叫んだ。

愕然とした国子の手から、岩井氏著の教育技術書が床に落ちた……。

(「謀反人(四)」一九五一年一二月二四日)


書斎から遠ざかり、あれほど熱心に取り組んでいた「彼相応の数学」や「読方の勉学」をおろそかにしているのを危惧した国子は、宗一の勉強に自分も付き合おうと、良人を書斎へと連れていく。小桜学園園長である岩井氏著の教育指導法の第一巻を取り出し、「観念連合」の質問を宗一に出した国子は、「すみれの花」という答えを想定して、「美しくて」「よい匂い」のする、「森の近くに見られるもの」は何か、という問いを宗一に発するが、「それぼく好き?」という宗一の求めるヒントがきっかけとなって、結果的に「雅子さん」という答えを導きださせてしまう。

宗一の性衝動はなぜ直接雅子に向かなかったのか。結婚当初、国子と宗一の間には夫婦の営みがあった。つまり宗一にとって「妻」は自分を庇護してくれる存在であり、性欲を向けることが許された相手であった。しかし妻は宗一にとって恋愛の相手ではなかった。そんな中、雅子への思いに目覚めた宗一がその性欲を妻に向け、雅子の「幻影」を思い描いたことで、雅子への恋心と性欲という二つの観念が結びつく結果となる。国子と宗一の間で交わされる観念連合の場面は、文字通り宗一の中で雅子への恋慕と性欲が宗一の中で結びついてしまったことを暗示している。

宗一はたびたび雅子の「幻影」を描いており、そのことがきっかけでテニスの練習中に足をとられ、命を落としてしまう。死の間際に宗一が口にした「ぼく……霊魂になる……」という台詞は前述のようにそれまで霊魂という概念をわかりかねていた宗一がその概念を捉え、母の死と霊魂を結びつけ、母との合一を果たし得たことを示す。小林美恵子は「吉屋信子『安宅家の人々』――宗一が結んだ二人の〈女たち〉」(新・フェミニズム批評の会編『昭和後期女性文学論』翰林書房、二〇二〇・三)において「死にゆく宗一の心を占めているのが雅子と考えると、残した言葉は霊魂になっても国子や雅子と繋がりたいという宗一の思いと受け取れよう」としているが、たしかに宗一自身が霊魂という「幻影」になることによって、肉体に囚われることなく雅子の「幻影」に近づき得たともいえるだろう。

先入観に捉われず宗一の能力を伸ばすことを心がけた雅子とは対照的に、国子はあくまで「教育技術書」によってのみ夫を理解しようとしていた。「愕然とした国子の手」から落ちた「岩井氏著の教育技術書」は、そうした国子の良人に対する接し方を根本から揺るがすかのような衝撃の瞬間を示している。そのことは同時に、「結婚後、……しばらくの後、絶えてなかった良人の振舞」であった「大人の男の本能」が雅子に結びつくものであることを知った瞬間でもある。だが宗一の示した性衝動が、子どもを持つという考えに結びついて描かれることは決してない。なぜなら国子は、夫婦の間の性的関係において、ある不安を抱えながら、意識的に子どもを持つことを避けざるを得ない状況にあったからだ。

4. 夫婦の抱える性的困難

京都の宿で雅子とともに入浴した国子は、みずからの心の内を漏らす。

「雅子さん……私たちは子供は持てません。自分たちの子は……遺伝の運命を思うと……どうしてそんなことが出来ましょう、安宅の家になんの遺伝の素質もないのに、主人は不幸な生れ付きなのです、その上、さらにこんどは、はっきりと遺伝の怖れのあるのを知って、また不幸な人間をつくるなぞ——社会の為にもいけないことですもの……私自分の子供は諦らめています……」そういう国子の顔も身体も寂しさに萎えて見えた。

（「旅（二二）」一九五一年一一月六日）

国子は「はっきりと遺伝の怖れ」のあるのを知って、「また不幸な人間をつくる」ことは「社会の為にもいけないこと」として「自分の子供」は諦めている。「一つ浴室に入って」「裸身で湯気の中に近く身を寄せ合うこと」は「二人の女性に親近感を自ずと覚えさせてゆく」とあるこの浴室の場面は、国子が宗一の妻として、また、一人の女性として雅子に心を開き打ち解ける重要な場面でもある。しかし同時に、国子が心を開き悩みを初めて打ち明けたであろう女性が、やがて良人の心を奪う相手でもあるというねじれた関係がそこにはある。国子の漏らした言葉の裏には、子どもを持てないことの悲しみと同時に子どもを持ってしまった場合の怖れがある。雅子はそうした「国子の立場」を思いやり、「暗然」とするのである。なぜなら国子が万が一妊娠してしまった場合、その先には人工中絶という手段が想定されうるからであり、そのことを可能にしたのは、本作の三年前に施行された「優生保護法」であった。

　優生保護法の前身となる国民優生法は、それまで明治末期から専門家の間で議論されていた断種法制定の是非にとって一つの帰着点としてみなされている。[6] 国民優生法の目的は、「悪質ナル遺伝性疾患ノ素質ヲ有スル者ノ増加ヲ防遏スルト共ニ健全ナル素質ヲ有スル者ノ増加ヲ図リ以テ国民素質ノ向上ヲ期スルコト」（第一条）とされていた。このことはつまり、「悪質な遺伝性疾患の素質を持つ者」に対して不妊手術を促す一方で、「健全な素質を持つ者」に対しては不妊手術や妊娠中絶を厳しく制限することによって、「健全者」の増加を図ったとされている。[7] 国民優生法はもともと純然たる優生断種法になるはずであったが、人口増強策が一挙に推進された時期とも重なったため、「産めよ殖やせよ」の政策を支える事実上の「中絶禁止法」としての側面が強調された形となった。[8]

　国民優生法に代わって公布された優生保護法は、「優生上の見地から不良な子孫の出生を防止するとともに、母性の生命健康を保護することを目的」とし、不妊手術、人工妊娠中絶等についての規定が定められた。[9] 一九五一年の改正では、「精神病」と「精神薄弱」が中絶の対象に加えられ、五二年の改正では「配偶者が精神病若しくは精神薄弱を有しているもの」、「遺伝性のもの以外の精神病または精神薄弱に罹っている者」が不妊手術の対象として新たにつけ加えられた[10]。『安宅家の人々』が書かれた時期はまさに優生保護法成立から改定の重要な過渡期にあたるが、国子にとって妊娠してしまった際の解決法の一つとしての優生保護法が背景にはあったに違いない。

つまり国子は〈生殖的な母〉の立場を諦めざるを得ない状況にあった。国子はもともと宗一との関係性の中で母と子のような立場に置かれ、それはいわば〈役割的な母〉であったが、それはやがて雅子によって奪われてしまう。雅子は宗一の生母綾子に似た面差しであり、宗一にとって母を想起させる存在であった。雅子の持つ匂いは宗一の持つ生母の記憶と混じり合い、いわば肉化された母として宗一の眼の前に現れるのである。雅子はやがて「女の生き甲斐」が宗一と過ごす時間にあったことに気づく。だが、雅子と宗一が結ばれることは二重の意味で叶わない。それは義兄と義妹という立場上の制約と、疑似的親子における禁忌的制約をはらむものだからだ。こうして国子はいわば二つ目の母の立場も失効したが、物語の終局で〈社会的な母〉になることを選ぶ。大きくいえば、国子にとって三つの母を演じさせたのは宗一であり、宗一とは国子を〈母化〉させる一つの装置のようなものであったといえよう。

5.『安宅家の人々』から『女の年輪』へ

『安宅家の人々』の連載開始から一〇年後にあたる一九六一〔昭和三六〕年、吉屋は『読売新聞』紙上に『女の年輪』を執筆し、ゆきという知的障害者とその良人を登場させた。この年は、吉屋にとって転機の年であるともいえる。吉屋の年表の一九六〇〔昭和三五〕年の項[11]には、戦時中から折に触れ調べていた中国の事柄が、「西太后の壺」「昌徳宮の石人」等の構想に結実し、作品を書き始めたことが記され、「調べて書くことに興味を持ち始めた[12]」様子が綴られている。梨本宮守正王妃の梨本伊都子に材を求めた書き下ろし作品『香取夫人の生涯』は、一九六二〔昭和三七〕年に刊行されたが、三年越しの作品であり、『女の年輪』と並行して書かれていたことがわかる〔『香取夫人の生涯』については次章で詳述する〕。一九六一〔昭和三六〕年という年は、のちに『自伝的女流文壇史』としてまとめた随想的評伝作品の数々の執筆開始年でもあり、吉屋の作品年譜において、以降の評伝作品や伝記的作品に移行するまでの重要な時期であるといえる。

『女の年輪』は『安宅家の人々』の宗一が男性であったのとは異なり、ゆきという女性が障害を持つ人物として登場する。この物語の中心は紀子という一人の未亡人であるが、ゆきという新しい軸を浮かび上がらせることは、『安宅家の人々』において吉屋が描いた宗一と国子の夫婦関係が、『女の年輪』へとどう接続していくのかを考察することにもなるのではないか。
　前述した通り、『安宅家の人々』では、宗一が国子を〈母化〉させる一つの装置のようなものとして描かれている。国子は「遺伝の怖れ」から〈生殖的な母〉を諦め、宗一との関係性の中で母親的立場をとることで〈役割的な母〉であり続けた。だが、それはやがて雅子の存在によって失効してしまう。宗一の死後、国子が選んだのは小桜学園分校の保母となること、つまり〈社会的な母〉となることであった。雅子もまた最後には〈社会的な母〉となることを選んでいる。二人を強く結びつけたものは、〈女が女についていく〉という形の友情関係であり、前出の駒尺の指摘の通り、本作は「〈女の友情〉と〈理想の男性〉という吉屋信子における二大テーマ」を描いた作品である。しかしそれは一方で、国子と雅子の友情の物語を中心に置くことによって、安宅宗一と国子の夫婦の物語が、従来吉屋が描いてきた〈女の友情〉の物語の中に閉じ込められてしまったということもできる。

　吉屋のこれまでの作品において「女の」とタイトルに付した作品はいくつかあるが、そのいずれもが、女の友情が結ばれ、あるいは結ばれようとする物語であった。それに比して『女の年輪』は、〈断ち切る〉ことを作品のテーマとしているといえるだろう。本作は紀子、喜久子、千勢という三人の未亡人が中心となりつつも、『三聯花』や『女の友情』といった作品のように三人の女たちの結びつきに重点を置いた作品ではない。『女の年輪』においてゆきと滋を描いた理由は、いわば女の友情に取り込まれてしまうことで描き切れなかった宗一と国子の夫婦関係を、もう一度描き切ることにあったのである。

　『安宅家の人々』から『女の年輪』に至るまでの作品はいくつかあるが、この頃の作品には女の友情に力点を置かない作品が登場している。たとえば一九五三(昭和二八)年一月四日〜五月二四日『サンデー毎日』に連載された『秘色』は、容子が「空漠とした孤独の砂漠」に気づき、病弱な良人である守人と紆余曲折を経て、良人を「これから愛して行く一人の男」であると発見する物語である。容子は百科全書の販売員として家計を支えているが、この物語は働く女性が直面する葛藤や、女としての媚態、かけひきなどを通して、容子が成長していくまでを描いた作品である。また一九五八(昭和三三)年三月一八日〜一二月一一日『読売新聞』に連載された『風のうちそと』では、「胸の底からはるかに空の彼方へ去ってゆく」前夫の幻影へ「最後の別れの眼差し」を向ける妻品子の姿が描かれる。品子の過去と現在が、前夫と現在の夫という二人の夫の妻の立場から辿られるが、前夫への想いを断ち切ったのはほかならぬ品子自身であった。このことは、女の友情関係から離れたところに女を置いたうえで、女の人生や夫婦の関係というものを描こうとしていた吉屋の変化の一部であるともいえよう。

『女の年輪』というタイトルに着目してみた場合、「年輪」とは同心円状に連なるもので、線と線が決して交わることはない。これまで吉屋が描いてきた夫婦の物語は女たちが連なり作り出した同一円周上において描かれてきた。しかし『女の年輪』では、紀子、喜久子、千勢の物語が互いに干渉しあうことなく、それぞれが歳を重ねている。つまり『女の年輪』とは、女たちが同心円状になり、それぞれの円の交わりを断ち切りながらも一つの時代、「年輪」を築いていく、新たな友情関係の物語であるといえるのではないだろうか。

『女の年輪』に登場する滋の妻のゆきは「普通の知能からはるかに低い精神薄弱の不幸を負う女」

であった。滋は幼くして両親を失っており、本家に引き取られたのち、いとこであるゆきと兄弟妹同然に育った。ゆきの母の死に際し滋は、「この不仕合せないとこを妻として一生じぶんが保護してやると決心」する。滋はゆきと夫婦になるにあたってワゼクトミー（精子の排出を絶つ手術）の手術をみずから受けており、「不幸なゆきを保護してその一生を見守ってやる、そして子孫を残させず……ゆきもじぶんも一生を終る」ことを信念にしていた。滋がゆきを妻としたのは「単なる憐れみや同情」からではなかったが、一方で滋は「女のすべてが多かれ少なかれ持つ、女特有の小ざかしさや、小意地の悪さ、眼の先の損得勘定、そして女らしい嘘の名人、心のうちと口先の巧みな裏はら、それによって成り立つ社交性とやら」を嫌悪しており、滋にとってゆきとは「凄じい人間の狡智と邪悪の世から、清浄と静謐の次元の境地に戻」してくれる存在であった。だが「女の才知と感情」を備えた紀子と出会ったことで、ゆきとの生活に「じぶんの頭を鈍らせ低下させてゆくような恐怖と悲哀」を覚えるようになってしまう。

ゆきの知能程度は「人並以下のはるかに下」で、「数を数えても、じぶんの両手の指を一つ二つ三つと折って十指かがめて、もういちど指を起して十一、十二となるともうわからな」い程度であったが、身体が早熟であり、一〇歳六ヶ月で初潮を迎え乳母のおげんをまごつかせたほどであった。しかし、「優しい従兄を慕うのはすでに恋だった」と身体の早熟さに比例するかのようにゆきの滋に対する感情の中に「恋」が生じていたことが書かれ、『安宅家の人々』の宗一が恋愛感情を身につけることを一つの「成長」であるとしたのと異なり、ゆきはその感情をすでに備えている。また、ゆきには鎌倉彫の才能があり、「眼をキラキラさせて彫り上げる天与の技術」には周囲も驚くほどであった。

だが、滋がゆきの鎌倉彫の才能を評価することはない。「普通の女の智恵を持つ女性はだれでもみな苦手」な滋にとっては都合の良い部分のみがゆきの美点と捉えられていたに過ぎず、紀子と出会ったことで「嫌悪すべき女性の悪徳の数々」を持ち得ぬゆきの美点は次第に欠点として読み替えられていったからだ。

紀子に心奪われ、その恋が破れた時、滋はゆきの待つ生活へと戻っていく。滋は、ゆきが無心に自分を慕う姿を見て、「絶望的な気持の底にかすかに安堵にも似た諦め」を感じるが、わずかながらの変化を見出す。滋の服にブラシをかけるゆきの姿、それは乳母であるおげんが仕込んだと思われる「主婦教育」の一貫であった。それは、決して変わることがないと思っていたゆきに再び安堵を求めようとしていた滋にとっては「かなしく微笑」するほかない出来事であった。夫が何を考えているかわからぬまま、一心に服にブラシをかけるゆきの姿で閉じられる夫婦の物語は、妻として近づいてこようとするゆきを、夫として受け止めることができるか否かの岐路に初めて立たされた滋の姿を示してもいる。『安宅家の人々』において〈女の友情〉に回収されてしまった夫婦の物語は、『女の年輪』において再び描かれた。ゆきと滋が夫婦として向き合うまでの物語を描き切ることで、吉屋はフィクションの世界における夫婦の物語を閉じたが、それはのちに続く実際の資料に基づいた作品の数々において、夫婦を描こうとする吉屋にとって重要な転換であったといえるのである。

注

1 『女人哀楽』は、絹子が廣太郎の母から〈母〉という立場を譲り受ける物語と読むこともできる。それは、結婚後に廣太郎が絹子に言った台詞「君がゐてくれゝば大丈夫だね、もう――僕母さんなんてゐなくてもいゝや」にも象徴されるが、二人の心が通うにしたがって、絹子の廣太郎に対する態度が次第に母なるものへと近づいていき、最後は姑である民子が身を引くことを決意して終わる。このことから、廣太郎が実母の民子から絹子という新しい母を得ていく物語でもあるといえよう。

2 Sarah Frederick "Women of the Sun and Men from the Moon: Yoshiya Nobuko's *Ataka Family* as Postwar Romance" (*U.S.-Japan Women's Journal*, 2002). なお、引用文中の日本語訳は引用者による。

3 テキストの引用は『安宅家の人々』については初出を、それ以外のものについては新潮社刊、朝日新聞社刊『吉屋信子全集』を使用した。

4 中村満紀男・荒井智編著『障害児教育の歴史』(明石書店、二〇〇三・一〇)二四四〜二四五頁には、滝乃川学園について次のような記述がある。「わが国において、最も早く知的障害のある子どもたちへの組織的な対応を開始した施設は、石井亮一が創設した滝乃川学園であった。(中略)学園は、前進の弧女学院から施設名称を変更した明治30年頃に「白痴児」の募集を開始する一方、新たな「弧女」の引き受けを中止し、しだいに知的障害のある子どもの生活・学習施設へと展開していく。一方で、1900(明治33)年には「小学校令(改正)」において、「瘋癲白痴又ハ不具廃疾」が就学義務の免除対象に規定されることとなる」。そのことは、宗一の書斎にアミーチスの「クオレ」が収められていたことによっても示唆されていると考えられる。

5 「クオレ」は少年の日記形式で展開されるが、少年たちが課題として出される綴り方の講話の一つが「母を訪ねて三千里」であり、日本でも有名になった物語である。一九六三(昭和三八)年、吉屋は講談社の絵本ゴールド版において文章担当で執筆しているが、古くは一九一五(大正四)年に三省堂より刊行された『青年英文学叢書』の三一篇に収められている。

6 高木雅史「優生学の歴史と障害者の生きる権利」（『障害者問題研究（25）』第四号、一九九八・二）、三四三頁。

7 米本昌平・松原洋子・橳島次郎・市野川容孝『優生学と人間社会――生命科学の世紀はどこへ向かうのか』（講談社、二〇〇〇・七）、一八〇頁。

8 前掲『障害児教育の歴史』、一八一～一八二頁。

9 前掲「優生学の歴史と障害者の生きる権利」、三四四頁。

10 前掲『障害児教育の歴史』、一八七頁。

11 『吉屋信子全集　一二巻（私の見た人・ときの声）』（朝日新聞社、一九七六・一）。

12 前掲『吉屋信子全集　一二巻（私の見た人・ときの声）』。

第九章

歴史小説への紐帯

――『香取夫人の生涯』論

1. 現代小説から評伝作品へ

一九六二（昭和三七）年、『女の年輪』の連載を終えた吉屋は、創作小説を離れ、次第に事実に取材した作品へと傾倒していく。この頃の吉屋の変化は、吉屋にもっとも近い存在であり、その仕事を補佐していた吉屋千代（旧姓：門馬）の記録からも裏づけられる。

戦時中から折にふれ調べていた中国のことが、「西太后の壺」「昌徳宮の石人」等の構想に結実し、翌年にかけて外地に題材をとった中短編をかきつづける。調べて書くことに興味を持ち始めたのである。（一九六〇（昭和三五）年）

「世界」一、二月号に菊池寛、徳田秋聲の追憶を連続執筆。前年旅行に同行した堀田善衛の企画、或は紹介であった。これらは後の「自伝的女流文壇史」「私の見た人」の一連の伝記的随筆につながるものとなる。（一九六一（昭和三六）年）

吉屋千代編「年譜」（『吉屋信子全集　一二巻（私の見た人・ときの声）』朝日新聞社、一九七六年一月、五六八頁）

ここで重要なのは、一九六〇〔昭和三五〕年を契機に吉屋が事実に取材した作品に興味を持ち始めたこと、千代が『自伝的女流文壇史』『私の見た人』を「一連の伝記的随筆」と分類していることだ。『吉屋信子全集』一二巻の巻末年譜では年ごとに発表した吉屋の作品をジャンルに分けてまとめているが、一九六一〔昭和三六〕年以降「伝記的随筆」という項目が加わり、一九六三〔昭和三八〕年には「伝記的短篇」という項目も加わっていく。

だが、千代の分類によらないのであれば、この頃の吉屋の作品傾向は「伝記的」のみならず「評伝的」なものを含んでおり、その仕事は次の三つに分けられよう。①随想的評伝作品、②俳人歌人の伝記作品、そして③資料に基づくノンフィクション作品である。これらは時系列ごとに明確に移り変わっていくのではなく、半ば流動的に行き来をするものであるが、大体この順番になっていることがわかる。以降、分類ごとに大まかに流れを追っていく。

一つ目の①随想的評伝作品には、『自伝的女流文壇史』〔一九六一〔昭和三六〕年『中央公論』『小説新潮』掲載、翌年一〇月中央公論社より刊行〕、『私の見た人』〔一九六三〔昭和三八〕年一～七月『朝日新聞』連載、同年九月朝日新聞社より刊行〕、『私の見た美人たち』〔『文藝春秋』ほかに掲載された読み切り作品をまとめ、一九六九〔昭和四四〕年一一月読売新聞社より刊行〕が該当する。いずれも、その人物の生涯を描いた作品というよりは、作者の目から見た印象記のような体裁をとっている。

『自伝的女流文壇史』は、収録作九編のうち三編が書き下ろしで、巻末に「女流文学者会挿話」を付している。本書は中央公論社によってタイトルが命名されたものであったが、吉屋自身「側面史にはなっていると思う」と述べている作品で、[1]田村俊子、岡本かの子、林芙美子らを取り上げた。吉屋はその中で「かの子の作品が大がかりの管弦交響楽なら、林さんの作品は一管の細き明笛か一茎の草笛に思いを託して泣くがごとくむせぶがごとく」[2]と、何かと並び称されることの多かった林芙美子について述べ、精力的に男たちと渡りあった一人の女性作家を讃えている。『私の見た人』では田中正造、新渡戸稲造、菊池寛、竹久夢二といった男たちを始め、九条武子、与謝野晶子、田村俊子らを取り上げており、『私の見た美人たち』も同様に、作家に限定することなく、自身の映画に出演した女優との思い出などについて書いている。

次に、②俳人歌人の伝記的作品である『底のぬけた柄杓――憂愁の俳人たち』（一九六三〔昭和三八〕年六月～一九六四〔昭和三九〕年六月『小説新潮』『オール読物』『文藝春秋』に掲載された読み切り作品をまとめ、同年一二月新潮社より刊行）と『ある女人像――近代女流歌人伝』（一九六四〔昭和三九〕年八月～一九六五〔昭和四〇〕年一一月『小説新潮』『オール読物』連載、四〇年一二月新潮社より刊行）が挙げられる。『底のぬけた柄杓』は「憂愁の俳人たち」というサブタイトルがつけられており、吉屋自身「今までの著作にない異色の作品集」となった。[3]吉屋は「こうしたノンフィクションの伝記物語を描きつづけ、その伝記中の俳人の生涯の足跡を追求したことが、はからずも私の貧しい精神に文学にいろいろの意味でプラスだった」[4]と語っている。『ある女人像』は「近代女流歌人伝」というサブタイトルのもとに書かれた作品で、吉屋自身が「既刊の俳人伝」である『底のぬけた柄杓』の「姉妹篇として認められることを願って」書いたものである。[5]単行本あとがきには次のように記されている。

俳人伝に取り上げられたなかに女流俳人はわずかに杉田久女ら三人だけでしたが、歌人伝では女流歌人のみを描きました。それを描きつつ、筆者が発見したのは、同じ女性でも俳句と短歌の世界ではいかに女の生き方がちがうかということでした。女流歌人のなかには、俳句の杉田久女のようなわれと自から苛烈な人生を辿った破滅型は見当たらず、むしろ人生行路のいかなる不幸にも隠忍と諦観を持して静に生きる型の多いのに十七文字と三十一文字の詩の持つ運命の差を感じました。

「あとがき」（『ある女人像』新潮社、一九六五〔昭和四〇〕年一二月、三二九頁）

「亡き俳人の一生」に関心を寄せて書いた『底のぬけた柄杓』では、主に男性俳人を取り上げたが、そもそもの執筆のきっかけは杉田久女という一人の女性俳人であった。『底のぬけた柄杓』の中で取り上げた女性俳人は、杉田久女のほかに、渡辺つゆ女、岡崎えんの三人であり、続く女性歌人伝を編むにあたって、女性俳人と女性歌人との「女の生き方」の違いが吉屋の関心の中心となっていったことがわかる。

最後に、③資料に基づくノンフィクション作品であるが、これは『ときの声』（一九六四〔昭和三九〕年一一月六日～翌年四月二四日『読売新聞』、同年七月筑摩書房より刊行）があてはまる。日本廃娼運動の歴史を描いた作品で、救世軍や矯風会の廃娼運動の記録から、「正確な資料にもとづき、あくまで事実による記録にすがって、書かねばならぬ性質のもの」として書かれた作品である。[6] 過去の廃娼運動の記録は山室軍平の長女である山室民子や矯風会から提供を受け、遊郭については古書や文献にあたったほか、読者の有志が「実験的試料」を書き送ってくれたこともあったという。[7] 本作は『読売新聞』

の「名勝負物語」の一遍として連載されたが、多くの男性読者からも反響を得た作品となり、「豊富に与えられた資料に忠実に密着して、ただ物語を展開させる光景の叙述をしただけ」の「まったくのノン・フィクションで書き終った」作品である。[8]本作は、『底のぬけた柄杓』に掲載した「救世軍士官」の俳人である石島雉子郎の資料を求めた際、救世軍の山室軍平の長女である民子に会い、触発されて描く動機を得たものである。[9]吉屋の関心の中心は山室軍平の生涯にあり、息子である山室武甫に取材することによって山室軍平の生き方についても詳細な書き込みを試みている。

以上、大まかな流れを追うと、自身の回想録的評伝作品から、俳人歌人に取材した随筆的評伝、そして最後に完全なるノンフィクション大作である『ときの声』へと、次第に作品内の事実色を強めていることがわかる。

『香取夫人の生涯』は、これら一連の作品群に先駆け、一九六二（昭和三七）年一月、新潮社より刊行された。先の千代年譜によると、本作は三年がかりで執筆された書き下ろし作品である。記述を辿ると、吉屋が『香取夫人の生涯』、原題『ある妃殿下』の執筆にとりかかったのは一九六〇（昭和三五）年七月のことであり、「書くことのあるうれしさ、『ある妃殿下』と『未完の女』（のちの『女の年輪』）」と一〇月中旬の日記に記されているとある。

本作は、実在の人物である梨本伊都子の手記をもとに書かれた作品である。評伝でも完全なる創作でもない、比井盈《えい》子という一人の人物の幼少期から晩年までを描いた、吉屋にとって戦後の意欲作の一つとして挙げられよう。それは、綿密な調査のもと書かれた歴史小説『徳川の夫人たち』や『女人平家』への序章ともいうべきものである。吉屋研究においてこれまでまったく顧みられてこなかった本作を取り上げることは、晩年の吉屋の創作過程の一端を知るうえで意味のあることではないだろうか。本書の作品論における終章の意味も込め、吉屋が『香取夫人の生涯』を執筆するまでの過程を追いつつ考察していきたい。

2. 執筆の動機、伊都子と吉屋の出会い

吉屋はなぜ本作を執筆するに至ったのだろうか。その経緯についてあとがきには次のように記されている。

その手記は断片的にその過去の経歴や出来事をしるされたもので、一篇の物語にはまとめがたいうらみがあった。それで私はさまざまの宮家のありし日のこととそのエピソードを伺い、それをミックスして元皇族妃の手記の形の作品をこころみた。それゆえにこの作中のモデルが何の宮妃かなどと穿鑿されるのは当らない。
もっとも、宮廷のありし日の催しその他はあくまでその手記によってであった、その手記のなかで、私がつい感傷に打たれて涙ぐんだのは、臣籍降下の日のお別れの宴の記述のところだった、その一片の感傷が私にこの作品を書かせる動機になったとも言える。

吉屋信子『香取夫人の生涯』（新潮社、一九六二〔昭和三七〕年一月、二五一頁）

ここからは二つのことがわかる。一つは、作品執筆の動機が「臣籍降下の日のお別れの宴の記述」にあったということ。次に本作が「手記」をもとに書かれたものでありながら、モデル小説の形をとるものではないことを断っており、この時点ではまだ梨本伊都子の名前を明かしていないということである。吉屋は一九六四〔昭和三九〕年六月の『文藝春秋』に「梨本伊都子の日記」と題する文章を寄せたが、それは五年後に刊行された『随筆　私の見た美人たち』に収録された。その際、初出時にはなかった「後記」が付され、そこで初めて『香取夫人の生涯』と伊都子との関連性が明らかになっている。つまり本作と伊都子との関係に吉屋の筆が及ぶのは、『香取夫人の生涯』が発表された七年後の一九六九〔昭和四四〕年のことであった。


後記　一九六二年一月に私が新潮社から刊行の書きおろし長篇の、若き皇族妃が戦後の臣籍降下に、良人の元宮殿下を助けての新生活に初めて生き甲斐を感じられた手記の『香取夫人の生涯』は、幸い版を重ねて多くの好意ある書評を受けた。思い出深いこの作品の参考資料となった元梨本宮妃の日記五巻と、さらにしるされた明治、大正、昭和戦前までの宮廷行事と皇族生活の委しい記録二巻に、私は深い感謝を忘れ得ない。

本年（一九六九）春、梨本伊都子夫人はめでたく米寿を迎えられた。

「梨本伊都子の日記」（『随筆　私の見た美人たち』読売新聞社、一九六九〔昭和四四〕年一一月、二二四〜二二五頁）

時を経て真実を明かしたのは、一つに手記の持ち主である梨本伊都子への配慮があったのだろう。だが、ここで疑問となるのは、吉屋がどのようにして伊都子と接点を持ち、その手記を入手したのかということである。

次の引用は、一九一五〔大正四〕年、一九歳だった吉屋が父の仕事の都合で移り住んだ宇都宮で伊都子を初めて目にした時のことである。

> 私は兄や弟と日曜日にその花ざかりを眺めに出かけて、霧降《きりふり》の滝へ行く道へさしかかると、向うからお供を従えたいかにも貴族的な紳士と夫人がその道を静かに降りて来られる姿に接した。その紳士はグレイのモーニングに同色の山高帽、八字髭《ひげ》の先のはね上った口髭。夫人は気品備わる美貌、まだ春寒の日光で黒天鵞絨《くろびろうど》のコート、当時流行の七分三分に髪を分けられた髪型……まことに粋《シック》なよそおいのお二人こそ梨本宮殿下と妃殿下――同じ宇都宮に棲む私たちにはすぐわかった。
>
> 「梨本伊都子の日記」〔『文藝春秋』一九六四〔昭和三九〕年六月、一八八～一八九頁〕

伊都子の夫である守正が宇都宮第一四師団第二八旅団長となったのは一九一二〔大正二〕年、八月三一日のことである。一九一二〔大正元〕年、吉屋の父は上都賀郡長となり、一家は栃木県鹿沼に移っている。その頃の吉屋は一時鹿沼の実家を離れ、日光小学校の代用教員を務めていたものの、短期間で家に戻り、『文章世界』『新潮』に投書を続けていたが、ほどなくして投書家としての生活に別れを告げる決心をしている。一家が宇都宮に移ったのは一九一五〔大正四〕年のことで、郡長を退職した父が日本赤十字支部主事として宇都宮に転じたことによるものであった。「梨本邸に県知事夫人や県庁の役人の妻たちがお招きを受ける日」があり、吉屋の母も「白襟紋付きの礼装で緊張して出かけた」[10]。吉屋はこの頃、花盛りの時期に兄弟と日光へ出かけ、そこで初めて伊都子を目にしたと考えられる。

次に確認できる伊都子との出会いは、一九五三〔昭和二八〕年七月二八日、川開きの集まりの席でのことだ[11]。その時の写真は、神奈川近代文学館で二〇〇六年に開催された「生誕一一〇年　吉屋信子展――女たちをめぐる物語」〔二〇〇六年四月二二日〜六月四日〕の図録に掲載されており、「この頃すでに元梨本宮妃と面識を得ていた信子は、後に日記の拝借を願い出て、3年がかりで『香取夫人の生涯』を書き上げた」と書かれている。やはり、執筆以前すでに何度か面識があったことがわかる。

次に確認できる接見は、一九五八〔昭和三三〕年のことである。

――その私の十代の日からの年月が積み重なったのちに、私がふたたびその美しき妃にお会いした時は、もうこの国の皇族は、秩父、高松、三笠の直宮以外は、臣籍降下して、皇族でなくて梨本伊都子夫人であり、そしてすでに未亡人となっていられた。

「梨本伊都子の日記」〔『文藝春秋』一九六四〔昭和三九〕年六月、一八九頁〕

これはおそらく同年一二月一三日の「土曜会」での席であろう。土曜会での接点は、小田部雄次氏によって翻刻された伊都子の日記によって判明した。

十一時過、車をさがして土曜会に出かける。寒いけれども終りの事とて、わりににぎやかにて、もう〳〵正田美智子のうはさで、とてもにぎやか。（昭和33・12・13）

小田部雄次『梨本宮伊都子の日記――皇族妃の見た明治・大正・昭和』（小学館、一九九一年一一月、三七一頁）

小田部氏の注によると、土曜会とは「大映の永田雅一社長夫人文子らとの集まり」で、「李方子や吉屋信子らも参加していた」という。公的な集まりではないため、土曜会の詳細についての正確な記録は残っていないが、筆者が小田部氏に直接うかがった話によれば、サロンのような趣味的集まりであったようだ。

では、吉屋はいつ伊都子の日記を手にしたのであろうか。先の随筆「梨本伊都子の日記」には土曜会と思われる会合の際、「女の小説家の私にも迷惑がられることなく打ちとけてさまざま語られたなかに、明治三十三年十一月、梨本宮家へ入輿《じゅよ》以来の日記を持たれることを知った」とあることから、吉屋はまず、この土曜会の場で手記の存在を知ったことがわかる。さらにその手記を「拝借」したのが「四年前の秋」とあり、吉屋の随筆「梨本伊都子の日記」が『文藝春秋』に掲載されたのが一九六四（昭和三九）年であることから、そこを現在として考えると、吉屋が日記を手にしたのは、六〇〔昭和三五〕年のことであると憶測できる。

しかし一方で、一九六二〔昭和三七〕年に刊行された『香取夫人の生涯』の作者の言葉に、「私はその手記をお借りして読んだのはもう三年前になる」とあることから、五九〔昭和三四〕年のことであるとも考えられる。そこには一年の誤差があるが、ともあれ吉屋が手記を目にしたのは一九五九〔昭和三四〕年から六〇〔昭和三五〕年にかけてのことであるといえよう。これは千代年譜の執筆開始時期とも近似しており、ほぼ間違いない。しかし土曜会で手記の存在を知った吉屋が、果たしてどのようなやり取りを通して手記を「拝借」するに至ったのかについてはわかっていない。

後年、伊都子から色紙も贈られていたようだ。「吉屋信子展」の図録に記載の「へたてなく／とけあふつとひ／うれしけれ／はや二十とせを／むつひけるかな」と書かれた色紙の写真の横には「一九六八年」と書かれており、同年は吉屋が『香取夫人の生涯』を執筆してから六年後のことにあたる。現在のところ、これらの出来事に関し、吉屋が残した他の記録は確認できておらず、伊都子の側からも確認できないが、『香取夫人の生涯』執筆後にも二人の間に接触があったという事実は興味深い。

次に生じる疑問は、吉屋が手にしたという伊都子の手記とはどのようなものであったのか、ということである。

伊都子の日記は一八九九〔明治三二〕年一月一日から一九七六〔昭和五一〕年六月三日まで、七七年と六ヶ月にわたるものであるが、現在一般には公開されておらず実際のものを目にすることはできない。資料としては先述の小田部雄次『梨本宮伊都子の日記』があり、伊都子自身が書いたものとして確認できるのは一九七五年一一月に講談社より出された『三代の天皇と私』である。

つまり、『香取夫人の生涯』を読むにあたり重要となる資料は、①吉屋の随筆「梨本宮伊都子の日記」(一九六四(昭和三九)年)、②伊都子自身による自伝『三代の天皇と私』(一九七五(昭和五〇)年)、③小田部雄次『梨本宮伊都子の日記――皇族妃の見た明治・大正・昭和』(一九九一(平成三)年)の三点である。小田部氏の著書によると、伊都子の日記類は全部で七冊あるとされ、次の通りとなっている(以降、梨本徳彦氏所蔵)。

1 『永代日記』明治二五年七月九日から昭和一八年三月九日までの重要事項を年代順に記述したもの。
2 『大磯日記』大磯別邸での生活記録。明治三〇年二月一四日より三月二八日まで。
3 『日光日記』日光別邸での生活記録。明治三〇年七月二八日より八月二九日まで。明治三一年七月二九日より八月二九日まで。
4 『欧州、満韓各地旅行日記及追加思ひ出さま〴〵』明治四二年一月一三日から七月二九日までの欧州旅行の記録。二冊。
『欧州及び満韓旅行日記』
『欧州及満韓旅日記の追加　思ひ出る事どもさま〴〵』
5 『日露戦役に関したる日記』日露戦争の記録。二冊。
明治三七年二月より一二月まで。

明治三八年一月より三九年七月まで。
6 『大震災之記』大正一二年九月一日の関東大震災の記録。
7 『御即位の礼　諸儀式参列記』昭和三年一一月の昭和天皇即位式の記録。下書控。
小田部雄次『梨本宮伊都子の日記――皇族妃の見た明治・大正・昭和』（小学館、一九九一〔平成三〕年一一月、三九六頁）

このほか、記録類として『戦役に関する記事』（日露戦争・第一次世界大戦・満州事変・日中戦争・太平洋戦争の記録）や回想録として『結婚より五十年の思ひ出』（明治三三年一一月より昭和二五年一二月までの回想録、五冊）など、短歌、雑記類に至るまで、伊都子の手による書物は数多くある。一方、吉屋が入手したとされる手記は、前述したように「断片的にその過去の経歴や出来事をしるされたもので、一篇の物語にはまとめがたいうらみがあった」とされ、「墨の文字美しくしるされた和紙綴の五巻」と記されている。[12]

吉屋の読んだ伊都子の手記の実物は、現在その存在が確認できず、唯一の手がかりは、先の随筆「梨本伊都子の日記」において「省略抜粋を許されて紹介する」としながら引用された記述のみである。引用部分は日付が付されているものが大半であるが、中には吉屋の言葉で簡潔に内容をまとめたものもある。その日付を手掛かりに、小田部氏の翻刻と同じ日付の伊都子の日記を次に並べてみる。左記の引用は、ともに一八九八（明治三一）年一一月二八日の日記である。

［吉屋資料］
早朝、宮家よりの使者と儀装馬車さしまわされ儀仗兵共に着、家中一同に見送られ門出、一生帰らぬ邸と思うと胸ふさがる心地で馬車に乗る。鍋島家より皇室に上るは有難きこと祖先の名を汚すまじく何事も辛抱第一とかねて言われ責任重大なること身にしみそればかり思い詰めて宮中賢所に向う。

「梨本伊都子の日記」（『文藝春秋』一九六四〔昭和三九〕年六月、一九〇頁）

［小田部氏資料］

今日の吉日を以て、畏くも賢所大前に於て、守正王殿下と伊都子は婚儀の式を行ふ。殿下は御束帯、伊都子は五衣唐衣。委しき事は次第書にあり。

そも皇室婚家令定まりてより初めて、皇族第一番の御婚儀、実に名誉此上なし。

十九年の長年月、親の御膝下に成長し、何の苦もなく幸福なる生活を続け、夢の間に十九年は経ちた。あゝ今日よりは皇室の人となり、世に立たねばならぬ身、思へば只心配のみ。

当日の朝は、いとも引しまりたる心地すれども、何となく心細り、一歩こゝを出づれば再び住家ならぬと思へば、遠くはなれるにはあらざれども、ものがなしく、一生の悦の日なれども、又涙の出づるをとゞめあへず。皆々にいさみ立られ、玄関に出づれば、御迎として宮家より廻されたる美々しき御馬車、儀仗騎兵も旗も朝風になびきて、馬のいなゝきも勇ましく、あゝかゝる立派なる行列の主人公になり参内するかと思へば、さらに胸の動悸もやまず、夢の如く車上の人となり、門内に居ならぶ数十人の人々に見送られて出でた。

小田部雄次『梨本宮伊都子の日記——皇族妃の見た明治・大正・昭和』（小学館、一九九一〔平成三〕年一一月、三一〜三三頁）

同日の日記であり、出来事などの記述内容は一致してはいるが、ところどころの言い回しには差異が見られる。たとえば吉屋版の「一生帰らぬ邸と思うと胸ふさがる心地で」という表現は小田部氏版では「一歩こゝを出づれば再び住家ならぬと思へば」となっている。馬車に乗るまでの様子や、衣服についてなど、事実関係を詳細に記そうと努めている小田部氏版の日記に対し、吉屋の方は簡潔ながらも感情の揺れ動きを重視する文面になっているといえるだろう。

筆者が小田部氏にお目にかかり、『文藝春秋』で吉屋が引用した伊都子の日記を見ていただいたところ、「おどおど」や「ただただ」など、伊都子の日記によく登場するような言い回しが見られること、雑誌や新聞などの記事のみでは知り得ない情報などが記載されている点から、伊都子の手記を実際手にしていることは間違いないが、それは小田部氏が翻刻を行なった日記類とは別のものであるだろうということであった。伊都子は日々つけている日記とは別に、震災や戦時中など、トピックごとにその日記をまとめ直して再編したりすることを好む、いわゆる「書き魔」であった。『香取夫人の生涯』における「作者のことば」の、「断片的にその過去の経歴や出来事をしるされたもの」という言葉からもわかる通り、吉屋が手にした伊都子の手記とは、厳密にいうと日記ではなく、〈日記以外の何か〉である可能性が高いが、吉屋が見たとする現物の所在については現在明らかになっていない。だが、吉屋の随筆「梨本伊都子の日記」は、それ以前に伊都子の手記が公開されたという記録が現在確認されていないため、その意味では価値あるものであるといえよう。

それでは、手記の筆者である梨本伊都子とはどのような女性であったのであろうか。

3. 梨本伊都子という人物

のちの梨本宮妃殿下となる鍋島伊都子は、一八八二〔明治一五〕年、イタリアの首都ローマで生まれた。父である直大はこの時イタリア公使を務めており、二年後に侯爵に叙せられる佐賀藩最後の藩主であった。伊都子という名前は、直大が当時赴任していたのがイタリアの首都ローマであったことに由来する。鍋島家は明治二年に華族となり、一八八四〔明治一七〕年の華族令によって侯爵となるが、ここで華族について少し触れておきたい。

華族の始まりは、一八六九〔明治二〕年六月一七日のことである。華族という言葉は個人ではなく家を指し、「戸主の妻子はもちろん、隠居した親、祖父母、曾祖父母、兄弟姉妹、叔父叔母、甥姪」なども、「おなじ戸籍にはいっているかぎりは華族」であった。ただし、その戸籍から出て新たに家を立てた場合は平民となる。しかし華族の家に養子にいったり、華族と結婚した場合は華族のままであり、新しい家を立てても天皇の特旨という理由で華族とされる例が多くあった。

華族は大きく二種類に分けられる。一つは「家柄を理由に華族とされた者」、もう一つは「国家への功績を理由に華族とされた者」である。前者は主として一八八四〔明治一七〕年の華族令公布までに成立し、後者は三家を除いてすべてが公布以降に成立した。

伊都子の出身である鍋島家は侯爵という爵位を持っていたが、華族令で定められた、公、侯、伯、子、男爵の五つの爵位は、一八六九〔明治二〕年の華族制度の発生から一五年の間、存在しなかった。五つの爵位にはランク分けの取り決めがあったが、与えられた爵位は華族の戸主しか持てない。改正華族令によると、死刑、懲役の判決が確定した者は爵位を失うことになっており、そのほかにも華族の体面を汚すような行為があったと宮内大臣が判断した場合、天皇の勅許を得たうえで爵位を返上させることができ、爵位を継ぐ資格のある者が、有爵者が死んでから半年以内に家督相続を届け出なかった時にも爵位は失われた。また、「品位を保つこと能はざるときは宮内大臣を経て爵の返上を請願する」という自発的な爵位返上もあった。ここでいう「品位を保てない」とは経済的に苦しいということを意味し、初めから財産に乏しかった元僧侶の華族などがこの理由で爵位を返上したのだという[13]。

戦前、秩父宮などの直宮〔天皇の子や兄弟姉妹〕を除き、一五の宮家があった。伊都子が嫁いだ梨本宮家はそのうちの一つである。守正王が梨本宮家を継ぐことになったのは一八八五〔明治一八〕年のことであり、もともと一代宮家であったものを、朝彦親王の建言によって菊麿王がそのまま皇族として存続することになったといういきさつがある。

伊都子は華族女学校在学中に梨本宮守正王との婚約が成立し、一九〇〇〔明治三三〕年、結婚に至る。つまり伊都子は侯爵令嬢から皇族妃へと転身を果たしたわけである。それは、「庶民から見れば、皇族も華族も同じ「雲の上」としか見えなかったが」、「華族にとって皇族はまたさらに「雲の上の上」」であった[14]。その時の気持ちを、伊都子は自身の言葉で次のように記している。

「このたび、梨本宮守正王殿下の妃として、侯爵鍋島直大の次女伊都子との縁組み、本日勅許あらせられました」

「ありがたく拝受いたします」

それは一言一句間違いのない厳かな儀式に思いました。私は頭を垂れたまま、緊張に膝が小きざみに震えていました。宮内大臣は要件のみいうと、あとはなにも語らず緊張した顔つきのままお立ちになり、馬車の音ばかりが私の耳に残ったのです。父上は直ちに参内し、御礼を言上するのでした。それはすべて私から遠い所で、着々と進められていたのです。

梨本伊都子『三代の天皇と私』（講談社、一九八五（昭和六〇）年一二月、三四～三五頁）

伊都子が初めて守正王と対面したのは、婚約後三年目のことであった。「なんにも知らない見も知らずの方と話が決まるなんて、まるで昔の人質ですね」と母親に言った伊都子が「そんな恐れ多いことをいうものではありません」と厳しくたしなめられたという。

伊都子に限らず、当時の皇族は多くの少女雑誌、婦人雑誌のグラビアに取り上げられた。特に、

『婦人之友』『婦人公論』『主婦之友』に先駆けて出版された『婦人画報』は、多くの皇室関係の写真を掲載し、伊都子もたびたび登場している。『婦人画報』は国木田独歩編集長のもと、一九〇五（明治三八）年七月に創刊された。前身が日本初のグラフィック誌『東洋画報』（一九〇三〔明治三六〕年三月創刊）であり、その後も『近時画報』（同年九月）と名を変え、グラビアを多用した雑誌を刊行していたが、売り上げの低下とともに『婦人画報』と名を改め、女性の活動や教育の向上を図る雑誌を目指していった。[15]

『婦人画報』は創刊当時、紙面の半分が画報、半分は読物に分かれていた。写真の多くは皇室関係で占められており、その傾向は一九一九（大正八）年頃まで続く。一九二五（大正一四）年には読物頁が充実し、テーマごとに分類されるようになる。大正末期から皇室関係の写真は急激に減り始め、一九二六（大正一五）年四月には「画報」頁が「グラフィック」頁へと名称変更になった。伊都子の写真は、一九〇五（明治三八）年七月の創刊号からすでに確認できる。一年に一度のペースで出される増刊号のうち「皇族画報」号は、前半部分に各皇族のグラビアを掲載し、後半部分で各宮家についての解説頁を設けている。ことに女性の活動や教育の向上を目指した雑誌のグラビア頁が皇族関係の写真で占められていたという事実は、皇族妃が憧れの女性としてまなざされていたことを示している。調査した日本近代文学館所蔵の『婦人画報』の中には、皇族妃のグラビア頁が切り取られて確認できない号が多くあったが、これはおそらく読者がグラビア頁を切り取って大切に保管していたことによるものであろう。伊都子の娘である規子女王殿下に対する関心も高く、一九二五（大正一四）年八月の写真は目次を見る限り、「規子女王殿下の御写生　規子女王殿下の日常御生活（一）」「スポーツウーマンとしての規子女王殿下　規子女王殿下の日常御生活（一二）」とあり、編集後記においても掲載にあたり入手した写真の貴重さが強調されているが、すべて切り取られていたため確認することはできなかった。

梨本宮妃である伊都子を特徴づけるものとして挙げられるのは、何といっても夫に伴われて行った欧州歴訪である。一九〇三（明治三六）年、守正王は一回目のフランス陸軍研究のために留学する。翌年には日露間に戦争が勃発し、日露戦争開戦前に帰国することになるが、終戦後の一九〇六（明治三九）年に再度渡仏し、フランスの陸軍士官学校に留学する。伊都子は三年弱の留学期間を終えた守正に伴われ、一九〇九（明治四二）年に欧州歴訪へと旅立った。西欧各王室との親善を目的とし、約半年間にわたってフランス、スペイン、イタリア、オーストリア、ロシア、ドイツ、イギリス、デンマーク、オランダ、スイスを巡っている。この洋行は皇室外交の始まりといわれている。伊都子は一九〇一（明治三四）年一月一三日に横浜から乗った日本郵船の「賀茂丸」に乗り、約五〇日かけてマルセイユに到着した。この時同じ船に乗り合わせたのが菊池幽芳である。吉屋は「梨本伊都子の日記」において、幽芳が伊都子と同じ船に乗ったことを知り羨望のまなざしを送っている[16]。

菊池幽芳が渡仏したのは一九〇八（明治四一）年一月のことであり、約二年半の滞在ののち、一〇（明治四三）年に帰国した。伊都子が欧州へ出航したのは一九〇九（明治四二）年一月一三日のことであり、イギリスなど各国王室を訪問、のちシベリア鉄道で満洲・韓国を経由して帰国している。幽芳が語る伊都子との接見の様子は、一九〇九（明治四二）年三月に記したとされる「加茂丸より」という紀行文に示されている。


十時頃甲板に出て居ると、殿下が櫻井夫人と「乳姉妹」を一冊づゝ抱へてお出でになる。御会釈申上げると籐の榻におつきになつて、美しく笑ませられ、

「乳姉妹を持つて来ました」と、仰しやるから、

「それは何よりの光栄でございます」と申上げる。

「前編の方は私は読んで了つて、櫻井が今見かけて居る、大層面白いわ」と、仰しやつて更に「殿下はもう御覧になつたが私は新聞で飛々に見た丈けで……纏つては読んだ事がなかつたから」とのお詞である。殿下と仰しやるのは守正王殿下の御事であらうと恐懼する。


菊池幽芳「加茂丸より」(『幽芳全集　一三巻』国民図書株式会社、一九二五〔大正一四〕年二月、三九一～三九二頁)

伊都子は小説や芝居にも関心があったようで、先の小田部氏の著書においても一九六八〔昭和四三〕年一月六日の日記に吉屋原作による「徳川の夫人たちの芝居」を観たという記述が確認できる。また近年は、伊都子が諸外国を巡って集めた絵葉書に対しても関心が高まっている。二〇〇五〔平成一七〕年一〇月一日から一〇月三〇日に開催された「秘蔵・青梅きもの博物館　梨本宮妃殿下コレクション　日仏絵はがきの語る一〇〇年前」展では、西欧各国を歴訪した際に集めたとされる絵葉書が展示された。伊都子の収集物は五〇〇〇点にものぼる。展示では展覧会の趣旨に沿って日露戦争

を描いた風刺絵葉書が中心に展示されたが、山田俊幸・安田政彦「梨本宮伊都子妃収集絵葉書に関する予備的考察」(『帝塚山學院大学研究論集［文学部］』二〇〇八・一二)ではその他の所蔵品についても資料的観点から考察している。日露戦争を描いた風刺絵葉書が多いものの、ほかには風景絵葉書、災害絵葉書、日露戦争従軍兵からの慰問袋に対する礼状葉書、一族からの来信絵葉書がある。中でも日露戦争関係の絵葉書が多いことについては、守正が従軍していたことに加え、伊都子自身が赤十字活動に関与して慰問袋の作成や傷病兵慰問を積極的に行なったことが理由として指摘されている。風景葉書には鍋島家の写真絵葉書のほか、那須温泉や伊香保、二荒山神社などの各地の絵葉書、災害絵葉書では一九〇九(明治四二)年八月の江濃大地震の写真絵葉書などがあったという。これらの資料は現在、青梅きもの博物館が管理している。戦後、旧梨本宮家が同館に寄贈した宮家ゆかりの衣装に付随した伊都子妃関連の雑物のうちに絵葉書コレクションがあったのだという。三代の天皇の時代を生きた伊都子の所蔵品は今後も調査の余地が大いにあるといえるだろう。

これらの豊富な資料が手放されることになったのも、戦後行われた「臣籍降下」によって生活環境が著しく変化したことによる。前述した通り、吉屋が手にした伊都子の手記の中で「つい感傷に打たれて涙ぐんだ」のは、この臣籍降下の日のお別れの宴の記述の部分であり、「その一片の感傷」が、作品を書かせる動機になったと述べられている。[17] まずは、随筆「梨本伊都子の手記」から、吉屋が読んだとされる該当部分の日記を引用してみる。

昭和二十二年十月十八日。すでにさだまりし皇族降下の日。皇族として最後の参内、宮中にて両陛下に朝見の儀、別室にて天盃を賜わる。午後六時赤坂離宮に一同召されお別れの宴を賜わる。

「私としては少しも今までと変ることなく以前同様に思っておるから」と陛下のお言葉あり、皇族長老としてわが宮立たれて「皇室の御温情心に銘じ忘れません」と申し上ぐ。ただ一同しずかに言葉もなくしめやかなり。一生のうちにかかる大いなる大打撃あるまじ、これは一般の人々には想像もつかぬことであろう。

人なみの業《わざ》も持たれずこの先は
　いかなる世をば渡りゆくべき

「梨本伊都子の日記」（『文藝春秋』一九六四〔昭和三九〕年六月、一九四頁）

次に、小田部氏翻刻による伊都子の日記の該当部分について見てみたい。

朝、朝見式に付、三陛下より蒔絵・御文台・硯箱・料紙箱を賜はる。
天皇陛下には、食事中、わざ〳〵此度、臣籍に降下になるとも、皇室との交際は、ちっともかはらぬ。どうか今後も、時々、御したしく参られて、御歓談のほど、又、御家御発展の事をいのる、といふいみの御言葉を賜はり、シャンパンの盃を上げさせらる。（昭和22・10・19）

小田部雄次『梨本宮伊都子の日記――皇族妃の見た明治・大正・昭和』（小学館、一九九一〔平成三〕年一月、三四九頁）

実はこれら二つの記録は日付が一日ずれている。文章の点で二つを比較してみると、まず吉屋版の会話文には鍵括弧が付されており、「一生のうちにかかる大いなる大打撃あるまじ」という一文が、伊都子の動揺をもっとも表しているといえるが、小田部氏版では伊都子が事実のみを記すことに徹しているような印象を受ける。この両者の違いは、これらの文章が書かれた順番に関係すると思われる。つまり小田部氏版の日記を最初に書き、それを読み返しながら当時を回想する形で、あとから吉屋版の手記を記述した時に感情が込められたのではないか。なぜなら、先にも述べたように伊都子は「書き魔」で、書いた日記をみずからまとめ直すこともあったからだ。日付もその際訂正されたと考えられる。のちに書かれた伊都子による自伝『三代の天皇と私』は、まさに過去を回想する形で、当時の感情をあとから付け加えながら記述する形式をとっており、感情の面では日記よりもむしろ詳細に当時のことが回想されている。このことから、時間が遠ざかれば遠ざかるほど、逆に手記には生々しい感情が加えられていくことがわかる。これを踏まえたうえで、吉屋が『香取夫人の生涯』で描いた該当場面を引用する。


一同食卓に集うと、陛下のお言葉があった。

「皇族の籍を離れ一般の世に出られても、私としては少しも今までと変ることなく以前同様にあなた方を思っている、今後といえども変らずおりおりは出て来られてほしい……」

このお言葉の途中で、わたくしは不覚にも睫毛に溢れるものをおぼえて差しうつむいた。あれほど妃の名を重荷とし束縛を感じ皇族の不自由さを心にかこった身のいまさらなんの涙であったろう……。

（中略）

かくてのち――わたくしたちは国家の象徴の天皇にお別れしてしずかにしずかに退出した。秋の空の星の下に都会の騒音がひびく巷に、今宵からこの巷に一平民として生きてゆく宮とわたくし！

『香取夫人の生涯』（新潮社、一九六二〔昭和三七〕年一月、二三〇～二三二頁）

ほぼ手記と日記の通りの場面が再現されているが、「梨本伊都子の手記」で書かれた「大いなる大打撃」といったような強い表現が用いられることはない。「不覚にも」流してしまった涙からは、妃の名を負担に思っていたみずからが、よもや流すまいと思っていた涙を流すことで、宮家としての生活から解放されてしまうことへの悲しみに気づく戸惑いが表現されている。吉屋は比井盈子という人物を創造するにあたって、ここで「不覚にも」という一語を書きこむことで、宮妃としての盈子の持つ複雑さを表現したといえる。それは、吉屋が目にした手記の中に、伊都子が漏らした本心を感じ取った結果であったかもしれない。

ここで「臣籍降下」について触れておく。臣籍降下は一九四七〔昭和二二〕年のことであったが、それ以前より、皇族たちの間にみずから進んで「降下」に賛同するものたちがいた。次の記述は伊都子によるものである。

弟宮の東久邇宮さまは、敗戦と共に「皇族も敗戦の責任を感ずるなら、臣下に下るべきだ」という意見を出されておられました。だがこのたびのＧＨＱの指令という絶対的命令に対しては、皇族の衝撃は大きかったのです。皇族の臣籍降下といっても、三親王と十一宮家のどこに線を引くかが問題でした。結局は秩父宮、高松宮、三笠宮の三親王以外は降下と決定したのです。

梨本伊都子『三代の天皇と私』（講談社、一九八五〔昭和六〇〕年一二月、二四七頁）

ここに登場する東久邇宮の発言は一九四五〔昭和二〇〕年一一月一一日の『朝日新聞』に確認できる。インタビューの中で「臣籍降下の御決意を定められた理由は」と訊ねられた東久邇宮は、「私がかうして皇族として何の不自由もなく暮して来られたことは偏に陛下と国家とのおかげである、ところが、戦争はかういふ結末になつた、これについて私は私の道徳的責任を明らかにするため皇族としての殊遇を拝辞し一平民となることを決心したものである」と答えている。戦時中、皇族は陛下にお目にかかっても時候の御挨拶を申上げるのみで、時局について意見を申し上げることは禁じられていた、と述懐しながら、みずからの道徳的責任に責めを負い、「さうしなければ、陛下に対し奉つても、また国家に対しても申訳がたたないのだ」としている。

続く一九四六〔昭和二一〕年一一月二四日の『朝日新聞』の記事では、改定皇室典範の内容によって、皇族の範囲が狭まったことがわかる。爵位を剥奪された華族たちは、皇族費の削減により金銭面において窮地に立たされるため、生活保障のための金が支払われることとなった。だが敗戦後、

ＧＨＱと日本政府によって施行された財産税こそ、皇族、華族たちをもっとも苦しめるものであった。財産税の徴収は、無条件降伏により屈服した日本に対する戦後の一連の弱体化政策として、ＧＨＱ及び日本政府によって、財閥解体、農地改革とともに施行されたものである。再び『三代の天皇と私』からの引用である。

昭和二十二年になりますと、ＧＨＱから「皇族及び元皇族も財産税を納めよ」という指令が出されました。その額がなんと財産の八割もかかって来たのです。戦火を免れたのは朝香、竹田、東伏見の三宮家だけ、あとの閑院、伏見、山階、賀陽、久邇、東久邇、北白川、梨本の各宮家は本邸が焼けましたから、どちらも財産税に四苦八苦されたのでした。

梨本宮家の財産は三、六八六万円と見なされ、財産税が二、五六五万円、臣籍降下の一時金が一、〇五〇万円ですから、税金の半分にも足りません。そこで第一に別邸から処分せねばなりませんでした。

梨本伊都子『三代の天皇と私』（講談社、一九八五〔昭和六〇〕年一二月、二四八～二四九頁）

華族たちは生活の糧を求めてどのような行動に走ったのか。伊都子は生活費を稼ぐため、身の回りの物を売り払うが、人に騙されることもあった。それだけでは財産税が収めきれず、河口湖畔の別邸と、熱海伊豆山の別邸を引き払うこととなってしまう。

『朝日新聞』一九四七〔昭和二二〕年三月一一日の記事には他の宮家の現状が垣間見え、梨本宮家については「侍従武官から乗り込んだ清家氏が指揮しているようだが、殿下自らもなかなか数字には明るいそうだ」とされている。

皇族として残られる三直宮家には年々支給される定額の歳費、他の十一宮家には降下に際する〝退職手当〟がある、歳費定額と退職手当額は近く議会に提出される「皇室経済法施行法案」の通過によつて決るがだいたい歳費は三直宮家あわせて七十五万円、退職手当は十一宮家の合計約四千八百万円にのぼるようだ

『朝日新聞』一九四七〔昭和二二〕年三月一一日

この日の記事には「降下の時期については新憲法実施と同時がよいという説もあるが、宮家の整理は新憲法実施前が適当だとの説が有力だ」とあるが、『朝日新聞』一九四七〔昭和二二〕年五月一日、九月一七日、一〇月九日の記事は、いずれも皇族会議についての記事である。

五月一日の記事では、最後の皇室会議が三〇日午後二時半から宮中で開かれ、天皇陛下出席のもとに高松宮殿下を始めとする在京各宮殿下が参集し、「皇室令および付属法令廃止の件」ほか一件を可決したことが決められたということが記されている。一〇月九日の記事では、八日に行なわれるはずだった皇室会議の延期が記された。そこでは一一宮家の皇籍離脱問題を話し合う予定であった。一〇月一二日の記事では、延期されていた会議が一三日に行なわれることになったとされており、この

会議を経た一四日から、一一宮家は正式に皇籍離脱を果たすこととなったとされる。それを受けて、一四日の新聞では一一宮家の離籍を取り上げており、守正、伊都子の名前も確認できる。一〇月一九日の記事では、陛下に別れを告げる宮家が写真とともに掲載される。次の引用は、一〇月一四日に行われたお別れの会の様子である。

去る十四日皇族籍を離れた元宮様一同は十八日午後一時宮中で天皇皇后両陛下にお別れのあいさつをし同三時、赤坂離宮で皇太后陛下にもごあいさつした、午後六時からは同離宮で両陛下、皇太后陛下をはじめ秩父、高松、三笠三宮殿下などおそろいでお別れの宴会があった【写真は赤坂離宮で顔をそろえた元宮様たち】

『朝日新聞』一九四七（昭和二二）年一〇月一九日

こうして爵位を失った梨本宮家であったが、一九五一（昭和二六）年一月に守正が死去し、その遺言によって、皇族最初の火葬で葬儀が執り行われた。二人の娘も嫁いでいるため、伊都子は養子をもらうことで梨本家を存続させることを考える。「宮様の血縁の方を」という願いから、久邇家の分家である龍田徳彦（多嘉王の三男）、正子（昭和天皇の妃・香淳皇后の姪）夫婦を養子に迎えたのち、一九七六（昭和五一）年、九五歳の生涯を閉じた。

ここまで伊都子の生涯を、華族、皇族の戦前・戦後の在り方を辿る形で追ってきた。しかし、吉屋の描いた『香取夫人の生涯』は、伊都子の手記を下地にしながらも、伊都子とは重ならない部分が多くある作品である。それは一つにこの作品の持つ奇妙な構造と、盈子の人物設定にあるといえるだろう。では果たして、『香取夫人の生涯』とはどのような物語であるのか。

4.『香取夫人の生涯』——盈子と伊都子

『香取夫人の生涯』は一九六二（昭和三七）年一月、新潮社より書き下ろし作品として出版された。一二篇からなり、「わたくし」である比井盈子が自分の人生を語っていく一人称小説である。

物語の冒頭は「明治という御代の終った時」「やっと就学年齢に達し学習院女学部の当時の小学科（男子の初等科に当る）に入ったばかりの幼女」であった比井盈子の記憶から始まる。盈子は生誕後間もなく父を失い、未亡人である母の茂登子とわずかな使用人とともに母の実家に住んでいる。盈子に兄弟はなく爵位を継ぐ者がないため、母の実家の那智伯爵家の三男を養嗣子に迎えている。本書は、華族として過ごした少女期、宮妃となってからの生活、臣籍降下後の人生の大きく三つに分けられるが、盈子の生涯の裏には三人の女たちの物語がある。それは学校の先輩である伊豆倉妙子、義母である母宮、実母である茂登子である。

伊豆倉妙子は盈子と同じ学校に通う上級生であり、盈子にとって「愛の目覚めを与え心にうるおいと情感を生ませた人生の最初の尊き導者」であった。盈子はろくに言葉も交わせないまま憧れを募らせるが、父の事業の失敗により華族礼遇停止を命じられたことによって妙子は学校を去る。数年ののち宮妃となった盈子は、宮とともに訪れたある夏の北海道旅行で、妙子の忘れ形見と思しき一人の少女に出会う。盈子は「実家の財政援助のために北海道の鯡成金の老主人の後添いに嫁ぐという、まるで陳腐な通俗小説の筋そのもの」のような妙子のなりゆきに思いを馳せていたが、意外な形で知らされた妙子のその後は、盈子の心を揺り動かさずにはいられない出来事として残る。

母が幹事を務める上流婦人団体主催の慈善市に出品した押絵が縁で、香取宮妃殿下の眼に止まり、皇族へと嫁ぐこととなった盈子にとって、もっとも大きな存在となったのは義母である母宮の存在である。京都旅行の帰り、盈子は奥老女である玉尾から心ない告げ口をされるが、母宮は「お気持を痛めてはなりません、わたくしは宮の母、また妃のあなたの母でございます、わたくしはどんなに（母）というものになりたかったか……こころ、心だけでも（母）になりたいと切ないほど思っておりました」と慰める。

盈子は母宮の「ついに石女でいらっしした悲劇」を思い、「（こころの母）にとせめてもの望まるるその思い」が、生さぬ仲の自分へも注がれることを幸運そのものと思う。だが、時代が戦争へと突き進むにしたがって生じた、母宮の精神の異常が二人の距離を隔て始める。母宮を連れて医師とともに伊豆へと向かった盈子は、母宮が「軽い老養性痴呆」という「老人期精神病」を患ったことを知る。付き添いの医師である青年医学士の庄司治に、かつて比井家の援助を受けていた青年である藤生晋の俤を見た盈子は、さながら恋心のような、ほのかなある好意を抱いている自分に気づく。だがその恋心は治が軍医となって戦地へ赴くことで絶たれてしまう。

母宮の死後、盈子は邸を訪れた伯父から、実母の茂登子と藤生晋がひそかに情を通じ合っていたことを聞かされ衝撃を受けるが、母が僾い恋ながら「女のよろこびと悲しみ」を味わって逝ったことを娘としてせめて（それでよかった）と思う。かつての母と同じ歳へと近づいた時、盈子は初めて茂登子を理解することができたのである。夫と二人きりの生活になった盈子は、裏山の林で見かけた椎茸栽培をきっかけに起業し、簿記の書き方や算盤を覚え、運転免許を取得するまでになる。物語は、盈子が来し方を振り返って記した数冊のノートの表紙に「（かゝる日を経てわれなお生きん）」という文字を書きつける場面で閉じられる。

以上が大まかなあらすじであるが、本作において特徴的なのは、伊都子の手記をもとに盈子を書いたとしながら、同時に伊都子本人を作中人物として取り込んでいるということである。梨本宮家に関する記述は作中何度か登場するが、その一つは次に引用する、盈子が宮家に嫁ぐ直前、前例として引き合いに出される伊都子の結婚に関する描写である。

明治三十二年秋発令の皇室婚嫁令で皇室皇族の結婚式は宮中賢所大前で行なわれると定められて以来、翌三十三年五月に時の皇太子（のちの大正天皇）御成婚の儀式もこの新令によりて行なわれ、また皇族としての賢所大前挙式の第一号は同年十月の梨本宮御婚儀からだったなどと掌典職の方からいとおごそかに事こまかに教えられるともうそれだけでも重圧感を覚えて身体がこわばってしまう。

『香取夫人の生涯』（新潮社、一九六二〔昭和三七〕年一月、五五～五六頁）

この記述を始めとし、梨本宮家に関しては、伊勢神宮への参拝、李王家に嫁いだ方子、戦犯として巣鴨の留置所に捉えられた守正王、臣籍降下の場面でのスピーチ、守正王の死去、などの描写が確認できる。繰り返しになるが、吉屋と伊都子は何度か面識があり、また本作刊行時、伊都子は存命であった。本作を純粋な伊都子の評伝作品とはしなかった理由は、単行本刊行時に手記の持ち主を明かさなかったことを考えても、やはり伊都子への配慮であったのであろう。

吉屋は盈子を創造するにあたり、次の二点において伊都子との差異を見せている。そのうちの一つは、盈子に留学の夢を断たせたことである。盈子の抱く海外への憧れは、比井家に住む藤生晋という一人の青年によってもたらされる。晋は比井家の祖先代々の藩主の典医の家系の孤児で、比井家から学資の補助を得て学校に通い、将来は大学の医科を志望している若者である。晋はのちに非合法の共産党の党外協力者として特高に検挙されることになるが、盈子にとっては唯一の血縁以外で親しくした青年であり、晋が手渡した一冊の本が盈子の海外への夢を目覚めさせるきっかけとなる。

それは『楽しき思ひ出』という本であった。『楽しき思ひ出』は、コロンビア大学に渡り、心理学を修めた原口鶴子によって綴られた五年間の留学経験記で、一九一五〔大正四〕年五月、春秋社書店より刊行された。鶴子の生涯については、本間道子「教育心理学者　原口鶴子の軌跡」〔『心理学史・心理学論（3）』二〇〇一・一二〕に詳しい。原口鶴子、旧姓新井つるは、明治一九年、現在の群馬県富岡市で生まれた。鶴子は日本における心理学の基礎を築いた心理学者である松本亦太郎に影響され、心理学を志す。日本女子大学を卒業した鶴子は、一九〇七〔明治四〇〕年六月、アメリカ、ニューヨークにあるコロンビア大学ティーチャーズ・カレッジのソーンダイクのもとで学ぶべく横浜港を発つ。一九一二〔大正元〕年、帰国した鶴子は日本女性で初めてのドクター・オブ・フィロソフィーとして好意的に迎えられた。長子を出産後、夫も留学から帰国し、公私ともに充実した生活を送ったが、一九一五〔大正四〕年、二九歳という若さで病死する。

原口鶴子といえば、先駆的な女性心理学者であり、「アメリカ女性に対する観察の鋭さ、視点の面白さ、評価」が現在もなお遜色ないとされている。しかし一方で、その研究実績が日本であまり評価されなかったという現実もある。[18] 晋によって手渡された鶴子の著作の存在は、盈子にとっての海外への憧れが本の中の出来事として終わり、実現されることはない彼女の将来を予見していると読むこともできるだろう。

二つ目は、盈子を母とならぬ妻にした点である。伊都子は守正と結婚後、ほどなくして方子と規子という二人の女児を授かっている。一方盈子は、一度は身ごもりながらも流産してしまい、それ以後は母となる機会に恵まれることはない。義母である母宮もまた母とならぬ妻であり、二人は母とならぬ妻という共通点によって強く結びつけられていく。そのことが結果的に盈子と夫である宮とのつながりを深めてもいくが、女同士の結びつきによってもたらされた夫婦の関係性は、突如同性である玉尾によって断ち切られてしまう。宮が遠方の軍港勤務となったことを幸いとした世話係の玉尾の策略によって、盈子は近く宮の子が誕生することを知らされる。それに対し母宮は、「当香取宮家が世子なく後々当家廃止となりましょうとも、宮と妃が睦まじく愉しく一代お過しならそれがかえって人の道に叶うと思われます」と述べ、盈子は次のように決意する。

たとえどのような事態を生じようとも、よその女性の生んだ子を妃わたくしの出生として宮家の形式を調えることは絶対に拒否すると――しかし、生母は妃でなくとも宮を父とする王子殿下として当宮家に引取らるるなら、わたくしはその時、いさぎよく宮家を去ると！

『香取夫人の生涯』（同、一五五頁）

このような強固な決意の一方で、これまで皇族に離婚の例がないという現実が盈子を苦しめるが、その後「軍港でのお子は女のお児でした、そのままよその子につかわしましたそうな」という母宮の報告がもたらされる。生まれた子どもが女児であったことは比井家という〈家〉の跡継ぎという意味において「何もかもすんだこと」にされてしまうが、盈子という妻、女性にとっては決して「何もかもすんだこと」とはならない。吉屋は次の場面を書くことによって妻の抵抗を表現してみせる。

けれどもその夜のわたくしの（自我）と（誇）はどうしても素直になれず、こじれてしまった。昨夜は外の女を抱き今宵は妻を抱ける男性がそのわがままな性行為の許される男の特権を意識してさらにセックスへの悦楽を増進させるのか……その男の慾ばりにわたくしは屈伏したくない、反抗心、あの玉尾の報告以来の苦悩のかたまりは爆発せずにはいられなかった。

『香取夫人の生涯』（同、一五八頁）

軍港勤務から海軍省へ出仕になり帰京した宮は、その晩久しぶりに盈子と夜を過ごす。「なんのこだわりもなく」妻の身体を求めようとする夫に、盈子は「良人を拒む妻」となるのである。この妻の振る舞いは、第六章で詳述した『良人の貞操』においても似たような場面として描かれている。夫が身ごもらせた、自分の親友である加代の子どもを引き取ることを決意した邦子は、加代が妊娠中であることを理由に、夫の性交渉の誘いを断っている。夫である信也は、妻の言動にみずからを恥じるのである。


彼は恥ぢた。わが良人の子を妊ごり《ママ》、辛い境遇に孤独に置かれる同性への、妻のそんなにまで、正しい潔癖と同情を持つ、清純さと正義観に打たれた。

女を妊ごら《ママ》せ、それを見棄てゝ男はステッキを振つて平然と銀座が歩けるばかりか、他の女性をも抱けるのだ——その身勝手自由の許されるのを、いゝ事に男が振舞ふとしたら……信也は妻の手を改めて握つた。

「女性の負担（一四）」（『東京日日新聞』一九三七年三月九日）

ここでは夫である信也が男の身勝手さに気づき、妻への愛情を新たにする展開を生むが、『香取夫人の生涯』では、翌日の部屋の描写が夫の妻に対する態度を物語っている。翌朝、寝室の絨緞の上には「青磁の香炉の蓋が左に右にその壺がころがって」いた。「この香炉をなげうったのは、そも宮かわたくしかそれはひとびとの想像に任せよう」としながらも、「さすがにあられもない昨夜の閨房の出来事」に羞恥に打たれる盈子の様子がそれ以上描写されることはない。盈子の眼に映る夫は、「いわゆる貴族社会の男性中心で（腹は借物と）いう割切り方で宮家の王子としてお育ちになった」男であり、子を生さぬのであれば他の宮家の例を黙認せよといわんばかりの玉尾の態度に、「寂寞として宮家のなかで一人切り離された（孤独）の気」がする。『香取夫人の生涯』において吉屋が描こうとしたのは「女の悲しみ、妻の受難に出会ったわたくし」が「妃という名と境遇の手枷足枷に幾重にもからまれてもがかねばならぬ」姿であった。

吉屋はのちに「それらの人の心の中に感情を移入し、及ばずながら一つ一つの人間像を描き上げるという数年間の仕事が、今度の仕事への基礎になったような気がいたします[19]」と述べている。吉屋が本作を書くことになったのは貴重な資料に恵まれたことがきっかけではあるが、その資料が女性の手記、しかも半生を描いた手記であったことに興味を引かれたであろうことは間違いない。すでに別の書き手によって構築された世界、閉ざされた空間を再構築し直すこと、それは吉屋の仕事の中でも『香取夫人の生涯』でしかなし得なかったことである。その過程があって初めて吉屋は『徳川の夫人たち』への自信を得たのではなかったか。

その後の吉屋の仕事は一九六六〔昭和四一〕年に『徳川の夫人たち』、翌年に『続徳川の夫人たち』、六九〔昭和四四〕年の『徳川秀忠の妻』があり、七〇〔昭和四五〕年には『女人平家』へと続き、現代を舞台にした物語へと帰ってくることはなかった。そのことは吉屋の絶筆となった一枚の原稿が物語っている。

一九七三〔昭和四八〕年七月一一日、吉屋は直腸がんでこの世を去る。その後、千代が引出しから発見した書きかけの草稿、原稿用紙の一行目に書かれた文字は「太閤北政所」であった。さらに二行同じ文字が続いたあと、「松の枝が眼の前に見えた。湖水は一杉の」というところまで書いて終わっている。母とならぬ妻は、吉屋作品において通底するテーマであるといってもよい。それは絶筆となった原稿が淀君ではなく、あえて太閤秀吉の北政所を選んで始まっていることからもわかる。このように吉屋の古典回帰ともいえる晩年の仕事の数々は、現代を舞台として書いた小説と決して切り離すことはできない。歴史小説については稿を改めて論じていきたいが、『香取夫人の生涯』は吉屋の過渡期を考えるうえで見逃せない作品であることが再確認できたといえよう。

注

1 吉屋信子『自伝的女流文壇史』まえがき（中央公論社、一九六二・一〇）。
2 前掲『自伝的女流文壇史』、六九〜七〇頁。
3 吉屋信子『底のぬけた柄杓――憂愁の俳人たち』あとがき（新潮社、一九六四・七）。
4 前掲『底のぬけた柄杓』。
5 吉屋信子『ある女人像――近代女流歌人伝』あとがき（新潮社、一九六五・一二）。
6 「ときの声を終えて」（『読売新聞』一九六五・四・二四）。
7 前掲紙。
8 前掲紙。
9 『吉屋信子全集　一二巻（私の見た人・ときの声）』年譜（朝日新聞社、一九七六・一）。
10 吉屋信子「梨本伊都子の日記」（『文藝春秋』一九六四・六）、一八八頁。

11 神奈川文学振興会編『生誕一一〇年　吉屋信子展――女たちをめぐる物語』（県立神奈川近代文学館、二〇〇六・四）。

12 前掲「梨本伊都子の日記」、一八九頁。

13 浅見雅男『華族たちの近代』（NTT出版、一九九九・一〇）、一九頁。

14 梨本徳彦「〝最後の貴婦人〟はローマ生まれ――侯爵令嬢から皇族妃になった伊都子」（大久保利謙監修『日本の肖像　旧皇族・華族秘蔵アルバム　第一二巻　旧皇族・閑院家　旧皇族・東久邇家　旧皇族・梨本家』毎日新聞社、一九九一・一二）、六九頁。

15 与那覇恵子「解説」、与那覇恵子・平野晶子監修『書誌書目シリーズ68　戦前期四大婦人雑誌目次集成Ⅲ　婦人画報』一〇巻（ゆまに書房、二〇〇四・八）。

16 次に引用した吉屋の記憶では、伊都子の愛読した幽芳の著作は『己が罪』となっているが、菊池幽芳「加茂丸より」では『乳姉妹』であったことが記されている（後述の本文に、「加茂丸より」の一部を引用したので、そちらも参照されたい）。

それは――幽芳がかつてフランス留学のため渡仏の際、船に梨本宮妃殿下がいらっしゃして、妃殿下の御愛読なさった小説「己が罪」の作者が同船と聞かれて、その作者を御引見、いろいろ御下問の栄に浴したという自伝を飾る一節に「まアすてき」と思ったからである。

前掲「梨本伊都子の日記」、一八八頁

17 吉屋信子『香取夫人の生涯』（新潮社、一九六二・一）、二五一頁。

18 本間道子「教育心理学者　原口鶴子の軌跡」（『心理学史・心理学論（3）』二〇〇一・一一）、二頁。

19 巌谷大四「吉屋信子略伝（十二）」（前掲『吉屋信子全集　一二巻（私の見た人・ときの声）』月報）。

※梨本伊都子の手記に関し、貴重なお話をお聞かせくださった静岡福祉大学名誉教授小田部雄次氏に改めて御礼申し上げる。

Ⅳ

吉屋信子研究の現在とその展望

1. はじめに

吉屋信子研究は少女小説にとどまらず、経年とともにその領域を開拓しつつある。これまでに吉屋信子研究をまとめたものとしては、吉川豊子「研究動向　吉屋信子」(『昭和文学研究（27）』一九九三・七)、木下響子「研究動向　吉屋信子」(『昭和文学研究（86）』二〇二三・三)が挙げられるが、本章では、吉屋が死去した一九七三年以降、現在に至るまでの作品研究を一〇年ごとに追い、見ていくとともに、今後の研究展望についてまとめていきたい。

吉屋信子の全集としては、生前全集である新潮社版と、死後刊行の朝日新聞社版の二種類がある。しかし、いずれも全集でありながら未収録作品も多い。朝日新聞社版全集の月報に収録された巌谷大四「物語女流文壇史」は、吉屋の作家としての仕事についてまとめたもので、一九七七年六月に中央公論社より刊行されている。

主だった書誌研究資料としては、朝日新聞社版『吉屋信子全集』第一二巻の巻末付録である年譜(吉屋千代作成)が挙げられるが、初出誌不明のものや、年代の誤りも多く見られ、資料として必ずしも正確とはいえない。吉屋の死後行われた大きな展示としては、神奈川近代文学館「生誕一一〇年吉屋信子展――女たちをめぐる物語」(二〇〇六・四・二二～六・四)が挙げられる。生い立ちから『花物語』執筆、大衆小説作家を経て歴史小説に着手するまでの生涯を追ったものであり、書簡や写真など貴重な資料が多数展示された。このほか同文学館の吉屋信子文庫には遺品などの資料があり、鎌倉文学館にも数点所蔵されている。

作家研究としては、吉武輝子『女人吉屋信子』（文藝春秋、一九八二・一二）と、田辺聖子『ゆめはるか吉屋信子――秋灯机の上の幾山河』上下巻（朝日新聞社、一九九九・九）が挙げられる。『女人吉屋信子』では、過去に吉屋と恋愛関係にあったとされる女性や、のちに養子に迎えた門馬千代との書簡が多く収録されているが、現在本書以外にそれらの資料を確認する手立てはない。吉屋の私生活を知るうえでは貴重な一冊であるといえるが、書簡の引用のすべてに年月日が付されているわけではないため、資料としての正確性には欠ける部分もあるといえる。『ゆめはるか吉屋信子』は、作家の生涯と作品世界を強く結びつけ肉づけを行うものである。冒頭では、足尾鉱毒事件のため強制廃村となった谷中村の立ち退き事件に関する詳細な取材記事をまとめ、これまであまり知られていなかった吉屋の父である雄一について明らかにしており、作家となる以前の吉屋の幼少期を知る手がかりとなるといえるだろう。

2. 一九七〇年代

吉屋の生涯と文学についていち早くまとめたのは、板垣直子『明治・大正・昭和の女流文学』（桜楓社、一九六七・六）である。「戦後の吉屋文学こそ、吉屋文学の真髄として読み継がるべきものを内蔵している」と評価した辻橋三郎「近代女流作家の肖像　吉屋信子」（『国文学　解釈と鑑賞（37）』第三号、一九七二・三）は、『徳川の夫人たち』『女人平家』に「文体の成熟」を見る。吉屋作品に本格的な言及を試みる重要な契機となったのは駒尺喜美「吉屋信子――女たちへのまなざし」（『思想の科学（51）』一九七五・九）、上笙一郎「現代日本における〈花物語〉の系譜――女流児童文学の一側面」（『児童文学研究』一九七五・四）の各論であろう。駒尺は吉屋を「稀にみる、女が女をいつくしむ立場で小説を書いた作家」であるとし、その作品を「客観の眼ではなく、女の眼で」書かれた作品、「女が女をいとおしむ眼」で書かれた作品であると評し、「花物語」「屋根裏の二処女」「地の果まで」「良人の貞操」「安宅家の人々」といった代表作を論じていった。上は、近代日本における数々の「花物語」に触れながら、「大衆児童文学というカテゴリーに基本的に属するとはいえ文学的感動を目標とした〈花物語〉は、吉屋信子のそれをもって最初の一束と見なしてさしつかえない」とし、吉屋の『花物語』の背後にあるオルコットの『花物語』との差異を指摘しつつ、「吉屋の少女小説における過剰なまでのセンチメンタリズムは、近代日本の女性状況に即しつつ見れば、〈人間解放〉の大河にやがて流れこんで行くささやかな小川のひとつ」であるとした。

3. 一九八〇年代

一九八〇年代は死後一〇年が経過しているものの、本格的な吉屋信子作品研究はまだ着手されていない状態であるといえるが、本田和子『異文化としての子ども』(紀伊國屋書店、一九八二・六)ではいち早く『花物語』の名を挙げている。本田は『花物語』の登場を「わが国近代において、「少女」の誕生を告げる事件」であったとし、吉屋の扱う「その言葉自体、文章自体が、「少女」そのものなのだ」と指摘、『花物語』の世界を文体から分析した。戦間期の吉屋に着目したものとして亀山利子「吉屋信子と林芙美子の従軍記を読む――ペン部隊の紅二点」(『銃後史ノート』復刊二号、一九八一・七)があり、大塚豊子「吉屋信子の短篇小説――『鬼火』を中心に」(『学苑』(529)一九八四・二)は、「鬼火」を中心とする戦後の短編小説の構図を解明するとともに、当時のジャーナリズムの動向を考察した。

4．一九九〇年代

一九九〇年代に入ると、少女小説を中心とする作品研究が広がりを見せ始め、国書刊行会からは『花物語』が全三冊で復刊された。与那覇恵子は、『花物語』所収の「浜撫子」についての作品解説及び、作家案内、研究動向をまとめている（女性文学会編著『女性文学の近代』双文社出版、一九九四・四）。永塚道子は「吉屋信子研究――「匂い」の表現をめぐって」（『東洋大学短期大学論集　日本文学編』一九九一・三）において『花物語』の根底に流れる「匂い」に着目した。少女好みの「匂いやかなもの」は同性への信頼、安堵感といった女性故の匂いであるとする一方で、この「匂い」こそが「男性には理解し難く、少女小説が「閉鎖社会」と言われる所似（原文ママ）なのだろう」とする。叶井晴美「吉屋信子の少女小説における少女像――「花物語」の少女像」（『山口国語教育研究』一九九五・七）は、「「花物語」における少女像の特徴とその時代的な意味」を考察した。一九二〇（大正九）年一月、洛陽堂より刊行された書き下ろし作品『屋根裏の二処女』について言及したものとして、黒澤亜里子「恋愛の政治学――「屋根裏の少女たち」」（上野千鶴子 ほか編『シリーズ変貌する家族2　セクシュアリティと家族』岩波書店、一九九一・八）がある。黒澤は「大正期少女小説から通俗小説への一系譜――吉屋信子の「女の友情」をめぐって」（『沖縄国際大学文学部紀要（19）』第一号、一九九〇・八）において、『女の友情』を批判した小林秀雄の文章を分析する中で、読者の意識動向を探り、本作が「成立した条件と意味」について、吉屋が意図し読者が支持したものと、それに対する小林秀雄の「「反応」とのズレ」を考察した。

吉川豊子は吉屋の長編作品に着目し、「『或る女』／『真珠夫人』／『海の極みまで』――吉屋信子初期「三部作」の時代と「戦略」」（『昭和文学研究（35）』一九九七・七）において、吉屋の初期「三部作」のうち、『海の極みまで』に触れた。本稿は「『青鞜』から『大衆小説』作家への道――吉屋信子『屋根裏の二処女』」（岩淵宏子 ほか編『フェミニズム批評への招待 近代女性文学を読む』學藝書林、一九九五・五）の続稿として書かれたものである。実は吉屋は「青鞜」にも小品を掲載しているが、それは数号に留まるもので決して深い関わり方ではなかった。そのことが、「青鞜」とは相容れなかった吉屋の一面を物語っているといえ、本論は『海の極み』から、「青鞜」と吉屋との断層を早くから読み解くものとして挙げることができよう。周辺作家との比較とともに吉屋の仕事について整理、分析を試みたのは速川和男、大河原宣明による共著論文「北川千代と吉屋信子の児童文学――外国文学にも触れて」（『立正大学地域研究センター年報』一九九三・三）であり、同様に「北関東に於ける二作家――山本有三と吉屋信子」（同年報、一九九五・三）、「山本有三と吉屋信子――ジャーナリズム文学への姿勢」（同年報、一九九八・三、一九九九・二）を共著にて発表している。このほか、大河原宣明の単著論文として「山本有三と吉屋信子――栃木市の二作家」（同年報、一九九六・三）がある。

以上は研究論文であるが、一九九〇年代に出された著作としては、駒尺喜美『吉屋信子――隠れフェミニスト（シリーズ民間日本学者39）』（リブロポート、一九九四・一二）がある。吉屋の代表作といわれる作品を年代順に追いながら、その人生と作品がどう関わり合い、作品テーマへと結びついていったのかを見ていくものである。タイトルの通り、フェミニズム的視点から作品を読み解き、「女同士の優しいいたわり合い」、「女の友情・女の連帯」といったキーワードをいいあてていくが、今日の吉屋研究からすれば、それらのキーワードに当てはまらない読みの構築もまた、求められつつあるといえるのではないか。

川崎賢子は『少女日和』（青弓社、一九九〇・四）、『蘭の季節』（深夜叢書社、一九九三・一〇）において吉屋の名を挙げ、後者では、『花物語』の文体に着目し、女と女の対であれ、母／娘の対であれ、「ふたつの個体がまじりあい変化するために暴力的な外部の力を必要とせず、ただみずからの重さだけあればたりるという」「初期吉屋信子的エロスの表現」の自堕落さを読み取る。女を愛する女たちのエロスの解放は、自我の解放ではなく自我からの解放であるとする指摘は、その後の吉屋作品にも通底するものである。高崎隆治は『戦場の女流作家たち――吉屋信子、林芙美子、佐多稲子、真杉静枝、豊田正子』（論創社、一九九五・八）で、『主婦之友』の特派として慰問に向かった吉屋が、戦前のある時期に流行した星菫派であるところの「女学生的思考」に陥っているとしたうえで、「あえてよけいなこと」であるとしながらも、上海戦線において作家としての「自身の在りよう」を考え直すきっかけに直面していたにもかかわらず、それについて吉屋が言及しなかった姿勢について指摘した。

5. 二〇〇〇年代

二〇〇〇年代に入ると、少女小説を中心に論じられるようになっていくが、そのことは、吉屋の少女小説復刻版の刊行が相次いだことと、少女文化研究のブームが深く関わっているといえる。二〇〇三年頃を契機に、ゆまに書房から「吉屋信子少女小説選シリーズ」として『暁の聖歌』『返らぬ日』『紅雀』『三つの花』『毬子』が刊行された。国書刊行会からは『小さき花々』のほか、「吉屋信子乙女小説コレクション」と題した『わすれなぐさ』『屋根裏の二処女』『伴先生』の三冊が相次いで刊行、嶽本野ばらの解説が話題を呼んだ。嶽本はその後も二〇〇五年五月二八日弥生美術館において開催された「大正・昭和　女學生らいふ展」（四月二日〜六月二六日開催）で開催されたトークショーや、メディア等で吉屋について触れており、そのことが新たな世代の読者獲得へもつながったといえよう。二〇〇六年二月には河出書房新社より『黒薔薇』が刊行、『花物語』『わすれなぐさ』はのちに文庫化もされ、二〇一一年には小沢真理によって『Cocohana』誌上で『花物語』の漫画化もされた。二〇〇八年一二月にはＫＡＷＡＤＥ道の手帖シリーズから『吉屋信子――黒薔薇の處女たちのために紡いだ夢』が刊行され、作品とともに生涯についてもまとめられた。

少女小説以外の復刊としては、一九九九年に毎日新聞社より『良人の貞操』（全二冊）が刊行され、二〇〇一年一二月に国書刊行会より『源氏物語』（全三冊）が刊行、二〇一一年の大河ドラマ『江〜姫たちの戦国〜』の放送を受けて河出書房新社より『徳川秀忠の妻』が文庫化された程度にとどまり、吉屋にとっての戦前戦後の大衆小説への関心は少女小説に次ぐものであることがわかる。

二〇〇〇年代に出された作品論は、『花物語』、それ以外の少女小説作品、そして大衆小説作品に関するものに分類される。『花物語』に関しては、久米依子「エス——吉屋信子『花物語』『屋根裏の二処女』（小説）（境界を越えて——恋愛のキーワード集）」（『国文学　解釈と教材の研究（46）』第三号、二〇〇一・二）、百瀬瑞穂「氷室冴子の『クララ白書』と吉屋信子の『花物語』」（『成蹊人文研究（11）』二〇〇三・三）、山田昭子「吉屋信子「三色菫」論——『花物語』における父親及び異性愛」（『専修国文（80）』二〇〇七・一）、高橋重美「夢の主体化——吉屋信子『花物語』初期作の〈抒情〉を再考する」（『日本文学（56）』第二号、二〇〇七・二）、毛利優花「吉屋信子『花物語』の〈孤独〉——少女型主体」（『金城学院大学大学院文学研究科論集（13）』二〇〇七・三）、山田昭子「吉屋信子「睡蓮」論——『花物語』における少女たちの裏切り」（『文研論集』二〇〇八・三）などが相次いで発表された。このうち、高橋重美は、初期の七作品の少女たちが「夢」や「幻」にたとえられる事実に着目し、そのことが、小寺菊子の不幸譚にはなかった非現実的な空間をテクストに導入し、日常と非日常を移行する新たな少女の〈物語〉の読解を可能にすることを指摘した。『花物語』は吉屋の代表作の一つであり、少女小説界においても多くの読者を獲得したが、信岡朝子「『花物語』と語られる〈少女〉——少女小説試論（一）」（『比較文学・文化論集（17）』二〇〇〇・二）は、「『花物語』という作品が、〈少女〉なるものの権化から、あくまで複数の「少女性」のひとつとして並置されるものと考えられる」とし、『花物語』のみをもって〈少女小説〉と〈少女〉を論じることに対する疑義を呈した。横川寿美子「吉屋信子「花物語」の変容過程をさぐる――少女たちの共同体をめぐって」（『美作女子大学美作女子短期大学部紀要』二〇〇一・三）においても「「花物語」は、ジャンル外部との対比においてのみならず、内部との対比においても、むしろ特異と言うべき作品であった」との指摘がある。

『花物語』以外の少女小説に関しては、福田委千代「吉屋信子『紅雀』・二人のヒロイン――「少女の友」の少女小説」（『学苑（797）』二〇〇七・三）、Dollase Hiromi Tsuchiya「吉屋信子の「屋根裏の二処女」を読む――少女ナラティブにおける文学への可能性を探す」（『日米女性ジャーナル（20）』二〇〇一・一二）が挙げられる。『紅雀』も『屋根裏の二処女』も吉屋の作品の中では初期にあたるものである。福田は、まゆみと純子という二人のヒロインという観点から物語を読み解き、この作品が、二つの血縁ならぬ姉妹の構造をとっている可能性を指摘した。

他作家との比較において吉屋を論じたものとしては、竹田志保「尾崎翠と少女小説――吉屋信子との比較から」（『学習院大学大学院日本語日本文学（4）』二〇〇八・三）があり、少女小説という立場から吉屋を考察したものとして、林左和子「図書館資料としての大衆児童文学を考える――吉屋信子の少女小説を例に」（『大谷女子大学紀要（35）』二〇〇一・三）、中村舞「吉屋信子の少女小説研究――母親像を中心に」（『梅花児童文学（14）』二〇〇六・六）、山崎美穂「吉屋信子と少女小説」（『日本文学誌要（78）』二〇〇八・七）が挙げられる。このうち中村舞の論は吉屋の少女小説を三期に分け、『花物語』から終戦後の『花それぞれ』『級友物語』までを母親像を中心に読み解いていく。冒頭で吉屋と母親との実体験に触れ、それらが作品にどう反映されたかを長期的に見通すもので、吉屋の長編少女小説の流れを大きく掴むものである。

吉屋の同性愛表現を大別し、三つの系統から読み解いていったのは久米依子「吉屋信子――〈制度〉の中のレズビアン・セクシュアリティ」（菅聡子編『国文学　解釈と鑑賞　別冊　女性作家《現在》』至文堂、二〇〇四・三）であり、吉屋信子を語ることは、「評価軸の史的変遷と構築性を意識しつつ、〈かつて〉の吉屋評価を単純に転倒させるのではない、対抗的試みとなるべきだと思われる」と指摘した。

戦時下の吉屋についての考察も深められ、長谷川啓監修『戦時下の女性文学』（ゆまに書房、二〇〇二・五）、岡野幸江ほか共編『女たちの戦争責任』（東京堂出版、二〇〇四・九）の発刊により、全集未収録であった『戦禍の北支上海を行く』『月から来た男』の二冊が復刻された。

従軍関連の吉屋についてのては、渡邊澄子「戦争と女性――太平洋戦争前半期の吉屋信子を視座として」（木村一信責任編集『戦時下の文学――拡大する戦争空間　文学史を読みかえる④』インパクト出版会、二〇〇〇・二）、渡邊澄子「戦争と女性――吉屋信子を視座として」（『大東文化大学紀要（38）』二〇〇〇・三）、神谷忠孝「従軍女性作家――吉屋信子を中心に」（『社会文学（15）』第一五号、二〇〇一・六）によって論じられ、訪問記やルポルタージュについては、金井景子「報告が報国になるとき――林芙美子『戦線』、『北岸部隊』が教えてくれること」（菅聡子編『国文学　解釈と鑑賞別冊　女性作家《現在》』至文堂、二〇〇四・三）、飯田祐子「従軍記を読む――林芙美子『戦線』『北岸部隊』」（島村輝・飯田祐子・高橋修・中山昭彦・吉田司雄編『文学年報2　ポストコロニアルの地平』世織書房、二〇〇五・八）、久米依子「少女小説から従軍記へ――総力戦下の吉屋信子の報告文」（飯田祐子・島村輝・高橋修・中山昭彦編著『少女少年のポリティクス』青弓社、二〇〇九・二）において言及された。徐青「メディアとしての女性――吉屋信子『戦禍の北支上海を行く』におけるシャンハイ・イメージ」（『愛知大学国際問題研究所紀要（133）』二〇〇九・三）は、吉屋作品に登場する上海と戦中の吉屋が執筆したルポルタージュから、吉屋が作り上げていった上海イメージを考察するものであり、吉屋の提示する言葉によるイメージの乱射が、日本女性が戦時下上海を形象化していくことに大いに貢献していたことを指摘する。

一九三九（昭和一四）年に発表された『未亡人』について考察したものとしては川口恵美子「吉屋信子「未亡人」――戦時における母性主義と未亡人の再婚問題」（『日本女子大学大学院人間社会研究科紀要（9）』二〇〇三・三）が挙げられる。『未亡人』は戦後に『新編未亡人』として新たに編まれており、その異同を探ることは吉屋の戦前戦後を知るうえでも重要な手掛かりになると思われるが、研究については現在、未開拓に近いといってよい。菅聡子「〈女の友情〉のゆくえ――吉屋信子『女の教室』における皇民化教育」（『お茶の水女子大学人文科学研究（6）』二〇一〇・三）は『花物語』の感傷性がもたらした「国家の欲望との容易な共謀」によって、吉屋の長編小説における女性の「皇民化」がなされていったことを指摘した。

この頃、戦後の時代、世相を描いた短編とエッセーを収めたアンソロジーとして、吉川豊子編『吉屋信子父の果／未知の月日』（みすず書房、二〇〇三・二）が刊行され、戦後ほどなくして書き継がれた吉屋の短編の数々は東雅夫編『吉屋信子集　生霊（文豪怪談傑作選）』（筑摩書房、二〇〇六・九）にまとめられた。毛利優花「仕掛けとしての〈百物語〉――吉屋信子「宴会」」（『金城学院大学大学院文学研究科論集（15）』二〇〇九・三）では昭和三〇年に発表された「宴会」を取り上げた。本作は森鷗外「追儺」との関連から語られることが多いが、本論は「追儺」が設定した場が、「宴会」において怪異を怪異として描くために必要とされた一方で、その根底には〈百物語〉という場が仕掛けとして組み込まれていた可能性を指摘するものである。

一九五一（昭和二六）年、吉屋は「鬼火」によって女流文学者賞を受賞する。毛利優花「〝少女〟的であることの他者性——吉屋信子「鬼火」」（『金城学院大学大学院文学研究科論集（14）』二〇〇八・三）は、「鬼火」の持つ評価の不安定さを考察するとともに、花に囲まれた異空間という点から『花物語』所収の「白萩」との比較を行う。なにも言わずただ事実を受け入れるように見えた少女たち、女たちの裏側に、静かなる拒否権を見出した時、『花物語』に新たな視点を向けることができると指摘した。戦後の意欲作である『安宅家の人々』は、Frederick Sarah「吉屋信子の『安宅家の人々』——戦後家庭メロドラマとしての一考察」（『日米女性ジャーナル（23）』二〇〇二・一二）によって太宰治『斜陽』との比較がなされた。

6. 二〇一〇年代

二〇一〇年代は、毛利優花「吉屋信子における少女表象研究」（金城学院大学、二〇一一・三）、竹田志保「吉屋信子研究」（学習院大学、二〇一四・三）の二本の博士論文が相次いで提出されたことが大きい。

博士論文収録論文も含め、二〇一〇年代に発表された毛利論としては「〈愛人〉という自由——

吉屋信子「みおつくし」論」（『金城日本語日本文化（86）』二〇一〇・三）、「吉屋信子の児童文学――「回復」の物語としての「銀の壺」」（『金城学院大学大学院文学研究科論集（17）』二〇一一・三）、「同性愛的な精神空間――川端康成「しぐれ」と吉屋信子『花物語』の近似性」（『金城学院大学大学院文学研究科論集（18）』二〇一二・三）、「吉屋信子『花物語』「曼珠沙華」における死の様相」（『金城日本語日本文化（88）』二〇一二・三）が挙げられる。「吉屋信子『花物語』における感覚表現」（『金城日本語日本文化（90）』二〇一四・三）では再び『花物語』を取り上げ、全五二編を五感によって分類考察することを試みた。

竹田志保「吉屋信子研究」（のちに『吉屋信子研究』（翰林書房、二〇一八・三）として刊行）は、大正期から戦中期の長編小説を読むことで新たな可能性を見出すことを目的とし、当時の読者、そして吉屋自身も気づかなかったであろう「綻び」を拾い上げようとするものである。大正期の『花物語』から、大阪朝日新聞の懸賞小説である『地の果てまで』、その直後に発表された『屋根裏の二処女』、昭和に入り書かれた人気作品『女の友情』『良人の貞操』、そして作品から離れた新聞雑誌で取り扱われた吉屋信子像に触れ、大衆小説作家として人気を博したのちに書かれた少女小説である『あの道この道』、翻案小説『母の曲』、日中戦争期の『女の教室』までを追う。博士論文収録論文も含め、二〇一〇年代に発表されたものとしては、「良妻賢母の脅迫――吉屋信子「良人の貞操」論」（『学習院大学国語国文学会誌（53）』二〇一〇・三）、「三人の娘と六人の母――「ステラ・ダラス」と「母の曲」」（『学習院大学大学院日本語日本文学（8）』二〇一二・三）、「困難な〈友情〉――吉屋信子「女の友情」論」（『昭和文学研究（65）』二〇一二・九）、「吉屋信子「地の果まで」論――〈大正教養主義〉との関係から」（『日本文学（62）』二〇一三・一一）、「もう一つの方途――吉屋信子「屋根裏の二処女」再考」（『学芸国語国文学（46）』

二〇一四・三）、「吉屋信子の〈戦争〉――「女の教室」論」（『人文（14）』二〇一六・三）が挙げられる。また、二〇一〇年代の吉屋研究史において菅聡子『女が国家を裏切るとき――女学生、一葉、吉屋信子』（岩波書店、二〇一一・一）、久米依子『「少女小説」の生成――ジェンダー・ポリティクスの世紀』（青弓社、二〇一三・六）が刊行されたことも大きく、いずれの書も吉屋研究において重要な示唆に富むものであるといえる。

これまであまり顧みられてこなかった吉屋と出身校に関する論考としては、黒澤亜里子「吉屋信子と郡立栃木女子高等女学校――台覧作文、校友会寄稿文、講演記録など」（『沖縄国際大学日本語日本文学研究』二〇一六・三）がある。吉屋が『花物語』と重なるように書き継いだ童話との連関を見るものとして、山田昭子「吉屋信子、その〈少女性〉――童話から少女小説へ」（『芸術至上主義文芸（36）』二〇一〇・一一）があり、『花物語』について論じたものとしては、松崎絵美「吉屋信子『花物語』論」（『玉藻（51）』二〇一七・三）、加藤明日菜「レズビアン・セクシュアリティの〈少女〉的形象化――吉屋信子『花物語』における女性同性愛表象の位相再考」（『立教大学日本文学（119）』二〇一八・一）、鄒韻「大正時代における女性同性愛を巡る言説――「同性の愛」事件と吉屋信子『花物語』を中心に」（『JunCture：超域的日本文化研究（9）』二〇一八・三）、鄒韻「語りえぬものから聞こえぬものへ――吉屋信子の『花物語』の変容と受容について」（『名古屋大学人文学フォーラム（2）』二〇一九・三）の各論が出された。これまで全五二話とされてきた『花物語』の単行本未収録となった二編のうち、「からたちの花」について論じたのは、渡部周子「少女たちの「Sweet sorrow（スキートソロー）」――吉屋信子『花物語』単行本未収録作品「からたちの花」について」（『近代文学研究（28）』二〇一一・四）である。「からたちの花」がなぜ『花物語』未収録となったのか、これまでその内容すら顧みられなかった一編を通して、『花物語』に一旦の終了を見た吉屋が迎えた転機を読み解いていった。このほか、『屋根裏の二処女』については小林美恵子「吉屋信子『屋根裏の二処女』」（新・フェミニズム批評の会編『大正女性文学論』翰林書房、二〇一〇・一二）がある。

昭和一二年に「令女界」に連載された長編作品『蝶』から当時の怪奇小説、心理ホラーの読者受容を読み解いたのは藤田篤子「吉屋信子「蝶」——昭和十年代における女性の「怪奇小説／心理ホラー」の受容について」（『愛知大学国文学（52）』二〇一三・一）である。読者欄の反応から、なぜ『蝶』という作品が完全には受け入れられなかったのか、『蝶』という作品の持つ怪奇小説、心理ホラーという側面が果たして当時の読者にどう受け止められていたのかを考察するものである。このほか吉屋の初期長編について概観したのは、同じく藤田の「「空の彼方へ」続く道——吉屋信子初期長篇小説概論」（『愛知論叢（95）』二〇一三・八）であり、初期長編小説の成立と作品についてまとめ、清水美知子「吉屋信子の小説にみる大正末～昭和戦前期の女中像——『三つの花』『良人の貞操』を中心に」（『研究紀要（12）』二〇一一・三）は女中という観点から吉屋の長編を読み解いていった。初期三部作については木下響子の各論、「吉屋信子『海の極みまで』論——〈反良妻賢母〉小説として」（『阪神近代文学研究（19）』二〇一八・三）、「吉屋信子『空の彼方へ』における〈久遠の女性〉」（『國文學（102）』二〇一八・五）、「吉屋信子『空の彼方へ』創作ノートおよび草稿をめぐって」（『千里山文学論集（99）』二〇一九・三）において論じられ、作品分析のみならず丁寧な草稿研究も進められた。このほか小林美恵子「吉屋信子『良人の貞操』論——邦子の築いた〈王国〉」（新・フェミニズム批評の会編『昭和前期女性文学論』翰林書房、二〇一六・一〇）、山田昭子「吉屋信子『良人の貞操』論」（『専修人文論集（104）』二〇一九・三）は戦前の新聞小説『良人の貞操』について論じた。千代田明子『戦争未亡人の世界——日清戦争から太平洋戦争へ』（刀水書房、二〇一〇・一二）、藤田篤子「占領期における再刊小説の本文改変——吉屋信子の作品を例に」（『インテリジェンス（14）』二〇一四・三）はいまだ研究の進んでいないテクスト異同について言及するものである。山田昭子「「新しき」ボルネオ論」（『専修国文（95）』二〇一四・九）は戦中に連載された『新しき日』におけるテクスト『風下の国』からボルネオと作家たちの関わりを読んだ。

　吉屋が戦後に相次いで執筆した怪奇・幻想的な短編を扱った論として、小平麻衣子「研究へのいざない——吉屋信子「もう一人の私」を読む」（『語文（138）』二〇一〇・一二）、小林美恵子「吉屋信子『鬼火』論——敗戦後の〈花〉物語」（『Caritas（46）』二〇一二・三）が挙げられる。同様に「鬼火」について論じた各論としては、安藤史帆「吉屋信子『鬼火』論」（『論樹（30）』二〇一九・三）、財津奈々「吉屋信子「鬼火」論——墓前の献花と「紫苑の家」」（『尾道市立大学日本文学論叢（15）』二〇一九・一二）、ヴューラー・シュテファン「〈女〉の在処を求めて——吉屋信子「鬼火」（１９５１）のフェミニズム的再考」（『Gender and Sexuality（12）』二〇一七・三）がある。このほか国文学の観点から考察したものとして金山泰子・二宮理佳「文学作品の用例から探る女性発話による「ええ」の使用について——宮本百合子『伸子』、有島武郎『或る女』、吉屋信子『花物語』」（『ＩＣＵ日本語教育研究（15）』二〇一九・三）が挙げられ、「鬼火」の同年に連載が開始した『安宅家の人々』については、山田昭子「『安宅家の人々』論」（『専修国文（96）』二〇一五・一）が取り上げた。

挿絵、文体から『花物語』を読むものとしては森山祐子「吉屋信子『花物語』論――中原淳一の挿絵との関連について」(『学習院大学国語国文学会誌(56)』二〇一三・三)、嵯峨景子「『少女世界』読者投稿文にみる「美文」の出現と「少女」規範――吉屋信子『花物語』以前の文章表現をめぐって」(『情報学研究:東京大学大学院情報学環紀要(80)』二〇一一・三)の各論が相次いで出された。

なお、この時期の復刊としては、二〇一五年九月から二〇一八年二月にかけて文遊社より「吉屋信子少女小説集」と題し、『からたちの花』『青いノート・少年』『白鸚鵡』が相次いで刊行され、小池真理子『精選女性随筆集　第二巻　森茉莉・吉屋信子』(文藝春秋、二〇一二・二)によって、随筆作品がまとめられた。二〇一六年一一月には『自伝的女流文壇史』が講談社文芸文庫で復刊し、与那覇恵子による解説、武藤康史による年譜と著書目録が付された。

7. 二〇二〇年代

吉屋が影響を受けた作家の一人であるオールコットの代表作『若草物語』は、その邦題が吉屋信子によって名づけられたといわれている。それについて吉屋本人による著述は残されていないが、小松原宏子「『若草物語』はなぜ『若草物語』なのか――Little Women の邦題を考える」(多摩大学グローバルスタディーズ学部『紀要(13)』二〇二一・三)は、命名についての仮説を試みる。

また、吉屋は宮沢賢治と同年代の作家である。小林俊子「宮沢賢治「めくらぶだうと虹」・「マリヴロンと少女」と吉屋信子『花物語』について」（『賢治研究（144）』二〇二一・七）は賢治作品と『花物語』についての考察を行った。木下響子「吉屋信子『薔薇の冠』とキリスト教――「家庭」と「薔薇」をめぐって」（『キリスト教文藝（36）』二〇二〇・八）は吉屋作品のタイトルにも多く用いられる「薔薇」というモチーフ、そして「家庭」という観点からキリスト教との関連を読む。

竹田志保「「少女」文化の成立」（筒井清忠編『大正史講義【文化篇】』筑摩書房、二〇二一・八）は、明治後期から大正期の少女雑誌の動向に注目し考察する中で、大正期に人気を博した読者投稿欄、そして投稿少女として頭角を現した吉屋の『花物語』を取り上げた。『花物語』に関する論としては神戸啓多「吉屋信子『花物語』における女性同性愛――「曼殊沙華」を中心に」（『同志社国文学（97）』二〇二二・一二）がある。『屋根裏の二処女』については城戸美凪が「吉屋信子の挑戦――『屋根裏の二処女』を中心に」（『金城学院大学大学院文学研究科論集（29）』二〇二三・三）において考察した。吉屋は『花物語』執筆後、個人パンフレットである『黒薔薇』を創刊し、読者との交流を試みるが、全八号で終わった『黒薔薇』に連載された吉屋の意欲作『或る愚かしき者の話』を読み解いていったのは、木下響子「吉屋信子『或る愚かしき者の話』論――『黒薔薇』にみる創作の転換」（『阪神近代文学研究（21）』二〇二〇・五）である。同じく木下響子「吉屋信子『女の教室』論――『未亡人』との接続をめぐって」（増田周子編著『関西大学東西学術研究所研究叢刊68　戦争と文学の交渉――古代から近現代へ』関西大学東西学術研究所、二〇二三・三）では、連載期間に重複のあった『女の教室』と『未亡人』を論じる。『女の教室』では「新時代の生活法」が示されたが、それは精神的な「女性の共同体」を実際の生活で行うことである。それを受け『未亡人』では血縁や家族構成に囚われない共同体の形成の提案、「新時代の生活法の発見」が「一筋の光明」となっていたことを指摘した。

吉屋の戦後の活動に注目したものとして、竹田志保「吉屋信子の八月十五日」（『季刊文科（85）』二〇二一・七）は、吉屋の死後、一九七五年八月『俳句』に「終戦前後〈日記抄〉」として掲載された一九四五年当時の日記の一部をもとに、吉屋の迎えた戦後を追う。小松史生子「吉屋信子「生霊」論——軽井沢、虚栄の断層地帯」（『金城学院大学論集（18）』第一号、二〇二一・九）は、戦後書かれた「生霊」が、「軽井沢を題材に、俳句の絵画的空間把握を小説のナラティヴに変換して利用する実験作であった」可能性を読み解き、度会さち子「吉屋信子　戦争と俳句（上）」（『追伸（11）』二〇二二・二）は戦時中吉屋が取り組み続けた俳句について論じた。

山田昭子「「見える」女と「見えない」女——竹西寛子「鶴」、吉屋信子「鶴」をめぐって」（『芸術至上主義文芸（46）』二〇二〇・一〇）、山田昭子「「二つの厠の物語——川端康成「化粧」、吉屋信子「隣家の厠」をめぐって」（『芸術至上主義文芸（48）』二〇二二・一一）は、吉屋と他作家による作品の比較を通して、吉屋作品が後発の作品に与えた影響について、その可能性を読み解いていった。小林美恵子「吉屋信子『安宅家の人々』——宗一が結んだ二人の〈女たち〉」（新・フェミニズム批評の会編『昭和後期女性文学論』翰林書房、二〇二〇・三）は「かつて少女の夢を描いた吉屋は、ここで女性による確かな人生の獲得とヒューマニズムを描いた」と、本作を契機に吉屋が作家としての新たなステージに立ったことを指摘した。

プロレタリア文学の観点、あるいは関連から作品を読み解いた試みとしては二つの論が挙げられる。城戸美凪「プロレタリア文学としての吉屋信子「ヒヤシンス」――葉山嘉樹「セメント樽の中の手紙」との比較から」(『金城学院大学大学院文学研究科論集(28)』二〇二二・三)は『花物語』の連載時期がプロレタリア文学の勃興期に重なることを受け、『花物語』の「ヒヤシンス」に描かれる労働問題と当時の実社会におけるそれとの相似を指摘し、本作のプロレタリア文学思想との共通性を見出す中で、最後は「ヒヤシンス」と同時期の書簡体小説である葉山嘉樹「セメント樽の中の手紙」との比較を行った。サラ・フレデリック著、北丸雄二訳「吉屋信子の大衆小説におけるプロレタリア運動のジェンダーとセクシュアリティ――「読売新聞」連載小説『女の階級』」(飯田祐子・中谷いずみ・笹尾佳代編著『プロレタリア文学とジェンダー――階級・ナラティブ・インターセクショナリティ』青弓社、二〇二二・一〇)は、吉屋自身はプロレタリア作家ではないとしながらも、「長篇メロドラマの文学的可能性を用いることで、階級とジェンダーとの力学の幅広いありようを語り出すこと」を可能にしたとして本作を読み解く。『女の階級』を執筆したことによって、「階級、ジェンダー、障害の有無、といった境界をまたぐアイデンティティの存在にまで自身の視野を広げ、友情や愛情、ホモソーシャリティの関係によって可能になる差別の意識化をも捉えられるようになった」と吉屋の成長を読み解いた。

二〇二三年三月には木下響子による博士論文「吉屋信子長編小説研究――〈家庭小説〉における女性像」(関西大学、二〇二三・三)が提出された。吉屋の初期三部作『地の果まで』『海の極みまで』『空の彼方へ』を中心に、それらと関連のある『薔薇の冠』『或る愚かしき者の話』『女の教室』について考察するものである。

同年一二月には、国書刊行会より『乙女のための源氏物語』（原題『源氏物語――わが祖母の教え給いし』）上下巻が刊行されたが、これは二〇二四年のＮＨＫ大河ドラマ『光る君へ』を受けたものであろう。

また二〇二三年は吉屋没後五〇年にあたる。河出書房新社からは七月から一〇月にかけて『返らぬ日』『わすれなぐさ』『紅雀』が相次いで文庫化され、栃木市立文学館では企画展として「没後50年吉屋信子と栃木」（四月一五日～九月三日開催）が開催された。

二〇二四年には相次いで二本の論文が発表され、城戸美凪「吉屋信子「蝶」に描かれた上海」（『金城学院大学大学院文学研究科論集（30）』二〇二四・三）は、単行本及び全集未収録作品である「蝶」について論じ、神戸啓多「差異が拓く〈聖域〉――吉屋信子『花物語』「燃ゆる花」と「心の花」をめぐって」（『関西近代文学（3）』二〇二四・三）は『花物語』収録の「燃ゆる花」「心の花」の考察を通して「物語空間の変容の新たな一側面」を明らかにした。

8．おわりに

以上、吉屋作品の先行研究について、一〇年ごとに大まかな流れを追ってきた。吉屋作品は経年とともに全集未収録を含む多くの作品が復刻され、徐々に研究の領域を広げてきた。しかし、本格的な書誌研究、そして晩年の作品である歴史小説に関する言及は未開拓の部分も多い。本書巻末に付した吉屋信子の作品年表は、朝日新聞社版全集の年表をもとに、参考文献を参照し、可能な限り現物にあたることで発表時期や発表媒体の誤りを直し、随筆を中心に全集未収録作品の補完に努めた。その結果、吉屋の多岐にわたる仕事の一面を示すこととなったが、それでも作品のすべてを網羅しているというわけではない。そのため、今後も吉屋の仕事を明らかにする作業は継続していく予定である。なお、今回は対談・座談会・インタビューに関しては対象外としたが、吉屋の残した数々の言説にも掬い上げるべき点が多くあるといえよう。

また、インターテクスチュアリティの観点から『花物語』を取り上げる試みも今後期待される。たとえば、一九八〇年代に刊行された氷室冴子『クララ白書』では、主人公桂木しのぶの愛読書として『花物語』が登場し、そこでの少女小説はもはや過去の遺物として捉えられていながら、しのぶをとりまく少女たちの織り成す人間模様は、『花物語』世界を換骨奪胎したものであるといえる。さらに、二〇二二年八月に刊行された schwinn『はなものがたり』（全三巻、KADOKAWA）では、夫を亡くしたはな代が、化粧品店を経営する芳子に勧められて『花物語』を手に取ることで新たな世界が開かれていく。歳を重ねた女性二人が、『花物語』によって結びつき、築きあげていく関係性は、『花物語』の少女たちが持ち得なかった、一人で生き抜く力を生み出すものである。それぞれの時代の女たちが紡ぎ出す『花物語』の世界を読み解くことで、吉屋の『花物語』の意味を再び問うていきたい。

出典一覧

I

第一章　「吉屋信子、その〈少女性〉――童話から少女小説へ」（『芸術至上主義文芸（36）』二〇一〇・一一）
第二章　「吉屋信子「睡蓮」論――『花物語』における少女たちの裏切り」（『文研論集』二〇〇八・三）
第三章　「「少女倶楽部」における運動小説について」（『芸術至上主義文芸（33）』二〇〇七・一一）
第四章　書き下ろし
第五章　書き下ろし

II

第六章　「吉屋信子『良人の貞操』論」（『専修人文論集（104）』二〇一九・三）
第七章　「「新しき」ボルネオ論」（『専修国文（95）』二〇一四・九）

III

第八章　「吉屋信子『安宅家の人々』論」（『専修国文（96）』二〇一五・一）
第九章　書き下ろし

IV

書き下ろし

本書へ収めるにあたり、それぞれ加筆修正を行った。

吉屋信子作品年表

凡例

・本著作年譜は対談・鼎談・インタビューを除く吉屋の著作をまとめたものである。
・「○月」表記は、掲載月を示す。
・「　」は著作名、〈　〉はその掲載媒体を示す。
・各作品分類の表記は以下の通り。創作（創）、随筆・エッセイ（随）、評伝（評）、ルポルタージュ（ル）、翻訳（翻）、その他（他）
・本年譜は朝日新聞社版『吉屋信子全集』一二巻の年譜を中心に、雑誌の総目次などの参考文献をもとにしながら可能な限り現物を確認しつつ掲載年・掲載誌のずれなどを適宜訂正した。
・本年譜は、掲載誌または掲載時期が不明などの理由で未掲載としたものもあるため、今後の調査によって明らかにしていきたい。

年	月	著作物
一九一一（明治四四）	五	（創）「鳴らずの太鼓」〈少女界臨時増刊号〉
	八	（他）「日本の娘より」〈新潮〉
一九一五（大正四）	一〇	（創）「よろこびの涙」〈少女世界〉
	一二	（創）「幼い音楽師」〈幼年世界〉

一九一六（大正五）	一	（創）「むすめの話」・「少年少女文学の感想」〈處女〉、「断章（詩）」〈青鞜〉 （他）「私たちの作家を志した動機及び文壇に立たんとする抱負　幼き芽生えより」〈新潮〉
	二	（創）「文鳥と絲車」〈小学生〉、「小さき者」〈青鞜〉
	四	（創）「赤い手毬」〈小学生〉
	六	（創）「濱撫子咲く頃（上）」〈小学生〉
	七	（創）「濱撫子咲く頃（下）」〈小学生〉、「小さい探険」〈幼年世界〉～八月、『花物語』「鈴蘭」〈少女画報〉、「赤き世紀の人々」〈文章世界〉
	八	（創）『花物語』「月見草」〈少女画報〉、「夏休み中の或る出来事（その一　小さな笠）」〈少女世界〉
	九	（創）『花物語』「白萩」〈少女画報〉
	一〇	（創）『花物語』「野菊」〈少女画報〉
	一一	（創）「さゝぶね」〈小学生〉、『花物語』「山茶花」〈少女画報〉
	一二	（創）『花物語』「水仙」〈少女画報〉、「幼い音楽師」〈幼年世界〉
一九一七（大正六）	一	（創）「羽子板物語」〈幼年世界〉、『花物語』「名もなき花」〈少女画報〉～二月
	二	（他）「或る時の印象――文士から見た文士　桜の葩の縫紋――与謝野晶子氏」〈文章倶楽部〉
	四	（創）「赤い実」〈幼年世界〉～五・七月、『花物語』「鬱金桜」〈少女画報〉
	五	（創）『花物語』「忘れな草」〈少女画報〉
	六	（創）「赤い夢」〈良友〉～八月、『花物語』「あやめ」〈少女画報〉

	七	(創)『花物語』「紅薔薇白薔薇」〈少女画報〉
	八	(創)『花物語』「山梔の花」〈少女画報〉 (随)「美はしき冒険者よ！」〈第三帝国〉
	九	(創)「銀の壺」〈良友〉～一一月
	一〇	(創)『花物語』「コスモス」〈少女画報〉
	一一	(創)『花物語』「白菊」〈少女画報〉
	一二	(創)「不思議な名」〈幼年世界〉、『花物語』「蘭」〈少女画報〉
一九一八（大正七）	一	(創)「湖の唄」〈良友〉～三月、『花物語』「紅梅白梅」〈少女画報〉
	二	(創)『花物語』「フリージヤ」〈少女画報〉
	三	(創)「金絲雀と児猫」〈幼年世界〉～六月
	四	(創)「魔法の花」〈良友〉～六月、『花物語』「緋桃の花」〈少女画報〉
	五	(創)『花物語』「紅椿」〈少女画報〉
	六	(創)『花物語』「雛芥子」〈少女画報〉
	七	(創)「赤い鳥」〈幼年世界〉・九月、「黄金の貝」〈良友〉～九月、『花物語』「後の雛芥子」〈少女画報〉、
	八	(創)『花物語』「白百合」〈少女画報〉
	九	(創)『花物語』「後の白百合」〈少女画報〉
	一〇	(創)「鳩のお札」〈良友〉～一二月
	一一	(創)『花物語』「白芙蓉」〈少女画報〉
	一二	(創)『花物語』「後の白芙蓉」〈少女画報〉

一九一九（大正八）	一	（創）「鐘の音」〈良友〉～五月、『花物語』「姉妹の縁を結んだ福寿草」〈少女画報〉、「燃ゆる花」〈婦人界〉～四月
	二	（創）「残された羊」〈幼年世界〉、『花物語』「懐かしい黄金の花」〈少女画報〉
	四	（創）「捨てられた銀の匙」〈幼年世界〉、『花物語』「涙に咲いた菫の花」〈少女画報〉
	五	（創）『花物語』「紫匂ふ花の鞭」〈少女画報〉
	六	（創）「野薔薇の約束」〈良友〉、『花物語』「舞扇持つ美しい姿」〈少女画報〉
	七	（創）「蒔いた鈴」〈幼年世界〉、「光りのお使」〈良友〉、『花物語』「思ひ出の胸に咲く露草」〈少女画報〉
	八	（創）「木つつきの話」〈幼年世界〉～一〇月、「湖の蘆」〈良友〉、『花物語』「ダーリヤの花束を抱いて」〈少女画報〉
	九	（創）「籠の小鳥」〈良友〉～一〇月、『花物語』「さよならよダーリヤ」〈少女画報〉
	一〇	（創）『花物語』「秋海棠」〈少女画報〉・一二月
	一一	（創）「茸の家」〈良友〉
	一二	（創）「黄水仙の花」〈良友〉
一九二〇（大正九）	一	（創）「屋根裏の二処女」（洛陽堂、書き下ろし）、「銀の鍵」〈良友〉～三月、『花物語』「寒牡丹」〈少女画報〉～二月、「地の果まで」〈大阪朝日新聞〉（朝）一月一日～六月三日 （翻）「ナイチンゲール」〈少年少女譚海〉
	三	（創）「ミス・Rと私」〈新潮〉

	五	（創）「小さき者と老いたる人」〈文章倶楽部特別拡大号〉 （他）「処女に対する憧憬と祈りの心を」〈読売新聞〉（朝）七日
	七	（創）「二つの貝」〈良友〉
	八	（創）「小石と旅人」〈良友〉、「金魚と章子さん」〈小学少女〉、『花物語』「濱撫子」〈少女画報〉～一一月
	九	（創）「靴の家」〈良友〉、『花物語』「濱撫子」〈少女画報〉
	一〇	（創）「童謡　秋の謎」〈良友〉
	一一	（創）「眼なし鳩」〈雄弁〉、「夕顔朝顔」〈婦人倶楽部〉
	一二	（創）「四つの木の葉」〈良友〉、「小さい女王さま」〈幼年世界〉、『花物語』「日陰の花」〈少女画報〉、「姉妹」〈文章世界〉
一九二一（大正一〇）	一	（創）『花物語』「釣鐘草」〈少女画報〉 （随）「幼なき日の断片」〈雄弁〉
	二	（創）『花物語』「釣鐘草（下）」〈少女画報〉
	三	（創）「櫻の島」〈幼年世界〉、「すみれの花と球」〈良友〉、『花物語』「櫻草」〈少女画報〉、「鼠のお客さま」〈大阪朝日新聞〉（朝）二七日
	四	（創）「森の鶸」〈幼年世界〉、『花物語』「合歓の花」〈少女画報〉～六月、「小さい瓢箪と茶丸」〈良友〉四～五月
	七	（創）「海の極みまで」〈東京朝日新聞〉〈大阪朝日新聞〉（朝）七月一〇日～一二月三〇日
	八	（創）「一つのチョコレート」〈良友〉～翌年一月、四～八月 （他）「忘れられない夏の旅の印象　忘れ難き地」〈主婦の友〉

	九	(創)『花物語』「向日葵」〈少女画報〉・翌年一～二月
	一二	(他)「本年発表せる創作に就て——四十五作家の感想　家庭小説を一つ」〈新潮〉
一九二二（大正一一）	一	(他)「私の趣味（その二）」〈主婦の友〉
	四	(創)「星」〈令女界〉～九月
	六	(随)「初夏のおもひで」〈婦人之友〉
	七	(創)「桐の一葉」〈婦人倶楽部〉 (随)「十勝の夏も」〈週刊朝日〉七月五日
	九	(創)『花物語』「龍膽の花」〈少女画報〉～一一月 (他)「『心中』の新らしい見方（一四）哀れ深く思ひます」・「芝居好きの婦人と読書好きの婦人と」〈女性日本人〉
	一〇	(創)「小曲　秋の風」〈令女界〉、「助けられた小熊」〈金の鳥〉
	一一	(創)「離れ鳥」〈令女界〉～翌年三月
	一二	(創)『花物語』「沈丁花」〈少女画報〉～翌年三月 (他)「結婚せんとする男子に与ふ（四）より高きものを求めよ」〈女性日本人〉
一九二三（大正一二）	一	(創)「詩物語　冬をめづる子」〈少女倶楽部〉、「片瀬心中」〈婦人倶楽部〉 (他)「私独りの心（五）寂しく生きる者」〈女性日本人〉
	二	(創)「少女詩　雪の宵」〈少女倶楽部〉 (他)「議員の質の改造」〈女性改造〉
	四	(創)『花物語』「黄薔薇」〈少女画報〉～五・七・九月、「小説　悲しき手紙の一束」〈少女倶楽部〉～五月、「個性——少女の「我」を知りし時歌へる」〈令女界〉、「二人の処女の語り合へる　アントアネット（ロマンローラン傑作　ヂヤン・クリストフ物語）」〈婦人倶楽部〉

年	月	作品
		（他）「春十六題　春愁」〈婦人之友〉、「近代情緒を追ふ郊外生活（一）大森から本郷へ」〈女性日本人〉、「われらは飢ゑてゐる（今日我等女性は一番何を痛切に要求するか）」〈婦人公論春季特別号〉
	六	（創）「嘆き」〈令女界〉、「少女詩　届けぬ文」〈少女倶楽部〉、「伴真弓」～七月〈少女倶楽部〉
	七	（創）「片思ふ子の唄へる　胸のたて琴に合せて」〈令女界〉、「薔薇の冠」〈婦人之友〉～翌年七月
	八	（他）「日本髪と洋髪（束髪）とどちらが好いでせう」〈婦人倶楽部〉
	一〇	（創）『花物語』「ヒヤシンス」〈少女画報〉、「悲しき露台」・「樫の古木の蔭に」〈令女界〉、「修道院の姉妹（伊太利地震哀話）」〈少女の友〉 （他）「震災と諸家の印象」〈女性改造〉、「悩める都の一隅にて」〈文章倶楽部〉
	一一	（創）『花物語』「ヘリオトロープ」〈少女画報〉 （随）「感想　滅びぬ夢」〈少女倶楽部〉 （他）「人類同胞愛の花冠」〈婦人之友〉、「私の好きな花、人、土地（二）」〈文章倶楽部〉
一九二四（大正一三）	一	（創）『花物語』「白木蓮」〈少女画報〉～二月、「或る初恋」〈サンデー毎日〉一月一日
	三	（創）『花物語』「桐の花」〈少女画報〉～五月
	四	（随）「春宵のおもひで（六）空しき廻転」〈婦人公論春季特別号〉
	六	（創）『花物語』「梨の花」〈少女画報〉
	八	（創）『花物語』「玫瑰花」〈少女画報〉
	一一	（創）『花物語』「スヰート・ピー」〈少女画報〉

一九二五（大正一四）

一	(創)「七彩草」(「呉竹の寮」「長崎の灯」「海峡の街にて」「おしらせ」)〈令女界〉、「或る愚しき者の話」~八月・「貸家探し」〈黒薔薇〉 (他)「わが身辺に見出しつ、ある幸福」〈婦人之友〉、「純潔の意義に就きて白村氏の戀愛觀を駁す」〈黒薔薇〉
二	(創)「あゑ・まりあ」〈黒薔薇〉 (随)「憎まれ草」〈読売新聞〉(朝)二月九日 (他)「菊池寛氏の作品に就きて或る傾向を難ず」〈黒薔薇〉
三	(創)「鉛筆」〈黒薔薇〉 (随)「都下新聞の記事と写真」〈黒薔薇〉 (他)「若き魂の巣立ち」〈黒薔薇〉
四	(随)「断髪婦人の感想◎信子断髪之由来記」〈婦人公論春季特別号〉 (他)「朝日新聞の紙上討論」〈黒薔薇〉
五	(創)「女歯医者」〈黒薔薇〉 (随)「憎まれ草」〈黒薔薇〉 (他)「現在の女流作家に就きて」〈黒薔薇〉
六	(創)「裏切り者」〈黒薔薇〉 (随)「正岡子規の女性観」〈黒薔薇〉 (他)「Sweet Sorrow に就きて」〈少女倶楽部〉、「春のユーモワ」〈黒薔薇〉
七	(創)『花物語』「睡蓮」〈少女倶楽部〉~八月、「隣家の厠」〈黒薔薇〉 (随)「散歩」〈文藝春秋〉、「『處女主義』に就いて『處女』について」〈婦人倶楽部〉、「あまのぢやくの唄へる」〈黒薔薇〉
八	(創)「夏草」〈黒薔薇〉 (随)「毒婦之賦」〈黒薔薇〉 (他)「保存病退治」〈黒薔薇〉

	九	(創)『花物語』「心の花」〈少女倶楽部〉
	一〇	(創)『花物語』「曼珠沙華」〈少女倶楽部〉、「往復葉書」〈文藝春秋〉
	一一	(創)『花物語』「スヰート・ピー」〈少女倶楽部〉
	一二	(創)『花物語』「香豌豆」〈少女倶楽部〉 (他)「COSY NEST,etc.」〈婦女新聞〉一二月二〇日
一九二六（大正一五）	一	(他)「大正十五年の文壇及び劇壇に就て語る」〈新潮〉 (創)「からたちの花」〈少女倶楽部〉～二月、「泊夫藍」〈婦人倶楽部〉
	三	(創)「薊の花」〈少女倶楽部〉 (ル)「議会傍聴記（四）見るに甲斐なき傍聴記」〈婦人公論〉 (他)「女より男へ、男より女への公開状」〈婦女新聞〉三月二一日
	四	(創)「三つの花」〈少女倶楽部〉～翌年六月、「返らぬ日」〈令女界〉～一〇月
	五	(創)「失楽の人々」〈婦人倶楽部〉～一一月 (他)「恋愛結婚是か、媒酌結婚非か　恋愛は結婚への道程」〈婦人倶楽部〉
	六	(創)「ハモニカ」〈文章倶楽部〉 (随)「男になりたい」〈改造〉 (他)「中条百合子氏の印象　お作品に就きて」〈新潮〉
	七	(創)「初恋の思ひ出ありやなしや」〈若草〉、「勝子と澄江」〈婦人〉～八月 (随)「机上難」〈文芸道〉 (他)「麗人に寄す――ささきふさ子さん」〈女性〉
	八	(随)「郊外の道」〈サンデー毎日〉八月一五日
	一〇	(随)「憧れし作家の人々」〈文章倶楽部〉、「長崎の秋」〈婦人之友〉、「「捧げ」ることの」〈女性〉、「女性の読書考」〈朝日新聞〉（朝）一〇月九日

		(他)「好きな女性二三」〈婦女新聞〉一〇月一七日
	一一	(随)「モダンボーイズは女性の敵か味方か　白紙の答案」〈女性〉 (他)「葉書文　都の寮舎より」〈少女倶楽部〉
	一二	(他)「愛される乙女のタイプ　お下げに結つた銘仙の少女」〈婦人倶楽部〉 (他)「陪審弁論　鬼熊兄の場合（仮定）兄清二郎が鬼熊を毒殺したものとして（六）伝統的家族本位の罪」〈婦人公論〉
一九二七（昭和二）	一	(随)「日本式籠球礼讃記」〈婦人公論〉 (創)「理想の女性」〈若草〉
	二	(創)「彼女の口笛」〈女性〉、「女流作家連作小説　火の鳥」（第二回）〈婦人グラフ〉 (他)「ある日の日記」〈婦人之友〉
	三	(随)「文壇交友記　わが文人往来記」〈若草〉
	四	(創)「空の彼方へ」〈主婦之友〉～翌年四月 (随)「三つの頭髪」〈女性〉 (他)「有無」〈婦選〉
	五	(創)「王者の妻」〈婦人公論〉、「毒の花」〈婦人倶楽部〉
	六	(他)「嫌ひな女　嫉妬的嫌ひさ」〈婦人之友〉
	七	(創)「日曜病」〈令女界〉、「女人涅槃経」〈文藝春秋〉
	八	(随)「舞台と映画　幕の思ひ出「記念碑みたいなもの」」〈若草〉、「私の時評」〈愛誦〉 (他)「現代の女性に何を望むか　講演会の思ひ出」〈婦人之友〉、「長崎夜話」〈令女界〉

	九	(随)「生れた街の印象」〈婦人之友〉、「父恋ひし・母恋ひし◎父の追悼断片」〈婦人公論〉、「『黒潮』の道子」〈週刊朝日〉九月一日
	一〇	(随)「私の好きな小説の女主人公◎ザビーネ」〈婦人公論秋季特別号〉 (創)「覗き眼鏡」〈若草〉、「秋と感傷・・・・「秋の噴水」」〈令女界〉
	一二	(他)「私が本年発表した創作に就て――五十二作家の感想　今年の我が短篇」〈新潮〉
一九二八(昭和三)	一	(創)「白鸚鵡」〈少女倶楽部〉～一二月、「暁の聖歌」〈少女の友〉～九月、「寧楽秘抄」〈婦人之友〉～一〇月、「遠き響」〈婦人〉～一〇月 (随)「新春日録之賦」〈令女界〉、「長篇小説の作家として　私の長篇小説論」〈文章倶楽部〉、「よそゆきのおべゝ」〈三越〉 (他)「男性への注文　(五)女性を尊敬され度い」〈実業の世界〉、「女の理想社会断髪公認」〈朝日新聞〉(朝)一月七日
	二	(随)「梅花の賦」〈令女界〉、「貞操」〈女性〉 (他)「日記――ある日の日記(四)」〈新潮〉
	三	(創)「アルバム」〈サンデー毎日〉三月一五日 (随)「早春之賦」〈令女界〉、「断髪物語　断髪憎まれ草」〈女性〉 (他)「切符」〈令女界〉
	四	(随)「櫻の賦」〈令女界〉、「我が家　小屋の辯」〈婦人之友〉、「食味と私　食味の変遷」〈女性〉 (他)「姪の入学におくる」〈少女倶楽部〉
	五	(随)「五月の素描」〈令女界〉 (他)「私の一日――六十四家――春の雨」〈文章倶楽部〉
	六	(随)「青葉病」〈令女界〉

	七	（随）「扇子」〈令女界〉、「桐の花」〈少女倶楽部〉 （他）「私の好きな女の夏姿　簾まくたをやめ」〈婦人倶楽部〉、「訪れし友に」〈少女倶楽部〉
	九	（随）「ちよつとした動機から◇押込められた納屋の中」〈婦人公論〉
	一〇	（創）「たゞ神ぞ知る」〈雄弁〉 （随）「白菊」・（創）「幻の母」〈令女界〉 （他）「暫く離るゝ家にて」〈婦人之友〉
	一一	（創）「異母兄と牡丹の苗」〈婦人倶楽部〉〜一二月、「童貞女昇天」〈文藝春秋〉、「写真小説　長男」〈少年倶楽部〉 （随）「蔦」〈令女界〉 （他）「吉屋信子さんより」〈読売新聞〉（朝）一一月一〇日
	一二	（随）「Noël」〈令女界〉
一九二九（昭和四）	一	（創）「七本椿」〈少女倶楽部〉〜一二月
	七	（随）「外遊通信　海のマドンナ」〈婦人之友〉
	一〇	（他）「次の時代の美人型としてどんな顔が流行るでしょう」〈読売新聞〉（朝）一月二八日
	一二	（創）「凡下のこころ」〈アサヒグラフ〉一一月二七日〜一二月二五日 （随）「ほくろの旅——外遊雑記」〈婦人之友〉〜翌年五月、「帰つたわけ」〈文藝春秋〉、「世界独身順礼▽紳士発見記」〈婦人公論〉
一九三〇（昭和五）	一	（創）「紅雀」〈少女の友〉〜一二月、「暴風雨の薔薇」〈主婦之友〉〜翌年四月、「巴里の塩鮭」〈文学時代〉 （随）「誰にも話さなかつた話　日記の戀（?）」〈文藝春秋〉 （他）「一九三〇年　近代女学生」〈改造〉

	二	（随）「船」〈雄弁〉
	三	（随）「首をくくる男　なんと古風な」〈朝日新聞〉（朝）三月二三日
	四	（創）「既婚者未婚者」〈週刊朝日〉四月一日 （随）「ゴンドラの正体」〈スバル〉 （他）「「母」を観て」〈婦人之友〉
	五	（他）「五月　景風」〈文藝春秋〉
	七	（創）「モナ・リザ」〈朝日新聞〉（朝）七月八日 （随）「私の顔▽メノコ向上」〈婦人公論〉 （他）「七月の献立」〈婦人之友〉
	九	（他）「河童忌記念帖」〈文藝春秋〉
	一〇	（随）「野球狂時代　冷静なファン」〈サンデー毎日〉一〇月五日 （他）「私のマスコットと処世訓」〈婦女界〉
	一一	（随）「台所礼讃◇テレくさ記」〈婦人公論〉 （他）「徳富蘇峰先生の『時代と女性』」〈婦選〉
一九三一（昭和六）	一	（創）「桜貝」〈少女の友〉～翌年三月、「アポロの話」〈週刊朝日〉一月二〇日 （随）「幸運百パーセントの私の信ずる守護神（十二）観音様と錦紗の風呂敷」〈主婦之友〉、「正月の思出とは何事ぞ！」〈婦選〉 （他）「よき友達をつくるには――同性の場合・異性の場合」〈文学時代〉
	三	（創）「諸人助け帳」〈日曜報知〉 （随）「家庭　女性から見る世相さまざま　遊芸「御演説」」〈朝日新聞〉（朝）三月二九日 （他）「大会を見て」〈婦選〉
	五	（創）「日本人倶楽部」〈報知新聞〉（朝）五月一四日～六月一〇日

年	月	事項
	六	(随)「昇降機」〈文藝春秋〉
	七	(創)「童貞」〈週刊朝日夏季特別号〉七月一日
	八	(創)「彼女の道」〈主婦之友〉～翌年一〇月
一九三二(昭和七)	一	(他)「素人の婦人が設計した中流住宅(一)千三百円で新築した別荘風の小住宅」〈主婦之友〉 (随)「三宅さんの死」〈読売新聞〉(朝)一月二二日、「三宅やす子夫人を悼む三宅さんへの追憶」〈週刊朝日〉一月三一日
	三	(随)「交友録」〈改造〉 (他)「清き一票をあなたは誰に投ずる　山田さんか市川さん」〈婦人〉
	四	(創)「わすれなぐさ」〈少女の友〉～一二月 (随)「涙が出たお話」〈文藝春秋〉
	五	(他)「ミセス羽仁に観て来てもらひたき事　会つて来てもらひたき人　偉大な少女の旅立ち」〈婦人之友〉
	七	(他)「母を語る(3)昔風な優しい母」〈婦女界〉
	一〇	(創)「女人哀楽」〈婦女界〉～翌年一二月 (随)「書斎随筆」〈婦人公論〉
	一一	(他)「写真小説　隣の娘」〈主婦の友〉
	一二	(他)「お母さまと一緒にある名士」〈主婦の友〉
	一	(創)「からたちの花」〈少女の友〉～一二月、「女の友情」〈婦人倶楽部〉～翌年一二月 (他)「女だから受けた差別待遇　最初の経験、悔しかつた記憶」〈婦選〉

一九三三（昭和八）	二	（創）「理想の良人」〈報知新聞〉（朝）二月一一日～八月一一日、「婦人の領域　私の言ひ分」〈週刊朝日〉二月一二日 （随）「懸賞小説に寄せて（10）スタンドから応援」〈朝日新聞〉（朝）二月一三日、「北海道のお役人」〈文藝春秋〉、「人真似」〈新潮〉 （他）「露悪趣味　女にだって酒ぐらい許せ　貴代子さんは古風な乙女」〈朝日新聞〉（朝）二月一六日
	三	（随）「シークエンス　女の歌声」〈週刊朝日〉三月二六日 （他）「フェリシタ夫人破婚裁判の傍聴記」〈主婦之友〉、「脱線する若い娘たちの心理▽最近の三事件について△」〈婦人〉、「マカロニの作者に（手紙七信）」〈新潮〉
	六	（他）「歌妓勝太郎に会ふの記」・「栄養料理の作り方九十六種」（3）〈主婦之友〉
	七	（随）「カステラのお化と鯛」〈話〉 （ル）「鉄窓の女囚生活を見る記」〈主婦之友〉
	八	（随）「移り気」〈日曜報知〉 （ル）「トラピスト修道女と語る」〈主婦之友〉
	九	（随）「わが青春の日の一頁　秋雨の遊就館」〈新潮〉
	一〇	（創）「一つの貞操」〈主婦之友〉～翌々年二月 （随）「アチラの秋　異国秋情」〈週刊朝日〉一〇月一五日
	一一	（随）「擬人法」〈文藝〉 （他）「秋――本と音楽と」〈新潮〉
	一二	（随）「今は亡き新渡戸博士の憶ひ出」〈少女の友〉
一九三四（昭和九）	一	（創）「街の子だち」〈少女の友〉～一二月、「追憶の薔薇」〈講談倶楽部〉～翌年三月 （他）「この頃食卓にあつた話」〈婦人之友〉、「幸福への道一家一言」〈婦女界〉

	四	（創）「あの道この道」〈少女倶楽部〉～翌年一二月、「三聯花」〈婦女界〉～翌年二月 （他）「魅力を感じた人その他　口論する友達」〈婦人之友〉
	六	（随）「母なればこそ　（2）一番美しく見えた私の母」〈婦人倶楽部〉
	八	（随）「納経帖」〈文藝春秋〉
	九	（創）「愛情の価値」〈報知新聞〉九月九日～翌年一月一二日
	一一	（随）「忘れ得ぬ人々の俤をたづねて（一）樋口一葉女史の墓」〈主婦之友〉
	一二	（随）「劇になつた「女の友情」」〈生活と趣味〉
一九三五（昭和一〇）	一	（創）「小さき花々」〈少女の友〉～一二月 （他）「五黄」〈中央公論〉
	二	（創）「女の友情　後篇」〈婦人倶楽部〉～一二月 （随）「ラジオ週評　ラジオを聴いた日（1）」〈朝日新聞〉（朝）二月一二日、「ラジオ週評　ラジオを聴いた日（2）」〈朝日新聞〉（朝）二月一三日
	三	（他）「ホーム・ポートレート」〈アサヒカメラ〉
	四	（随）「異国情緒」〈セルパン〉
	六	（ル）「村雲尼公にまみゆるの記」〈主婦之友〉
	七	（創）「男の償い」〈主婦之友〉～翌々年六月
	八	（他）「北海の孤島に燈台守を訪れて」〈主婦之友〉、「「和琴抄」を読みて」〈むらさき〉
	九	（随）「男だつたら」〈婦人之友〉 （他）「若き日の不安に答へて」〈婦人公論〉

一二	（随）「女とひとり　一つの例外」〈中央公論〉

一九三六（昭和一一）

一	（創）「毬子」〈少女倶楽部〉～翌年二月、「司馬家の子供部屋」〈少女の友〉～一〇月、「お嬢さん」〈婦人公論〉～一一月 （随）「身辺随筆　私の雑記帖」〈婦人倶楽部〉、「わが師の思出」〈少女倶楽部〉
二	（他）「大きい勝気に生きる（巻頭言）」〈婦人倶楽部〉
三	（創）「母の曲」〈婦人倶楽部〉～翌年六月
四	（創）「女の階級」〈読売新聞〉（朝）四月一一日～九月一九日 （随）「この頃読んだもの・見たもの・聴いたもの　二人の女流声楽家」〈新潮〉
五	（創）「草笛吹く頃」〈少年倶楽部〉～一二月 （随）「大衆作家側から観た！芸術派長編小説批判【2】「雌雄」を読みて　もう一つ弾力あるものに」〈読売新聞〉（朝）五月一五日 （ル）「巡礼の道を辿りて」〈主婦之友〉
七	（随）「［旅一日一信］落葉松の林の中」〈読売新聞〉（朝）七月三一日、「映画随想脚色者待望論」〈サンデー毎日〉七月一日 （他）「私の書斎（或は居室）に常に掛けてあるもの」〈実業之日本〉 （ル）「戦艦比叡便乗記」〈主婦之友〉
八	（創）「女の子」〈少女の友夏期増刊号〉 （他）「『女の友情』の唄」〈婦人倶楽部〉、「私がお役人になつたら？」〈婦選〉
九	（他）「庭　二つの極端」〈婦人之友〉
一〇	（創）「神秘な男」〈週刊朝日〉一〇月四日～一一月一日、一一月八日～一二月二〇日、「良人の貞操」〈東京日日新聞〉〈大阪毎日新聞〉（朝）一〇月六日～翌年四月一五日 （随）「花嫁学入門あせつては男がつけ込む」〈東京日日新聞〉（朝）一〇月二日

年	月	事項
	一二	（随）「秋の旅　雲仙へ行つた話」〈文藝春秋〉 （他）「帝国ホテル細見」〈主婦の友〉、「表紙写真　白川村木谷の民家」〈ひだびと〉
一九三七（昭和一二）	一	（創）「蝶」〈新女苑〉～一二月 （他）「年賀状の認め方」〈主婦の友〉
	三	（随）「南地歌妓騒動見学記」〈サンデー毎日〉三月二一日 （他）「口絵　マニラの旅のカメラ」〈婦人公論〉
	四	（創）「三十周年記念第一附録　暁の聖歌」〈少女の友〉 （随）「少女の友三十週《ママ》年を祝ふ心」〈少女の友〉、「原作者の立場から――〝良人の貞操〟について」〈サンデー毎日〉四月一五日 （ル）「白亜の新議事堂に帝国議会を傍聴するの記」〈婦人倶楽部〉
	五	（他）「人気者の扮した名作ヒロイン（着色四頁）（二）唐人お吉（水谷八重子）」 （解説）〈主婦之友〉 （ル）「独身の花形教授高橋誠一郎氏訪問記」〈婦人公論〉
	六	（創）「花物語　玫瑰花」〈『少女の友』〉 （他）「双葉山と語り合ふ記」〈『主婦之友』〉、「九段附近」〈『婦人之友』〉
	七	（他）「[世紀の魅覚」スタジオ」〈読売新聞〉（朝）七月四日
	八	（創）「燃ゆる花（花物語）」〈少女の友増刊号〉
	九	（創）「三色菫（花物語）」〈少女の友〉、「妻の場合」～翌々年四月〈主婦之友〉 （随）「複数の故郷」〈文藝春秋〉 （他）「祝小学館創立十五周年」〈小学六年生〉 （ル）「佐渡ヶ島旅日記」〈主婦之友〉

一〇	（創）「相寄る影」〈日の出〉～翌年六月 （ル）「戦禍の北支現地を行く」〈主婦之友〉
一一	（ル）「戦禍の上海決死行」〈主婦之友〉
一二	（ル）「上海従軍看護婦の決死の働き」〈主婦之友〉
一九三八（昭和一三）	
一	（創）「伴先生」〈少女の友〉～翌年三月 （他）「初夢・ユーモア国民使節　イギリスへ」〈週刊朝日〉一月一日
二	（創）「家庭日記」〈東京日日新聞〉〈大阪毎日新聞〉（朝）二月二三日～七月一九日 （他）諸家「春帯記」雑感録」〈輝ク〉
三	（他）「慰問袋（着色）」〈主婦之友〉
五	（創）「戦場に花と咲く感涙哀話（着色七頁）」※吉川英治・山中峯太郎とのリレー小説〈主婦之友〉 （随）「北京の清水安三氏」〈科学ペン〉 （他）「美川さんの柔軟性」〈三田文学〉
六	（随）「魅力の探求　原節子の魅力」〈婦人公論〉
七	（他）「笠井少佐の俤」〈話　臨時増刊号〉 （ル）「帝都八大劇場楽屋訪問」〈大陸〉
八	（創）「梨の花（花物語）」〈少女の友増刊号〉
九	（随）「戦時所感　日本の女」〈文藝春秋〉 （ル）「海の荒鷲と生活する記」〈主婦之友〉
一〇	（ル）「満ソ国境戦火の張鼓峰一番乗り」〈主婦之友〉、「弾雨の下で（戦線からの報告書）　従軍花日記」〈サンデー毎日〉一〇月三〇日

	一一	(随)「作者の日記」〈サンデー毎日〉一一月一日 (ル)「漢口攻略戦従軍記　海軍従軍記」〈主婦之友〉 (他)「葉書随筆」〈文藝〉
	一二	(ル)「従軍作家観戦記　嗚呼悲壮な掃海勇士」〈日の出〉 (他)「野間社長逝去について諸名士の御言葉　日本文化の守護の星」〈婦人倶楽部〉
一九三九（昭和一四）	一	(創)「女の教室」〈東京日日新聞〉〈大阪毎日新聞〉(朝)一月一日～八月二日 (他)「支那・満州に於て最も印象に残つてゐるもの・風景」〈新潮〉
	四	(創)「乙女手帖」〈少女の友〉～翌年四月、「花物語　沈丁花」〈少女の友増刊号〉 (随)「名取夏司氏のこと」〈実業の日本〉
	五	(他)「若き海の勇者と生活する記　江田島海軍兵学校を訪ねて」〈主婦之友〉
	六	(他)「少年感化院を見る記」〈主婦之友〉
	七	(創)「未亡人」〈主婦之友〉～翌年一二月 (他)「扇子を使ひ始めた日」〈東宝映画〉
	八	(随)「女性と文字」〈新女苑〉 (他)「「遺児の日」記念　揮毫――一」〈輝ク〉
	一一	(ル)「汪兆銘に会って来ました」〈主婦之友〉
	一二	(他)「汪兆銘に会ったお話」〈少女の友〉
一九四〇（昭和一五）	一	(随)「兵隊さんと娘」〈輝ク部隊　海の銃後　第一輯　輝ク部隊慰問文集〉
	三	(創)「蔦」〈サンデー毎日〉三月三日～五月二六日 (随)「入江たか子さんへの抽象論」〈東宝映画〉

	四	（ル）「女医のチフス菌事件公判傍聴記」〈主婦之友〉 （他）「九段対面の日　白扇揮毫——その二」〈輝ク〉
	五	（創）「小さき花々」〈少女の友〉～一一月 （他）「交通美　空の近代美」〈婦人之友〉
	七	（随）「私の望むこれからの映画」〈東宝映画〉
	一〇	（随）「随筆について」〈三田文学〉、「水」〈茶道月報〉
	一一	（創）「花」〈東京日日新聞〉〈大阪毎日新聞〉（朝）一一月九日～翌年四月二一日
	一二	（未）「支那難民と私　杉山平助氏に言ふ」〈改造〉
一九四一（昭和一六）	一	（創）「少女期」〈少女の友〉～一一月、「永遠の良人」〈主婦之友〉～翌年四月 （随）「水」〈海の勇士慰問文集〉
	三	（創）「小さき花々」〈少女の友〉
	四	（ル）「現地報告　蘭印」〈主婦之友〉
	五	（随）「蘭印の話」〈婦女新聞〉五月四日 （ル）「驟雨（蘭印の日本婦人の純情哀話）」〈主婦之友〉
	八	（ル）「汪主席と再会する記」〈主婦之友〉
一九四二（昭和一七）	一	（ル）「南方基地仏印現地報告」〈主婦之友〉
	二	（ル）「仏印泰国従軍記」〈主婦之友〉
	三	（随）「旅とラジオ」〈生活科学〉
	四	（創）「新しき日」〈東京日日新聞〉〈大阪毎日新聞〉（朝）四月一八日～八月一六日
	五	（創）「月から来た男」〈主婦之友〉～翌年七月 （他）「災難のありどころ——四月号の除村氏の説に」〈新潮〉

	六	（随）「椰子」〈茶道月報〉、「「少年斥候」を読んだ日」〈読書人〉、「敵機小癪なり　空襲と牡丹の花」〈婦人公論〉
	一〇	（随）「南方にありし人々」〈日本短歌〉
一九四三（昭和一八）	四	（他）「貯金戦線の女性群」〈婦人日本〉
	七	（他）「鉱山は美しき哉」〈刑政〉
一九四五（昭和二〇）	七	（他）「洗車浄境　純情に酬いよう」〈朝日新聞〉（朝）七月六日
一九四六（昭和二一）	三	（創）「夕月帖」〈スタイル〉～翌年五月
	六	（創）「花鳥」〈婦人文庫〉～翌年六月
	八	（創）「夕月」〈少女クラブ〉
	九	（他）「「歌枕」について」〈ロマンス〉～翌年九月
	一〇	（創）「歌枕」〈ロマンス〉～翌年二月、（他）「洋袴の辨」〈婦人文庫〉
	一一	（創）「あきくさ」〈苦楽〉 （他）「女性と自我――「婦人文庫の集ひ」講演おぼえがき」・「変り御飯とランチ料理　変り御飯」〈婦人文庫〉
一九四七（昭和二二）	三	（随）「わが家の動物」〈角笛〉
	五	（随）「かういふ小説」〈婦人文庫〉
	九	（創）「海潮音」〈小説倶楽部〉
	一〇	（創）「深秋競吟（俳句）」〈苦楽〉、「こねこと章子」〈少女クラブ〉 （ル）「或日の三笠宮家」〈婦人文庫〉
	一	（創）「ぼくは犬です」〈少国民の友〉～六月、「麻雀」〈小説と読物〉

一九四八（昭和二三）	三	（創）「翡翠」〈ロマンス〉～一一月、「外交官」〈現代読物〉、「かげろふ」〈現代婦人〉
	四	（他）「挽歌　菊池寛」〈婦人文庫〉
	七	（創）「みをつくし」〈婦女界〉～八月、「冷蔵庫（俳句）」〈かまくら〉
	八	（創）「夏の日（俳句）」〈苦楽〉
	一一	（他）「色紙二枚」〈同人〉
	一二	（随）「食べ方」〈かまくら〉
一九四九（昭和二四）	一	（創）「少年」〈少女の友〉～一二月、「夢さりぬ」〈婦人ライフ〉、「妻も恋す」〈婦人世界〉～翌年三月、「新編未亡人」〈ラッキー〉～七月 （随）「私の文学的自叙伝」（二）〈女人芸術〉 （他）「ご自慢のお正月料理　私の好きな御馳走で」〈婦人文庫〉
	四	（創）「妻の部屋」〈東京日日新聞〉（夕）四月二〇日～九月四日 （随）「大根馬」〈玉藻〉
	五	（創）「あだ花——女の思える」〈主婦と生活〉～翌年四月、「幻想家族」〈サンデー毎日別冊〉
	六	（創）「写真物語　さくら草」〈少女〉 （随）「季節の刺戟（六月の言葉）」〈婦人文庫〉
	八	（他）「私の俳句」〈俳句研究〉
	九	（創）「奏鳴曲」〈苦楽〉
	一〇	（創）「女の暦」〈婦人倶楽部〉～翌々年五月 （随）「薔薇と木苺」〈玉藻〉

一九五〇（昭和二五）	一	（創）「花それぞれ」〈少女の友〉～九月、「鏡の花」〈講談倶楽部〉～一二月、「花の系図」〈スタイル〉～七月 （他）「大学は日本でも」〈丸〉
	二	（他）「アンケート（学芸）」〈朝日新聞〉（朝）二六日
	三	（創）「生霊」〈週刊朝日春季増刊号〉 （随）「「婦人公論」宝塚へ行く　宝塚歌劇の存在」〈婦人公論〉
	四	（創）「紫ゆかりの記」〈少女ロマンス〉 （随）「女学生に贈る」〈女学生の友〉 （他）「虚子の喜寿艶」〈朝日新聞〉（朝）一六日
	五	（随）「宇野千代」〈朝日新聞〉（朝）一四日、「頭の下つた話　感のよいパリジャン」〈ナショナルショップ〉
	六	（創）「無言の人」〈週刊朝日〉六月二五日～七月一六日 （他）「「婦人公論」迷信・新興宗教をさぐる　観音経岡田教祖訪問記」〈婦人公論〉
	七	（創）「鶴」〈中央公論文芸特集号〉 （随）「日記抄　五月の数日」〈俳句研究〉
	八	（創）「立志伝」〈オール読物〉、「月のぼる町」〈家の光〉～翌年五月
	九	（随）「久遠の女性」〈朝日新聞〉（朝）一三日
	一〇	（創）「灯・私の散文詩」〈少女の友〉 （随）「女性のポケット」〈文藝春秋〉
	一一	（創）「冬雁」〈中央公論文芸特集号〉
	一	（創）「散文詩　鈴」〈少女クラブ〉、「私の散文詩」〈少女の友〉、「母子像」〈オール読物〉、「夢みる人々」〈河北新報〉（朝）一月一日～五月二四日

年	月	作品
一九五一（昭和二六）	二	（創）「鬼火」〈婦人公論〉 （随）「失われた「夫の貞操」の判決」〈毎日新聞〉（朝）二月一四日
	四	（創）「幻なりき」〈主婦と生活〉～翌年五月 （随）「パリの牡蠣料理」〈主婦と生活〉
	六	（創）「手毬唄」〈オール読物〉 （随）「平和と乗りもの」〈旅〉、「大喪儀に列して」〈毎日新聞〉（朝）六月二三日 （他）「旅中哀傷」〈毎日新聞〉（朝）六月二九日
	七	（創）「源氏物語――わが祖母の教え給いし」〈婦人倶楽部〉～昭和二九年六月
	八	（創）「安宅家の人々」〈毎日新聞〉（朝）八月二〇日～翌年二月一三日、「君泣くや母となりても」〈婦人生活〉～翌々年三月 （他）「正しい反逆精神」〈変態心理〉
	九	（随）「すまゐ」〈美しい暮しの手帖〉
	一〇	（随）「私は女馬主」〈文藝春秋秋の増刊号〉
一九五二（昭和二七）	一	（創）「同窓会」〈オール読物〉 （他）「私の好きな詩」〈婦人生活〉
	二	（創）「茶盌」〈小説朝日〉
	三	（随）「春の喪服　久米正雄を悼む」〈サンデー毎日〉三月一六日
	四	（創）「三色すみれ」〈女学生の友〉、「新かぐや姫」〈オール読物〉 （随）「一日局長の記」〈毎日新聞〉（朝）四月二三日
	五	（随）「映画『安宅家の人々』」〈毎日新聞〉（朝）五月一六日、「大喪儀に列して」〈毎日新聞〉（朝）二三日
	六	（創）「父の果」〈改造〉

	七	（創）「夏鶯」〈オール読物〉 （他）「全国戦没者追悼式に列して」〈婦人倶楽部〉
	九	（創）「くさのつゆ」〈婦人朝日〉～翌年六月、「生死」〈週刊朝日秋季増刊号〉九月五日 （随）「影響力」〈文藝春秋〉、「婦人の手（女性の立場から公明選挙をめざして）」〈朝日新聞〉（夕）二日 （他）「老女学生の修学旅行」〈オール読物〉
	一〇	（随）「静かな宇宙の一画（――呉九段・本因坊対局印象記）」〈毎日新聞〉（朝）二六日
	一二	（創）「黄梅院様」〈小説新潮〉 （随）「好きなお菓子」〈あまカラ〉
一九五三（昭和二八）	一	（創）「凍蝶」〈文藝春秋〉、「月から来た人」〈日本経済新聞〉（朝）一月一三日～七月一日、「秘色」〈サンデー毎日〉一月四日～五月二四日 （他）「思ひ出の正月」〈小説新潮〉、「秋声先生と私」〈文章倶楽部〉
	二	（創）「かげろふ」〈オール読物〉 （随）「母性愛とは？　あなた方は誤解している」〈毎日新聞〉（朝）二月一四日、「日本はいずこにゆく」〈改造増刊号〉 （他）「花岡忠男編『手をつなぐ親たち』」〈毎日新聞〉（朝）二月九日
	四	（創）「黒髪日記」〈婦人生活〉～翌年一〇月
	五	（ル）「皇太子海を渡らる、日　御渡米の殿下を横浜港にお見送りするの記」〈婦人生活〉 （他）「近頃映画評判記　二つの映画」〈小説新潮〉
	九	（随）「先生」〈東京だより〉

	一〇	（創）「二世の母」〈サンデー毎日　中秋特別号〉
	一二	（創）「苦楽の園」〈西日本新聞〉（夕）一二月三日～翌年六月二日 （随）「南国女性の優雅美　沖縄の踊を観て」〈毎日新聞〉（夕）一二月二日 （評）「下田歌子」〈婦人公論〉 （他）「作家の言葉」〈小説新潮〉
一九五四（昭和二九）	一	（創）「由比家の姉妹」〈主婦と生活〉～翌年三月、「姿鯛（俳句）」〈風花〉 （随）「旅のハンケチ」〈風花〉
	二	（創）「雲紀」〈別冊文藝春秋〉
	三	（創）「復讐」〈小説新潮〉 （随）「押さないこと」〈婦人公論〉
	六	（創）「かげぼうし」〈オール読物〉
	七	（創）「貝殻と花」〈毎日新聞〉（朝）七月二二日～翌年一月一九日
	八	（創）「嫗の幻想」〈文藝春秋〉
	九	（随）「作家の日記」〈小説新潮〉
	一〇	（創）「鬼園の落葉」〈小説新潮〉 （他）「〈ある批評が生んだ波紋――小山いと子作の『ダム・サイド』をめぐって〉女性作家への侮べつ」〈毎日新聞〉（朝）一二日
一九五五（昭和三〇）	一	（創）「わたくしにそっくり」〈オール読物〉
	四	（創）「級友物語」〈女学生の友〉～翌年二月 （随）「笑ったり涙ぐんだり「貝殻と花」を見て」〈毎日新聞〉（夕）四月二五日、「競馬随想」〈優駿〉
	五	（随）「わが馬の記」〈週刊読売〉二九日

六	（創）「硝子の花」〈婦人生活〉～翌年一二月、「私は知っている」〈信濃毎日新聞〉（朝）六月一六日～一二月一四日
七	（随）「雲丹ものがたり」〈食生活〉 （他）「忘れられない文章」〈毎日新聞〉（朝）七月一二日、「忘れ得ぬ想い出の食味　巴里のパン」〈食味〉
八	（創）「宴会」〈オール読物〉
九	（創）「見合旅行」〈小説新潮〉 （他）「ＮＨＫ杯」〈小説公園〉
一〇	（創）「かくれんぼ」〈婦人公論〉 （随）「おこうこ」〈あまカラ〉、「秋の味覚」〈小説新潮〉
一一	（創）「口笛」〈文藝春秋〉

一九五六（昭和三一）

一	（創）「父の秘密」〈婦人倶楽部〉～翌年三月 （随）「霊魂」〈婦人之友〉
二	（随）「第二の皮膚」〈装苑〉
三	（創）「待てば来るか」〈東京新聞〉（朝）三月一四日～一〇月五日、「後家サロン」〈オール読物〉、「投書家」〈小説新潮〉
四	（他）「少女の日の思出」〈小説新潮〉
五	（随）「おもいでの町（6）栃木」〈暮しの手帖〉
六	（他）「甘く悲しい絵物語」〈婦人公論〉
八	（創）「うたごえ」〈文藝春秋〉 （他）「わが家の飲みもの・お菓子など」〈婦人之友〉

	九	（創）「ひまわり」〈少女ブック〉 （随）「食道楽　食べものの運」〈小説新潮〉
	一〇	（創）「秋かいどう」〈少女ブック〉
	一一	（創）「浜なでしこ」〈少女ブック〉～一二月
	一二	（他）「まちかど」〈毎日新聞〉（朝）一二月一六日
一九五七（昭和三二）	一	（創）「ひなげし」〈少女ブック〉～二月 （随）「書庫の中から」〈世界〉
	二	（創）「憑かれる」〈小説新潮〉、「嫉妬」〈オール読物〉 （他）「厨房手実」〈あまカラ〉
	三	（創）「紅梅白梅」〈少女ブック〉 （随）「競馬とゴルフ（近況報告）」〈読売新聞〉（朝）二九日 （他）「女流作家カメラ紀行　墨染の制服の処女たち――京都尼衆学校を訪ねて」〈婦人公論〉
	四	（創）「スイートピー」〈少女ブック〉～五月
	五	（創）「片隅の人」〈京都新聞〉五月一二日～一二月八日 （随）「わが青春記」〈高校時代〉
	六	（創）「すいれん」〈少女ブック〉～七月 （随）「凱旋の人」〈婦人之友〉
	七	（創）「晩春の騒ぎ」〈小説新潮〉
	八	（創）「少女」〈別冊文藝春秋〉 （随）「スポーツ論壇　高校野球」〈報知新聞〉（朝）二〇日
	九	（創）「鬼灯」〈婦人生活〉

	一〇	（随）「競馬の旅」〈小説新潮〉
	一一	（創）「乳母」〈オール讀物〉 （随）「遊びからはいった馬主　何やってもダメだったの」〈毎日新聞〉（夕）一一月四日
	一二	（創）「姉妹」〈小説新潮〉 （随）「大塚さんと幻の着物」〈婦人画報〉
一九五八（昭和三三）	一	（随）「くわい」〈東京新聞〉（朝）一日
	三	（創）「風のうちそと」〈読売新聞〉（夕）三月一八日～一二月一一日
	六	（創）「趣味の男」〈別冊文藝春秋〉
	七	（創）「鱈子」〈小説新潮〉
	八	（随）「幻想的幽霊」〈婦人公論〉
	九	（創）「世界一周」〈オール讀物〉
	一〇	（随）「歎きのゴルフ」〈別冊文藝春秋〉
一九五九（昭和三四）	一	（創）「遺伝」〈小説新潮〉 （随）「知らぬ月日」〈婦人之友〉、「お茶の味」〈淡交〉、「ハンドバッグ」八日・「断層」一五日・「弱者」二二日・「首相」二九日〈東京新聞〉（朝）
	二	（創）「贖罪」〈オール讀物〉 （随）「詩集遍歴　私の好きな詩」〈婦人倶楽部〉、「ばい煙」五日・「切手とはがき」一二日・「恐怖時代」一九日・「明暗」二五日〈東京新聞〉（朝）
	三	（創）「ＭＰＡ」〈婦人公論臨増〉 （随）「幸福の手紙」五日・「改元?」一二日・「町の散歩」一九日・「春愁」二六日〈東京新聞〉（朝）

四	（随）「偉大な人間的魅力――高浜虚子氏をいたむ」〈朝日新聞〉（朝）四月九日
五	（随）「女性と勝負ごと」〈毎日新聞〉（朝）五月二四日
六	（未）「たべものの話は尽きず」〈奥様手帖〉 （随）「たそがれの絵」〈産経新聞〉（夕）七日
七	（随）「ファンはもっと寛大に　松戸競輪と戸田競艇の騒動」〈毎日新聞〉（朝）七月二日
九	（創）「谷川岳」〈オール読物〉
一二	（随）「猫のいのち」〈婦人生活〉、「たべもの俳句」〈あまカラ〉

一九六〇（昭和三五）

一	（創）「証拠」〈小説新潮〉 （随）「あまのじゃく」〈笑の泉〉
二	（創）「西太后の壺」〈オール読物〉 （他）「女流作家の横顔・第二回」〈婦人公論〉、「私の今週」〈毎日新聞〉（朝）二月七日
三	（創）「蕃社の落日」〈別冊文藝春秋〉
四	（随）「師、虚子を語る」〈俳句研究〉 （他）「私のみた舞台から〝かげろふの日記遺文〟」〈婦人之友〉
五	（随）「心の宝石　いますぐに？」〈婦人生活〉、「私の衣装論」〈婦人公論増刊号〉
六	（創）「昌徳宮の石人」〈オール読物〉
七	（創）「夏手袋」〈小説中央公論臨時増刊号〉 （随）「おまわりさん」〈自警〉
一〇	（創）「バタビアの鸚鵡」〈オール読物〉

	一一	（随）「机上登山」〈ハイカー〉
	一二	（他）「心の宝石　Toilet」〈婦人生活〉
一九六一（昭和三六）	二	（創）「ブラジルの蝶」〈オール讀物〉 （随）「沈丁花とちらし鮨――菊池寛の追憶」〈世界〉
	三	（随）「銀の煙管とダンス――徳田秋聲のこと」〈世界〉
	四	（創）「ハワイのおばあちゃん」〈別冊文藝春秋〉 （随）「上海から帰らぬ人　田村俊子」〈小説中央公論〉
	六	（創）「マカオの露台」〈オール讀物〉
	七	（随）「味覚採点」〈オール讀物〉、「逞しき童女」〈小説中央公論夏季号〉
	八	（随）「花の切手」〈更生保護〉
	一〇	（随）「芸は身を助くということ」〈淡交〉
	一一	（創）「誰かが私に似ている」〈オール讀物〉 （随）「喜寿宴に行けなかったわけ」〈若葉〉
	一二	（創）「女の年輪」〈読売新聞〉（夕）一二月二〇日～翌年一〇月二二日 （随）「わが小説㉞「安宅家の人々」作中の主人公に熱中」〈朝日新聞〉（朝）一六日
一九六二（昭和三七）	一	（創）「香取夫人の生涯」（新潮社、書き下ろし） （随）「偽れる未亡人　三宅やす子」〈小説中央公論〉 （他）「君におくる言葉」〈刑政〉
	二	（評）「美人伝の一人」〈小説新潮〉
	三	（随）「たべもの文学」〈あまカラ〉

	五	（評）「美女しぐれ」〈小説新潮〉
	六	（随）「真杉静枝さんの生涯」〈小説新潮〉
	九	（随）「きもの罷り通る」〈文芸朝日〉
	一〇	（随）「女の年輪のノート」〈読売新聞〉（夕）一〇月二四日
	一二	（随）「贈物」〈銀座百点〉
一九六三（昭和三八）	一	（随）「懸賞小説に当選のころ」〈朝日新聞〉（朝）一月一九～二〇日
	二	（随）「私の見た人（1）（2）田中正造」五～六日・「（3）万龍・照葉」七日・「（4）（5）徳富蘇峰（上）」八～九日・「（6）三浦環」一〇日・「（7）新渡戸稲造」一二日・「（8）小林一三」一三日・「（9）グラーツィア・デレッダ」一四日・「（10）大杉栄」一五日〈朝日新聞〉（朝） （評）「彼女の功名心」〈小説新潮〉、「女系分布図2新潟の女　北越の雪の底に燃ゆる意力の女――藤蔭静樹」〈中央公論〉
	三	（随）「続　私の見た人（1）九条武子」一九日～二〇日・「（3）モルガンお雪」二一日・「（4）直木三十五」二二日・「（5）宮城道雄」二四日・「（6）（7）九条日浄尼」二六～二七日・「（8）（9）横綱玉錦」二八～二九日・「（10）（11）与謝野晶子」三〇～三一日〈朝日新聞〉（朝）
	四	（随）「続　私の見た人（12）（13）菊池寛」二～三日・「（14）（15）高橋箒庵」四～五日・「（16）（17）汪兆銘」六～七日・「（18）張学良」九日・「（19）七世宗十郎」一〇日・「（20）坂田三吉」一一日・「（21）春日とよ」一二日・「（22）中谷宇吉郎」一三日・「（23）（24）久米正雄」一四日、一六日・「（25）（26）平出英夫」一七～一八日・「（27）（28）長勇」二〇～二一日〈朝日新聞〉（朝）
	五	（創）「井戸の底」〈オール読物〉 （随）「続　私の見た人（29）ひとやすみのあとに」一二日・「（30）（31）田村俊

	子」一四～一五日・「(32)(33)(34)美濃部達吉夫妻」一六～一八日・「(35)(36)関屋敏子」二一～二二日・「(37)(38)(39)高浜虚子」二三～二五日・「(40)(41)(42)徳富愛子」二六～二九日・「(43)(44)及川道子」三〇～三一日〈朝日新聞〉(朝)、「ふるさとめぐり　幻の町々」〈読売新聞〉(朝)一四日
六	(随)「じぶんの国の文字」〈婦人公論〉、「22年後のめぐりあい」〈朝日ジャーナル〉六月二日、「続　私の見た人(45)(46)近松秋江」一～二日・「(47)(48)(49)竹久夢二」四～六日・「(50)(51)湯川秀樹夫妻」七～八日・「(52)古今亭志ん生」九日・「(53)森律子」一一日・「(54)(55)現・歌右衛門」一二～一三日・「(56)井上正夫」一四日・「(57)(58)羽仁もと子夫妻」一五～一六日・「(59)谷中村の跡を見て」一九日・「(60)(61)(62)徳田秋声」二〇～二二日・「(63)大倉喜七郎」二六日・「(64)(65)(66)藤蔭静樹」二七～二九日〈朝日新聞〉(朝) (評)「私の見なかった人」〈小説新潮〉
七	(随)「続　私の見た人(67)(68)小波と水蔭」二～三日・「(69)中村吉右衛門」四日・「(70)菅原時保」五日・「(71)市川猿王」六日・「(72)さようなら」七日〈朝日新聞〉(朝)
八	(随)「震災記」〈読売新聞〉(夕)八月三一日 (評)「墨堤に消ゆ」〈小説新潮〉 (他)「ところてん」〈婦人之友〉
一〇	(評)「盲犬」〈小説新潮〉、「底のぬけた柄杓」〈文藝春秋〉
一一	(評)「一身味方なし」〈小説新潮〉、「つゆ女伝」〈オール読物〉
一二	(随)「わたしの母校㊳」〈朝日新聞〉(夕)二日
一	(創)「養女とその母」〈暮しの知恵〉～二月 (随)「女性にポケットを与えよ」〈中央公論〉

一九六四（昭和三九）

二	（評）「救世軍士官」〈小説新潮〉 （他）「初めて食べたもの」〈あまカラ〉
三	（創）「春の雪」〈オール読物〉、「美しき惑いの年齢」〈暮しの知恵〉～四日 （随）「追憶の断片」〈児童文芸〉、「私の夢二　竹久夢二展」〈毎日新聞〉（夕）三月四日、「私の見た沖縄」〈読売新聞〉（夕）九～一〇日 （評）「古河不二子と岡田静（万竜）」〈文藝春秋〉、「月から来た男」〈小説新潮〉
四	（随）「「面影」の人・林芙美子――彼女の生涯が一つの創作であった」〈別冊文藝春秋〉、「思い出のタカラジェンヌ」〈文芸朝日〉 （評）「藤蔭静樹と武原はん」〈文藝春秋〉
五	（評）「不死鳥　中上川あき」〈文藝春秋〉、「河内楼の兄弟」〈小説新潮〉
六	（評）「梨本伊都子の日記」〈文藝春秋〉、「岡崎えん女の一生」〈小説新潮〉
七	（随）「宇野千代言行録」〈別冊文藝春秋〉 （評）「尼寺巡礼」〈文藝春秋〉 （他）「慈光院を訪う」〈婦人之友〉、「玉藻万歳」〈玉藻〉
八	（評）「入江たか子と栗島すみ子」〈文藝春秋〉、「富田林の旧家」〈小説新潮〉 （他）「美のあるところ」〈週刊現代〉八月二〇日 （随）「薬と私」〈薬局の友〉
九	（随）「異色の雑誌」〈毎日新聞〉（夕）九月二日 （評）「永遠の文学少女・山田順子」〈文藝春秋〉
一〇	（評）「鳥尾多江夫人の脱出」〈文藝春秋〉、「若狭の登美子」〈小説新潮〉
一一	（評）「八重子と寿美の贈り物」〈文藝春秋〉 （他）「ときの声」〈読売新聞〉（朝）一一月六日～翌年四月二四日

	一二	（創）「歳月」〈婦人之友〉 （評）「時は償う」〈小説新潮〉
一九六五（昭和四〇）	一	（評）「梅白し」〈小説新潮〉
	二	（評）「はぎ女事件」〈オール読物〉 （他）「「幸いの根」を手にして」〈婦人之友〉
	三	（他）「新刊紹介　浅原六朗句集『紅鱒群』」〈俳句〉
	四	（創）「海幻譚」〈中央公論〉 （随）「「ときの声」を終えて　好意で得た豊富な資料」〈読売新聞〉（夕）四月二四日 （評）「三ヶ島葭子の一生」〈小説新潮〉
	五	（随）『競馬と私』〈太陽〉
	七	（随）「季節の風物詩　鬼灯市」〈郵政夏季増大号〉 （評）「彼女の勲章――芸と情炎の女・藤蔭静枝」〈オール読物〉、「淡路島の歌碑」〈小説新潮〉 （創）「8月の花詩集　はまなすの思いで」〈小学六年生〉
	八	（随）「個室の恐怖」〈文芸朝日〉、「非売品の伝記」〈学鐙〉 （評）「浅間は燃ゆる」〈小説新潮〉
	九	（他）「わが著作を語る　私の見た人」〈出版ニュース〉
	一〇	（随）「救世軍という名の七十年　黙々と山室夫妻の道」〈朝日新聞〉（夕）二九日 （他）「中村孝也氏の「家康の族葉」を読んで」〈週刊読書人〉二五日
	一一	（評）「ある女人像」〈小説新潮〉
	一	（創）「徳川の夫人たち」〈朝日新聞〉（夕）一月四日～一〇月二四日

一九六六（昭和四一）	二	（他）「わが著作を語る　ある女人像」〈出版時評〉
	五	（他）「私の健康法」〈小説新潮〉、「「文芸首都」三十五周年記念アンケート」〈文芸首都〉
	一〇	（随）「「徳川の夫人たち」を終えて」〈朝日新聞〉（夕）二七日、「御遺訓拝承」〈大日光〉
	一二	（随）「作家社長さん――佐々木茂索氏を悼む」〈週刊読書人〉
一九六七（昭和四二）	一	（随）「茶の間　車と練炭」〈毎日新聞〉（夕）一月一九日、「旧を想うて……――佐々木茂索氏の追憶」〈学鐙〉
	二	（随）「江戸城大奥に生きた女たち」〈婦人公論〉、「年号は苦手」〈人物往来歴史読本〉
	三	（創）「続徳川の夫人たち」〈朝日新聞〉日曜版三月二六日～翌年四月七日 （随）「香水」〈The Takasago times　高砂香料時報〉 （他）「私の愛好品　古九谷模写の皿」〈あまカラ〉、「「続徳川の夫人たち」作者のことば」〈朝日新聞〉（朝）八日
	五	（随）「筍由来記」〈毎日新聞〉（朝）五月二八日
	六	（他）「『徳川の夫人たち』余話」〈文藝春秋〉、「作家の日記」〈小説新潮〉
一九六八（昭和四三）	二	（随）「カアなしの記」〈文藝春秋〉
	三	（随）「冬の金魚」〈文藝春秋〉
	四	（随）「「続徳川の夫人たち」を終って――訂正し得た偏見と俗説」〈朝日新聞〉（朝）八日 （他）「花の訪問着　四月――ぼたん」〈婦人倶楽部〉、「さらばあまカラ」〈あまカラ〉

	九	（他）「高遠城趾に寄せる想い「徳川の夫人たち」執筆余話」〈旅〉
	一二	（他）「川端家は日本一の菊日和」〈婦人倶楽部〉 （随）「歳末の感覚」〈小説新潮〉、「日記買う　次の日を迎えるために」〈朝日新聞〉（夕）一二月一八日
一九六九（昭和四四）	一	（創）「徳川秀忠の妻」〈週刊読売〉一月三日～一二月七日
	三	（随）「日記をつけて一万日」〈文藝春秋〉、「双葉山の思い出　新横綱との対談」〈相撲〉
	六	（他）「わが著書を語る　「徳川秀忠の妻」」〈出版ニュース〉
	八	（随）「句集「牟良佐伎」に寄せて」〈俳句研究〉
	九	（随）「ほんとうの教育者はと問われて㊷」〈朝日新聞〉（朝）九日
一九七〇（昭和四五）	一	（随）「淡路のたびびと」〈学燈〉
	二	（随）「波郷氏の印象」〈俳句〉
	七	（創）「女人平家」〈週刊朝日〉七月一〇日～翌年一〇月八日
	一〇	（随）「俳句と私」〈朝日新聞〉（朝）一〇月四日
	一一	（随）「私の泉鏡花」〈日本近代文学大系〉七巻月報一三
	一二	（随）「探しもの」〈朝日新聞〉（夕）一二月二八日
一九七一（昭和四六）	一	（他）「ぴ・い・ぷ・る〈門〉」〈芸術新潮〉
	六	（評）「名作推理館・はぎ女事件」〈別冊小説宝石〉
	一二	（他）「私がもっとも影響を受けた小説」〈文藝春秋〉

年	月	作品
一九七二（昭和四七）	一	（随）「私の好きなはる　心境小説のような哀愁」〈朝日新聞〉（朝）一月一日 （他）「女人平家について」〈出版ニュース〉
	二	（随）「新橋駅の憂愁」〈文藝春秋〉
	三	（随）「茶の間　味の今昔」〈毎日新聞〉（夕）三月一日
	四	（随）「小言」〈朝日新聞〉（夕）四月八日
	六	（随）「歴史と文学のあいだ　滅亡の歴史を彩る平家の女人群像」〈文藝春秋臨時増刊号〉
	九	（随）「美しく哀しきひと」〈文藝春秋〉、「〈わが歌舞伎〉私の観劇史」〈演劇界〉、「木歩忌五十年に思う」〈朝日新聞〉（朝）九月一六日
	一一	（他）「私にとって明治とはなんであったか」〈文藝春秋臨時増刊号〉、「玉藻五百号」〈玉藻〉

［年表参考文献］

石川文化事業財団お茶の水図書館編『カラー復刻『主婦之友』大正期総目次』（石川文化事業財団、二〇〇六・二）
池田利夫編『雑誌『むらさき』戦前版戦後版総目次と執筆者索引』（武蔵野書院、一九九三・一〇）
小田切進編『新潮総目次・執筆者索引』（日本近代文学館、一九七七・一〇）
佐久間保明編『「文章倶楽部」総目次・索引　大正五年五月-昭和四年四月』（不二出版、一九八五・六）
実業之日本社編、遠藤寛子・内田静枝監修『『少女の友』創刊一〇〇周年記念号　明治・大正・昭和ベストセレクション』（実業之日本社、二〇〇九・三）
黒古一夫監修『『少年倶楽部・少年クラブ』総目次（書誌書目シリーズ84）』上中下巻（ゆまに書房、二〇〇八・八）
黒古一夫監修『『少女倶楽部・少女クラブ』総目次（書誌書目シリーズ92）』上下巻（ゆまに書房、二〇一〇・三）
高木健夫編『新聞小説史年表』（国書刊行会、一九八七・五）
高橋重美「花々の闘う時間――近代少女表象形成における『花物語』変容の位置と意義」（『日本近代文学（79）』二〇〇八・一一）
武藤康史編「年譜」（吉屋信子『自伝的女流文壇史』講談社、二〇一六・一一）

黒古一夫監修、山川恭子編『書誌書目シリーズ78　戦前期『週刊朝日』総目次』上中下巻（ゆまに書房、二〇〇六・五）

黒古一夫監修、山川恭子編『書誌書目シリーズ82　戦前期『サンデー毎日』総目次』上中下巻（ゆまに書房、二〇〇七・三）

与那覇恵子・平野晶子監修『書誌書目シリーズ59　戦前期四大婦人雑誌目次集成1　婦人公論』全一〇巻（ゆまに書房、二〇〇二・三）

与那覇恵子・平野晶子監修『書誌書目シリーズ65　戦前期四大婦人雑誌目次集成2　主婦之友』全七巻（ゆまに書房、二〇〇三・七）

与那覇恵子・平野晶子監修『書誌書目シリーズ68　戦前期四大婦人雑誌目次集成3　婦人画報』全一〇巻（ゆまに書房、二〇〇四・八）

与那覇恵子・平野晶子監修『書誌書目シリーズ77　戦前期四大婦人雑誌目次集成4　婦人倶楽部』全九巻（ゆまに書房、二〇〇六・三）

早稲田大学図書館編『新女苑』総目次（雄松堂アーカイブス、二〇〇七・七）

あとがき

私が初めて吉屋信子作品に出会ったのは大学生の時である。あのときゼミで『花物語』を紹介し取り上げてくださった指導教授、山口政幸先生との出会いがなければ吉屋信子との出会いもなかったといえる。

二〇二三年は吉屋の没後五〇年であり、河出文庫より『返らぬ日』『わすれなぐさ』『紅雀』が相次いで復刊された。また、二〇二四年五月にはこれまで単行本及び全集未収録とされてきた『蝶』が、百合系文芸サークル LIKE A LILY.（代表、嘉川馨）により翻刻、出版され、東雅夫による帯文が付された（解説：藤田篤子）。テキストへのアクセスの容易さは新たな読者を得るためには重要なことであり、今後も多くの人々に吉屋作品が知られ、読まれることを願っている。

本書巻末に収録した吉屋の作品年譜は完全版ではない。書誌調査は『吉屋信子全集』一二巻の作品年表を手掛かりに始めたが、該当雑誌への記載を確認できず本書年表の掲載を見送ったものもある。今後も調査は継続するつもりであるが、現時点での本年譜が今後の吉屋研究の一助となることを期待したい。誤りや不足部分などはお教えいただければ幸いである。

専修大学及び同大学院では山口先生を始め、諸先生方による熱心なご指導ご鞭撻により研究に必要なことを多くを学び、博士論文を書き上げることができた。また、院ゼミで出会った人々にもこの場を借りて厚くお礼申し上げたい。『香取夫人の生涯』論を書くにあたっては、梨本伊都子の手記について静岡福祉大学名誉教授小田部雄次氏に大変お世話になった。当時大学院生であった私の拙い質問にも快く丁寧にお答えいただいたことに感謝申し上げる。

本書は、博士論文をもとに書下ろしを加え加筆修正をしたものであるが、春風社・下野歩さんとの出会いがきっかけで刊行の実現に至った。遅々として進まぬ原稿を辛抱強く待ってくださり、適切なコメントをくださったことに深く感謝する。また、書籍化にあたっては、東洋英和女学院大学名誉教授である与那覇恵子先生に多くの貴重なご助言を頂戴した。改めて感謝申し上げたい。絶えず支え続けてくれた両親にも、心から感謝の意を表する。

二〇二四年　五月

参考文献一覧

浅見雅男『華族たちの近代』（NTT出版、一九九九・一〇）
池田郁雄編『激動の昭和スポーツ史⑧　テニス――黎明期から2度のブームを経て隆盛の時代へ』（ベースボール・マガジン社、一九八九・五）
石田英一郎「書評　アグネス・キース著『ボルネオ』、パウエルエミル・ヴィクトル著『きたかぜ』」（『民族學研究（7）』第二号、一九四一・一〇）
伊藤寿朗監修、棚橋源太郎著『博物館基本文献集』第一六巻（大空社、一九九一・七）
井上治・坪内隆彦「拓殖大学・南洋語（インドネシア語）及び南洋（東南アジア）研究の系譜」（『拓殖大学百年史研究（11）』二〇〇二・一二）
猪俣賢司「もう一つの南洋と望郷の日本――サンダカンとアナタハンからの鎮魂歌」（『人文科学研究（122）』二〇〇八・七）
神奈川文学振興会編『生誕一一〇年　吉屋信子展――女たちをめぐる物語』（県立神奈川近代文学館、二〇〇六・四）
神戸啓多「差異が拓く〈聖域〉――吉屋信子『花物語』「燃ゆる花」と「心の花」をめぐって」（『関

西近代文学（3）』二〇二四・三）
上笙一郎編『日本童謡事典』（東京堂出版、二〇〇五・九）
大阪国際児童文学館編『日本児童文学大事典』第二巻（大日本図書、一九九三・一〇）
北原白秋著、初山滋絵『からたちの花がさいたよ　北原白秋童謡選』（岩波書店、一九六四・一二）
木村敬助『チューリップ・鬱金香——歩みと育てた人たち』（チューリップ文庫、二〇〇二・一一）
クリストファー・W・A・スピルマン「〈資料〉拓殖語学校・海外拓殖学校に関する資料」（『拓殖大学百年史研究（4）』二〇〇〇・三）
小石原美保「1920－30年代の少女向け雑誌における「スポーツ少女」の表象とジェンダー規範」（『スポーツとジェンダー研究（12）』二〇一四・三）
小林美恵子「吉屋信子『安宅家の人々』——宗一が結んだ二人の〈女たち〉」（新・フェミニズム批評の会編『昭和後期女性文学論』翰林書房、二〇二〇・三）
駒尺喜美『吉屋信子——隠れフェミニスト（シリーズ民間日本学者39）』（リブロポート、一九九四・一二）
ザイナル＝アビディン＝ビン＝アブドゥル＝ワーヒド編、野村亨訳『マレーシアの歴史』（山川出版社、一九八三・八）
佐藤長ほか編、田村実造・羽田明監修『アジア史講座　第5巻　南アジア史』（岩崎書店、一九五七・五）
佐藤通雅『白秋の童謡』（沖積舎、一九七九・一二）
寒川恒夫監修『写真・絵画集成②　日本スポーツ史　近代スポーツの現在』（日本図書センター、一九九六・四）

笹尾佳代「変奏される〈身体〉——女子スポーツへのまなざし」（疋田雅昭・日高佳紀・日比嘉高編著『スポーツする文学——1920－30年代の文化詩学』青弓社、二〇〇九・六）
関英雄「大正期の児童文学」（鳥越信 等編・中尾彰 等絵『新選日本児童文学Ⅰ（大正編）』小峰書房、一九五九・六）
高木雅史「優生学の歴史と障害者の生きる権利」（『障害者問題研究（25）』第四号、一九九八・二）
高橋一郎「女性の身体イメージの近代化——大正期のブルマー普及」（高橋一郎・萩原美代子・谷口雅子・掛水通子・角田聡美『ブルマーの社会史——女子体育へのまなざし（青弓社ライブラリー36）』青弓社、二〇〇五・四）
高橋重美「夢の主体化——吉屋信子『花物語』初期作の〈叙情〉を再考する」（『日本文学（56）』第二号、二〇〇七・二）
高向嘉昭「博多人形製造業に関する産業史的考察（1）——古博多土人形から新興博多人形へ」（『九州産業大学商經論叢（39）』第一号、一九九八・七）
竹松良明「喪失された〈遥かな〉南方——少国民向け南方案内書を中心に」（木村一信責任編集『戦時下の文学——拡張する戦争空間　文学史を読みかえる④』インパクト出版会、二〇〇〇・二）
田中卓也「戦後の少女雑誌における「スポーツする少女」の描かれ方と読者の意識形成に関する研究——少女の恋愛と運動（練習）との葛藤を中心に」（『共栄大学研究論集（17）』二〇一九・三）
田辺聖子『ゆめはるか吉屋信子——秋灯机の上の幾山河（上）（下）』（朝日新聞社、一九九九・九）
田辺聖子「吉屋信子解説」（『日本児童文学大系　第六巻　与謝野晶子・尾島菊子・野上弥生子・吉屋信子集』

ほるぷ出版、一九七八・一二）
玉木正之『スポーツとは何か』（講談社、一九九九・八）
坪田譲治「解説」（浜田広介『浜田広介童話集』新潮社、一九五三・一）
寺崎浩『からたちの花　小説山田耕筰』（読売新聞社、一九七〇・一二）
東京文化財研究所編『大正期美術展覧会出品目録』（中央公論美術出版、二〇〇二・六）
中路基夫『北原白秋――象徴派詩人から童謡・民謡作家への軌跡（新典社研究叢書191）』（新典社、二〇〇八・三）
中村満紀男・荒井智編著『障害児教育の歴史』（明石書店、二〇〇三・一〇）
梨本徳彦「〝最後の貴婦人〟はローマ生まれ――侯爵令嬢から皇族妃になった伊都子」（大久保利謙監修『日本の肖像　旧皇族・華族秘蔵アルバム　第一二巻　旧皇族・閑院家　旧皇族・東久邇家　旧皇族・梨本家』毎日新聞社、一九九一・一二）
日本サラワク協会編『北ボルネオ・サラワクと日本人――マレーシア・サラワク州と日本人の交流史』（せらび書房、一九九八・七）
日本フランス語フランス文学会編『フランス文学辞典』（白水社、一九七四・九）
波多野勝『東京オリンピックへの遥かな道――招致活動の軌跡１９３０－１９６４』（草思社、二〇〇四・七）
浜田広介「〔解説〕アンデルセンについて」（山本静枝著、芝美千世絵『アンデルセン（子どもの伝記物語・22）』ポプラ社、一九五九・九）

浜田広介『浜田広介全集（全一二巻）』（集英社、一九七五・一〇〜一九七六・九）
浜田広介『ひろすけ童話読本（全五巻）』（文教書院、一九二四・一一〜一九二九・八）
浜田広介『ひろすけ幼年童話文学全集（全一二巻）』（集英社、一九六一・一〇〜一九六二・九）
人見絹枝著、織田幹雄・戸田純編『人見絹枝――炎のスプリンター（人間の記録32）』（日本図書センター、一九九七・六）
藤田圭雄編『日本童謡史』（あかね書房、一九七一・一〇）
古田紹欽ほか監修、日本アートセンター編『仏教大事典』（小学館、一九八八・七）
本間道子「教育心理学者　原口鶴子の軌跡」（『心理学史・心理学論（3）』二〇〇一・一一）
宮本馨太郎『かぶりもの・きもの・はきもの（民俗民芸叢書24）』（岩崎美術社、一九六八・三）
毛利優花「吉屋信子の児童文学――「回復」の物語としての「銀の壺」」（『金城学院大学大学院文学研究科論集（17）』二〇一一・三）
森本忠夫ほか著『決定版　太平洋戦争3――「南方資源」と蘭印作戦（歴史群像シリーズ）』（学習研究社、二〇〇九・六）
八百啓介「江戸時代における東南アジア漂流記――『南海紀聞』とボルネオ情報」（『日本歴史（687）』二〇〇五・八）
山口佳紀編『暮らしのことば新語源辞典』（講談社、二〇〇八・一一）
結城和香子『オリンピック物語――古代ギリシャから現代まで』（中央公論新社、二〇〇四・六）
横川寿美子「吉屋信子「花物語」の変容過程を探る――少女たちの共同体をめぐって」（『美作女子

大学美作女子短期大学部紀要』二〇〇一・三）
横田順彌『明治おもしろ博覧会』（西日本新聞社、一九九八・三）
吉武輝子『女人吉屋信子』（文藝春秋、一九八二・一二）
渡辺淳『パリ　1920年代――シュルレアリスムからアール・デコまで（丸善ライブラリー）』（丸善、一九九七・五）
与那覇恵子「解説」（与那覇恵子・平野晶子監修『書誌書目シリーズ68　戦前期四大婦人雑誌目次集成Ⅲ　婦人画報』一〇巻、ゆまに書房、二〇〇四・八）
米本昌平・松原洋子・橳原次郎・市野川容孝『優生学と人間社会――生命科学の世紀はどこへ向かうのか』（講談社、二〇〇〇・七）
渡部周子「少女たちの「Sweet sorrow（スキートソロー）」――吉屋信子『花物語』単行本未収録作品「からたちの花」について」（『近代文学研究（28）』二〇一一・四）
和田博文・真銅正宏・竹松良明・宮内順子・和田桂子『パリ・日本人の心象地図　1867－1945』（藤原書店、二〇〇四・二）
Sarah Frederick〝Women of the Sun and Men from the Moon: Yoshiya Nobuko〟s Ataka Family as Postwar Romance〟（*U.S.-Japan Women's Journal, 2002*）

マ

タ

索引（索引該当箇所：はじめに〜第九章）

【著者】山田昭子（やまだ・あきこ）

神奈川県生まれ。専修大学大学院文学研究科日本語日本文学専攻博士後期課程修了。博士（文学）。現在、専修大学・東洋英和女学院大学・関東学院大学・白百合女子大学・立正大学の非常勤講師をつとめる。主な論文に、「『新女苑』における中里恒子の仕事」（『芸術至上主義文芸（49）』二〇二三・一一）、「二つの厠の物語――川端康成「化粧」、吉屋信子「隣家の厠」をめぐって」（『芸術至上主義文芸（48）』二〇二二・一一）、「文字の美しさと少女の美――少女雑誌広告に見る文字指導の変遷」（『ことばと文字（12）』二〇一九・一〇）など。

吉《よし》屋《や》信《のぶ》子《こ》――小説《しょうせつ》の枠《わく》を超《こ》えて

二〇二四年七月一一日　初版発行

著者　山田昭子《やまだ あきこ》

発行者　三浦衛

発行所　春風社　Shumpusha Publishing Co., Ltd.

横浜市西区紅葉ヶ丘五三　横浜市教育会館三階

〈電話〉〇四五・二六一・三一六八　〈FAX〉〇四五・二六一・三一六九

〈振替〉〇〇二〇〇・一・三七五二四

http://www.shumpu.com　✉ info@shumpu.com

装丁　大國貴子

印刷・製本　モリモト印刷株式会社

乱丁・落丁本は送料小社負担でお取り替えいたします。

ISBN 978-4-86110-968-3 C0095 ¥3300E